Esther Freud

Wildland

Ihr persönliches Leseexemplar
Bitte besprechen Sie den Titel
ab 12. Februar 2001

Esther Freud

WILDLAND

Aus dem Englischen
von Chris Hirte

ULLSTEIN
BERLIN

Für David, Albie
und Anna Kitty

William konnte sie hören, in der plötzlich einsetzenden Stille, er hörte das Trappeln der Kinderfüße, ihre linkischen Bewegungen, als sich die Werkstattür öffnete und wieder schloß. Mit hellem Klingeln fiel eine Pflanzschaufel auf den Fußweg, und die Katzenluke klapperte in der lockeren Türfüllung, als die Tür ins Schloß fiel.

»Daddy«, riefen sie, als sie über den Rasen gelaufen kamen. »William, wo bist du?« Sie rannten am Hühnerstall vorbei und über den matschigen Pfad zum frisch gestrichenen Wohnwagen, dessen grelle Farben im Schattendunkel leuchteten.

»William, was ist passiert?« Francine kam aus der Küche angerannt, sie rieb und drückte ihre vom Abwasch feuchten Hände. »William ... was geht hier vor?« Ihr langer Rock glitt über den Boden, in der Hoffnung auf Futter scharten sich die Hühner um sie. Unschlüssig stand sie da und reckte den Kopf, um in den Wohnwagen zu spähen. William spürte – auch aus der Entfernung – wie sehr sie zitterte.

»Ruf lieber einen Krankenwagen«, sagte er, als sie auf den Eingang zustürzte, und verstellte ihr den Blick in den Wohnwagen. »Beeil dich, Francine, es hat einen Unfall gegeben.«

»Soll ich zur Telefonzelle rennen?« Sie wirkte in diesem Augenblick selbst wie ein Kind. Ihre gesprenkelten Augen starrten ihn an, daß ihm angst und bange wurde. »Nein, nach nebenan«, brüllte er. »Schnell. Geh einfach rein und ruf an.«

Francine rannte los, den Rock mit beiden Händen hochgerafft, an ihren gesträubten Nackenhaaren konnte er erkennen, daß sie zu verstört war, um Fragen zu stellen.

»Bleibt draußen«, sagte er zu den Kindern und bemerkte, daß er das Gewehr noch in der Hand hielt. »Bleibt dort stehen.« Er schloß die Augen, ihre Blicke waren nicht zu ertragen – alle vier Kinder schauten mit schreckgeweiteten Augen zu ihm auf –, und zog sich mit einer ruckartigen Bewegung das Hemd über den Kopf. Er knüllte es zusammen, kniete sich auf die Dielen und preßte das Knäuel auf die Wunde des Jungen, um die Blutung zu stoppen. »Nur ruhig«, sagte er mit laut pochendem Herzen, während seine Finger nach dem Puls tasteten.

Lieber Dad,
wir wohnen in einem supertollen Haus. Es gibt einen Garten mit Federballnetz und noch einen anderen für Gemüse, und William sagt, wir können alle einen eigenen Garten haben neben der Garage. William baut sie selber (die Garage). Dann gibt es noch die Wildnis, die ist voller Matsch und Bäume. William sagt, er schafft dort Platz und baut ein Hühnergehege. Er sagt, das Hühnerfüttern könnte meine Aufgabe werden. Ich hoffe es sehr. Mir geht es sehr gut. Viele Grüße von Jake. (Er will Dir selbst schreiben, wenn er nicht zu schlechte Laune hat.)
Wie geht es Dir? Mir geht es sehr gut.

Deine Tess

Eine Woche später bekam Tess Antwort. Nicht einfach eine Karte für sie und Jake, sondern einen Briefumschlag, einen prächtigen cremefarbenen Brief, auf dem ihr Name in Tinte geschrieben stand.

Liebe Tess,
ich freue mich, daß es Dir so gutgeht. William scheint ja ein ganzer Kerl zu sein. Vielleicht sollte ich euch einmal besuchen und mir die Garage selber ansehen.

Dein Dad

Sie saßen beim Frühstück, und William machte Toast, während Francine die Müslischalen abräumte. William hatte vorgeschlagen, daß sie alle zusammen essen könnten – Jake und Tess und seine drei Töchter –, alle dasselbe, alle gleichzeitig, und das zu allen Mahlzeiten. Noch letzte Woche hatten sie gegessen, wann es ihnen paßte, besonders morgens, und Jake hatte nun Schwierigkeiten, sich wieder an feste Regeln zu gewöhnen. Tess verfolgte, wie William das Brot über der Herdplatte röstete und die fertigen Scheiben mit einem Geschirrtuch zudeckte, bis er einen großen warmen Stapel beisammen hatte.

»Ich zuerst!« Sandy war Williams jüngste Tochter, ihr mußte man die Marmelade noch aufs Brot streichen.

»Ist die verwöhnt!« Doon trat nach ihr unter dem Tisch. Beide zogen eine Grimasse und zeigten sich die Zunge.

»Mum«, rief Tess, aber Francine ließ gerade Wasser ins Spülbecken ein. William überreichte Honour den warmen Packen mit Toast. Sie bediente sich geziert und gab ihn an Jake weiter.

»Danke, Honour«, quakte Jake. Honour ging in seine Klasse, und er sah nicht ein, daß er sich mit ihr befreunden sollte, nur weil ihnen William Strachan zwei Zimmer vermietet hatte.

»Mum«, rief Tess über den Lärm hinweg. »Dad schreibt, er kommt uns vielleicht besuchen.«

Jake blickte auf. Honig troff von seinem Messer. »Wirklich?«

Francine nahm den Brief in die Hand, las ihn und nickte wohlgefällig. »Wie nett.« Aber Tess sah, daß sie keine Sekunde daran glaubte.

»Zeig her«, befahl Jake. Francine stand zögernd zwischen den ausgestreckten Händen ihrer Kinder. »Mir«, beharrte Jake, und Francine gab ihm den Brief.

William setzte sich ans andere Ende des Tisches, Sandy kletterte auf seine Knie. »Daddy ...«

»Was?« Er neigte ihr sein gutes Ohr zu. Das andere war taub geworden, bei einem Autounfall oder einem Schuß.

»Nichts.« Sie kuschelte sich in seinen Schoß.

William umfaßte sie mit seinen langen Armen und strich Butter auf den Toast. »Heute«, verkündete er mit vollem Mund, »fällen wir einen Baum.«

»Hurra!« schrien Doon und Sandy. »Hurra!« stimmte Tess ein – nur etwas spät. Solche Abenteuer war sie nicht gewohnt. Honour setzte sich in Positur, als käme jetzt eine ungeheuer verantwortungsvolle Aufgabe auf sie zu, und selbst Jake horchte auf.

»Ich brauche die Hilfe von Jake und von allen Mädchen.« William zwinkerte schelmisch, um anzudeuten, daß er auch Francine meinte. »Wir fahren in den Wald hinauf, suchen den richtigen Baum aus, und dann...« – seine Stimme wurde ernst –, »müßt ihr besonders aufpassen, wenn ich die Kettensäge benutze.«

»Darfst du das?« fragte Francine. »Bäume fällen, wie es dir paßt?«

William drehte den Kopf zur Seite und zeigte auf sein taubes Ohr, damit sie die Frage wiederholte. »Aber natürlich!« Er schlug auf den Tisch, und Sandy wippte in die Luft. »Die Forstrechte gehören zum Haus. Wir holen uns so viel Feuerholz, daß wir über den Winter kommen.« Er ging hinaus und lud die Kettensäge in den Lieferwagen.

Der Ashdown Forest war dicht mit rotbraun welkendem Farn bewachsen, aber die weichen weiten Waldwege zum Golfplatz hinauf waren noch grün.

»Für einen Wald gibt es hier aber wenig Bäume«, sagte Honour, die vorn zwischen William und Francine saß, während Jake hinten an der Hecktür kauerte, so weit wie möglich von ihnen entfernt.

»Ich kenne den Mann, den wir fragen müssen.« William

fuhr durch einen lichten Birkenhain und steuerte den Lieferwagen wie ein Schiff über die Bodenwellen.

»Seht mal, ein kleines Haus.« Doon reckte den Kopf. »Ganz versteckt.« Und tatsächlich. In einer Senke wuchs ein uraltes Häuschen aus dem Boden.

William zog die Handbremse und öffnete die Tür.

»Wer wohnt denn hier?« Sie standen draußen, Tess klammerte sich fest an Francines Hand. Das mußte ein verwunschenes Haus sein, mit schiefem Tor und einem Zaun, der weit nach innen eingefallen war. Dahinter Reihen von Rosenkohl und Weißkohlköpfen, die in dünne weiße Plastiktüten gehüllt dastanden, zusammengebundene Flaschen klimperten im Wind. Es gab sogar eine Vogelscheuche, deren Gesicht mit stachligen Barthaaren übersät war.

Mit dem Zeigefinger über den Lippen bat William alle um Ruhe. »Mr. Jenkinshaw?« rief er. Kurz darauf öffnete sich die obere Hälfte der weißen Haustür, und ein alter Mann lehnte sich heraus. »Morgen«, sagte William. Alle fünf Kinder erstarrten auf der Stelle. Sie waren so still, daß sie die Luft summen hörten – und verstanden doch kein Wort von dem, was gesagt wurde.

»Was ist denn mit dem passiert?« fragten sie schließlich und umtanzten William. »Was ist das?« Tess schüttelte sich vor Grausen und tastete ihr Gesicht ab, um herauszubekommen, wie es sich anfühlen mußte, keine Nase zu haben. »Was ist das? Igittigitt!« Mr. Jenkinshaw stand in sicherer Entfernung hinter seiner Stalltür. »Grusel!« Nur daran zu denken kribbelte bereits wie Ameisen.

»Jetzt aber ruhig, alle miteinander!« William holte seine Auskünfte ein, stellte Kalkulationen an und hielt Ausschau nach geeigneten Bäumen. »Pscht!« Aber Francine überlegte laut, ob Mr. Jenkinshaw seine Nase infolge der Syphilis oder einer Kriegsverletzung verloren hatte.

»Weggeschossen, meinst du?« fragte Jake atemlos. Alle schüttelten sich erneut und spürten seltsame elektrische Zuckungen in den Beinen.

Sie fuhren weiter hinauf zu einer buschig bewaldeten Anhöhe, und William trug die Kettensäge zu einer schlanken, hochgewachsenen Esche. Der Stamm war dicht von Efeu bedeckt – ein Zeichen, daß der Baum zum Sterben verurteilt war, wie William erklärte.

»Zurücktreten, alle miteinander!« William stellte den Fuß auf den Bügel der Kettensäge und zog die Leine. Bei jedem Versuch rötete sich sein Gesicht ein wenig mehr.

Tess betrachtete seinen sehnigen Arm mit den dicken dunklen Adern, während er sich abmühte, den Motor zum Laufen zu bringen. Jake kicherte höhnisch, Tess blickte ihn strafend an und hoffte, daß William endlich Erfolg hatte. »Hurra!« jubelte Sandy, als der Motor ansprang und losheulte. William entlockte Sandy einen Schrei, indem er die Säge schwenkte, als wollte er ihr das lange Haar stutzen.

Die Säge machte einen fürchterlichen Lärm, jaulend und kreischend fraß sie sich ins Holz, und wie durch Zauberei krachte der Stamm ins Farnkraut, genau auf die Stelle, die William ihm zugedacht hatte. Er schaltete die Säge ab und rief alle zu sich. »Es kommt nur auf den richtigen Winkel an«, sagte er. »Man kann genau ausrechnen, in welche Richtung der Baum fallen soll.«

»Woher kannst du diese Sachen?« Francine wurde rot, ihre Augen leuchteten.

William zuckte die Schultern und strich sich das Haar aus dem Gesicht. »Da solltest du erst mal meine Ravioli kosten!« Er sprach das Wort mit genüßlichem Zungenschlag aus und zwinkerte. Jake wandte sich angewidert ab und lief davon.

»Jake!« Tess rannte ihm nach, aber in dem Moment heulte die

Kettensäge wieder los, und William begann, den Stamm in kleine Stücke zu sägen. Honour, Doon und Sandy stellten sich hinter ihn und warteten geduldig, bis sie die abgetrennten Klötze in den Lieferwagen schleppen konnten. Für Sandy sägte William dünnere Äste ab, die man als Anmachholz verwenden konnte, und aus Doon und Tess bildete er ein Team, so daß sie mit vereinten Kräften die schweren Klötze tragen konnten. Jake, Honour und Francine waren die besten Arbeiter – William machte eine kurze Pause, um es ihnen zu sagen. Er zwinkerte Jake zu, von Mann zu Mann, und zog das Hemd aus. Sein Rücken war bleich und lang, wenn er sich bückte, bildete sein Bauch einen harten Knoten über dem Gürtel. Eine schmale weiße Narbe lief über seine linke Seite, und Tess fragte sich, ob sie von derselben Explosion stammte, die ihn auf dem einen Ohr taub gemacht hatte.

Am nächsten Tag schrieb Tess einen Antwortbrief an ihren Vater. Sie sah ihn vor sich in der halbleeren Wohnung mit den nackten Dielen und der Badewanne mitten im Zimmer. Dort wohnte er mit Georgina, einer Frau, die schön war wie eine Perle. Einmal, zu Besuch mit Jake, hatte sie gesehen, wie der Vater ihr unter den Rock griff. Georgina stand in der Küche und wärmte Spaghetti auf. Sie wurde weder rot, noch wehrte sie sich und ging einfach beiseite und holte zwei Teller.

> *Lieber Dad,*
> *das wäre wirklich super, wenn Du uns besuchen würdest. Ich könnte Dir den höchsten Baum zeigen. Ich habe Nägel in den Stamm geschlagen, damit ich bis zu den ersten Ästen hinaufklettern kann. Vielleicht hat William dann schon das Hühnergehege fertig. Ich hoffe es, obwohl wir uns dann sehr vor den Füchsen hüten müssen.*
>
> *Deine Tess*

In der ersten Septemberwoche fing die Schule wieder an, auch für William. »Ich werde ein Auge auf euch werfen«, drohte er scherzend, als sie zu fünft um den Tisch saßen, aber er unterrichtete in der Oberstufe, und keines der Kinder war alt genug für seine Klassen. Jake und Honour waren elf, Tess neun, Doon und Sandy waren sieben und vier. Sandy ging noch in den Kindergarten. In die Oberstufe kam man erst mit vierzehn, aber nun, da William dort unterrichtete, wollte Tess am liebsten schon vierzehn sein.

Dieses Jahr sollte alles anders sein als früher. Sie konnten mit William im Lieferwagen zur Schule fahren und mußten nicht mehr auf der Straße warten, daß sie mitgenommen wurden. In Oakridge, wo sie vorher gewohnt hatten, eine Meile außerhalb an der Oakridge Road, waren sie immer von der Familie Biggs mitgenommen worden. Sie hatten jeden Morgen vor dem Tor gewartet, auf die Autos gewettet, und jeden Morgen hatten sie Angst, daß sie zu spät hinausgegangen waren. Am Anfang hatte Francine mit ihnen gewartet, doch oft übernahm sie Putzjobs, die vor neun anfingen, und fuhr mit dem Bus, der extra für sie vor der Kurve hielt. Manchmal folgte ihnen Odin auf die Straße, und sie mußten ihn zurückscheuchen, wenn das Auto der Biggs schließlich auftauchte. Odin war Jakes Kater. Er war nach dem mächtigsten nordischen Gott benannt. Eigentlich hatte er Thor heißen sollen, der ein zorniger Gott war, aber der Name Odin lag besser im Wind. Jeden Abend mußte sich Jake in die Hoftür stellen und rufen und rufen, damit Odin nach Hause kam. Odin war ein furchterregendes Tier, seine Krallen waren hart wie Spikes, seine Augen und Ohren leuchteten orange. Jake hatte ihn zum siebenten Geburtstag bekommen und sich, kaum hatte er die spitzen Ohren aus dem Geschenkkarton ragen sehen, in ihn verliebt.

Zum Teil war es Odins Schuld, daß sie von Oakridge wegziehen mußten. Die Wilks', in deren zwei Parterreräumen sie zur Miete wohnten, hatten genug von ihm. Er hatte Ken, den Freund von Mrs. Wilks, gekratzt und war eines Tages, als er durch den Korridor raste, mit Imelda zusammengekracht, der jüngsten Tochter von Mrs. Wilks. Statt sie zu umrunden, war er einfach an ihr hochgesprungen und hatte ihren Kopf als Sprungbrett benutzt, um auf die Treppe zu gelangen. Tess mußte jedesmal laut lachen, wenn sie daran dachte, doch ihr war ganz anders geworden, als sie gesehen hatte, daß Imelda noch eine Woche danach rote Striemen unter dem Pony mit sich herumtrug.

Am Morgen des ersten Schultags kochte William Porridge.

»Porridge!« Jake war empört, und selbst Honour patschte verdrossen mit dem Löffel auf dem Brei herum.

»Schmeckt köstlich«, behauptete William und streute sich Salz darüber.

»Mum?« Jake blickte Francine hilfesuchend an, aber sie schob ihm einfach das Honigglas hin und schluckte, wie um ihn anzuspornen, einen dicken Löffelvoll von dem klebrigen Haferbrei herunter.

Besonders gern aßen Jake und Tess Käsetoast zum Frühstück. Das war ihr Lieblingsessen, vor allem dann, wenn Francine den Rost zwischendurch herauszog und Essig auf den zerlaufenden Käse träufelte. Dann schmeckte der Toast genauso herzhaft wie die Welsh Rabbits, die gerösteten Käseschnitten in Miriam's Café, besonders wenn sie zu dritt im Bett saßen und sich's schmecken ließen.

Jake stand auf und holte die Büchse Goldsirup aus der Speisekammer, die mit ihnen umgezogen und außen schon schwarz verklebt war. Mit der Messerspitze hebelte er den Deckel auf. Er tauchte den Teelöffel ein, hielt ihn über seine Schüssel und schrieb mit goldenen Buchstaben seinen Namen auf den Porridge. »Schon besser«, sagte er und warf einen abschätzigen Blick auf William.

Jake hatte sich einen Platz am anderen Ende des Tisches ausgesucht, so weit von William entfernt wie nur möglich. William hatte als einziger einen Stuhl, alle anderen quetschten sich auf die Holzbänke, drei auf jeder Seite, und gleich am Tag ihres Einzugs standen die Plätze fest. Tess hatte sich neben Sandy postiert, mit dem Rücken zur Tür, so daß sie neben William sitzen konnte, sobald Sandy auf seinen Schoß kletterte, wie es unvermeidlich geschah. Dann rutschte sie auf der Bank ein Stück näher, bis sie die Wärme seines blassen Arms spürte, und dort, ganz dicht an seinem guten Ohr, fühlte sie sich am wohlsten.

William griff entschlossen nach der Schultasche. »Wir müssen los«, rief er und stellte zu seiner Überraschung fest, daß er nervös war. In Aberdeen hatte er in Schulen unterrichtet, wo die meisten Kinder schon mit zwölf Jahren Zahnprothesen trugen. Kleine Jungen überstanden auch die kältesten Winter in dünnen Windblusen aus Akryl, und selbst die Mädchen verachteten ihn, weil er sich weigerte, den Rohrstock zu benutzen. Er hatte versucht, sie für Geschichte zu interessieren, ihnen Stolz auf ihre Herkunft einzuflößen, die Lücken im Stundenplan hatte er mit Geschichten von Indianern, Eingeborenen und von den Kämpfen der Pikten gefüllt. Aber sie hatten ihn nur ausgelacht, ihn als Trottel und Schwuchtel bezeichnet und gefragt, warum er, wenn er denn wirklich Schotte war, so redete wie die Queen.

»*I dae nae talk like the Queen*«, widersprach er mit schottischem Akzent, um die Sache scherzhaft abzubiegen. Aber in Wirklichkeit war er dabei, den Mut zu verlieren. »Ich bin keine zwei Meilen von hier geboren, wenn ihr's wissen wollt.« Im stillen verfluchte er seine Eltern, die nach Surrey gezogen waren, damit er und sein Bruder einmal »weiterkämen«.

»Du siehst aus, als hättest du Indianerblut in dir«, hatte Felicity einmal gesagt und ihn lachend beim Schopf gepackt. »Ein blonder Indianer.« Aber das war lange her, beim Studium an der Universität von Aberdeen, und Honour war zu der Zeit nicht viel mehr gewesen als eine leichte Wölbung ihres Bauches.

»Dann viel Glück heute«, sagte Francine, lächelte ihn an und half Tess in den Mantel. »Und bis später.« Ob sie wohl sieht, dachte William, wie elegant meine Haare geschnitten sind?

Jake riß die Hecktür des Lieferwagens auf. Ein alter Teppich lag auf dem Boden ausgebreitet, die Holzspäne waren weggefegt. Er setzte sich auf die Metallwölbung des Radkastens, und Honour, die farblose Brille dicht ans Gesicht gepreßt, kletterte ihm nach und setzte sich auf den anderen. Doon und Sandy stiegen vorn ein und jagten mit Knuffen und Schubsen über das aufgeplatzte Polster der Sitzbank. Tess versuchte ihr Glück und schob sich neben die beiden, doch der Platz an der Tür, den Doon ihr ließ, war so eng, daß sie aufstehen mußte, um die Tür zuzuschlagen.

»Tess, du mußt nach hinten. Mehr als zwei sind nicht erlaubt.« William schwang sich auf den Fahrersitz, und Tess kletterte verzagt über die Lehne.

Sie setzte sich in den Ersatzreifen und blickte gelegentlich auf den Himmelsausschnitt der Frontscheibe, aber auch ohne etwas zu sehen, kannte sie jede Kurve, jedes Schlagloch und jeden Hubbel auf dem Weg nach Twelve Ashes. Sie schloß die Augen und spürte das Schlenkern des Wagens, dann die Biegung hinter der Kirche und die letzte Steigung vor der Schule.

George House war eine besondere Schule, Tess wußte das, weil niemand aus dem Dorf Twelve Ashes so recht mit den Schülern reden wollte, und manchmal, wenn sie den Bus erwischte, knurrte der Busfahrer und regte sich auf, nur weil sie das Geld nicht genau passend hatte. Aber das Seltsamste an der Schule blieb: alles war irgendwie windschief – die Gebäude, die Pfosten mit den Schildern, die Buchstaben; alles mußte ein wenig schräg angeordnet sein. Es gehörte zur Philosophie von George House, daß man keine harten Kanten sehen sollte. Also waren die Türen des Hauptgebäudes in der oberen Partie abgerundet, und jedes Fenster hatte acht Ecken. Die Buchstaben des Alphabets waren schattiert und gekrümmt, die Schilder waren holzgeschnitzt. Es gab keine Uniformen, nur das Verbot, Stoffschuhe oder Clogs zu tragen. Zwischen Herbstanfang und Ostern sah man kein Mädchen mit Söckchen und keinen Jungen mit kurzen Hosen, und oft wurde betont, daß die britische Sitte, Kinder im Winter mit nackten Beinen herumlaufen zu lassen, die Ursache vieler späterer Erkrankungen sei. Und natürlich trug niemand eine Brille. Das heißt niemand außer Honour, aber zu der Zeit war Honour noch neu. Kinder mit schlechten Augen mußten bei der Krankenpflegerin spezielle Übungen machen, und im vergangenen Schuljahr hatte Tess die Anweisung erhalten, das ganze Jahr hindurch Stäbe zu werfen.

»Herein«, hatte Miss Glot in ihrem Singsang gerufen, und kaum stand Tess in der Sanitätsbaracke, bekam sie einen Kupferstab in die Hand gedrückt. Der Stab fühlte sich leicht und kühl an, erwärmte sich jedoch schnell in der Hand, und die Schwester zeigte ihr, wie man ihn in elegantem Bogen durch den Raum warf. Zuerst fing Miss Glot den Stab einfach auf und warf ihn zurück, dann nahm sie sich einen zweiten und ließ ihn über ihre Finger rollen, daß er wie ein funkelndes Flämmchen durch den Raum tanzte. Miss Glot trug graue Eurhythmie-Schuhe, und wenn Tess ungenau oder zu hoch warf, mußte Miss Glot auf ihren kurzen Beinen in die Höhe springen, um den Stab zu fangen. Aber bald fand Tess ihren Rhythmus, die beiden Stäbe zeichneten einen Bogen und begegneten sich in der Mitte. Tess schien mit Miss Glot in einen fließenden Bewegungsablauf eingebunden. Werfen und fangen. Werfen und fangen. Ihre Finger wurden warm und strömten den Geruch von Kupfer aus. Ihre Augen, die den wirbelnden Stäben folgten, huschten hin und her, und stets war es eine kleine Überraschung, wenn Miss Glot das Tempo verlangsamte und die Stäbe schließlich in ihren Händen ruhten. »Du kannst jetzt gehen, Tess«, sagte Miss Glot freundlich, wenn die Klingel die Pause beendete, und schwindelig fand sich Tess draußen wieder.

»Wär das nicht lustig«, sagte Jake eines Tages beim Abendbrot, »wenn beim Augentraining ein Stab danebenfliegen und dir das Auge ausstechen würde?« Er mußte so laut lachen, daß ihm ein Stück Radieschen aus dem Mund flog. Francine verzog amüsiert das Gesicht, und auch Tess fing an zu kichern. William tat, als hätte er nichts gehört, und sorgte statt dessen für Aufruhr, indem er Sandy die Wurst vom Teller stahl.

»Sieh mal, der Vogel auf dem Fensterbrett«, hatte er gesagt, und als sie sich wieder umdrehte, war die Wurst verschwunden. »Nein!« jaulte sie, aber ihre Augen blitzten begeistert, und auch den anderen Mädchen war anzusehen, daß sie den Trick schon kannten.

Dieses Jahr zog Jake in das purpurfarbene Klassenzimmer. Purpur für die sechste Klasse, Blau für die fünfte, Grün für die vierte, Gelb für die dritte, und die Räume der ersten beiden Klassen waren mit einem verwaschenen Rosa überzogen. Tess sah das Grün ihrer neuen Klasse schon im Vorbeigehen durchs Fenster, ein frisch aufgetupftes Schwammuster, und neben der Tafel stand Mr. Paul, ihr Klassenlehrer. Sie rannte durch die Eingangshalle, vorbei an der steinernen Skulptur des heiligen Georg im Kampf mit einer Schlange, und schlitterte durch den Korridor. *Mr. Paul, Mr. Paul.* In Gedanken flog sie ihm in die Arme.

»Mr. Paul?« fragte sie schüchtern. Er drehte sich ihr nur halb zu und lächelte flüchtig, weil er ein Bild an die Tafel malte. Eine Bergkette, die von der Sonne bestrahlt wurde. Unter den Bergen lag ein Riese, und unter dem Riesen gähnte eine Hölle aus Feuer und Blut.

»Hallo«, sagte Tess. Sie wollte seine breite Hand schütteln und ihm von William erzählen. Von der Kettensäge, den Ravioli, von den Liedern, die William zur Gitarre sang. Aber sie stand nur da, stumm und schüchtern nach den endlos langen Sommerferien, dann wandte er sich wieder der Tafel zu und schraffierte die Sonnenstrahlen, die von dem kreidigen Glutpunkt in der Ecke der Tafel ausgingen. Tess stellte sich vor, daß er die ganzen Ferien dort gestanden, gezeichnet und schraffiert hatte, um die richtigen Farbtöne zu treffen.

Mr. Paul hatte eine Tochter, ein blasses Mädchen – eine Klasse über ihr –, und wenn Tess sie auf dem Spielplatz sah, fragte sie sich, ob es sie ärgerte, daß ihr Vater nicht ihr Lehrer war. Klar, am Abend und am Wochenende hatte sie ihren Vater für sich, aber für Tess war er jeden Vormittag da, sie hörte sich die Geschichten an, die er zu jedem Thema parat hatte, und so war es seit ihrem sechsten Lebensjahr.

»Mum, äh, Mr. Paul...« sagte Tess und wollte sich näher an ihn heranschieben, als ein Pulk von Kindern zur Tür hereinstürmte, und sie rannte los, um sich einen Platz zu sichern.

»Nun?« fragte William beim Abendbrot. »Wie war der erste Schultag?« Er blickte in die Runde, die fünf hatten sich gerade über die Spaghetti hergemacht. »Honour?«

»Schön.« Ihr Blick blieb auf den Teller gerichtet, und Jake sah den Umriß ihrer mageren Schultern, die sie bis zu den Ohren hochgezogen hatte.

»Jake?« William beugte sich vor, schon aufs Schlimmste gefaßt, aber Jake blickte ihm direkt in die Augen und meinte: »Gut. Wir drechseln Holz. Und ich mache eine Schale.«

»Ist ja toll.«

»Ja, eine Puddingschale.« Er strahlte und richtete den Blick vielsagend auf Williams blonde Frisur, die tatsächlich aussah wie ein gestürzter Pudding.

»Im Kindergarten haben wir lauter Lieder gesungen«, piepste Sandy. Sie stand auf und sang ihm eins ins Ohr: »Die Kuh, die saß im Schwalbennest mit sieben jungen Ziegen...«

»Und wie war's bei dir, Doon?« William fragte betont ernst, als gäbe es einen Grund, bei ihr gesondert nachzufragen. Doon erzählte, daß Miss Bibeen, die Lehrerin, ihre Mutter in Japan besucht hatte. Beim Wort »Mutter« stockte sie ein wenig und blickte auf, wie um sich zu vergewissern, ob sie weitererzählen durfte. »Sie hat die ganze Stunde davon erzählt«, fügte sie hinzu, biß sich auf die Unterlippe und starrte in ihr Essen.

Tess wartete, saugte Spaghetti ein, kaute und zögerte jedes Schlucken hinaus, weil sie erzählen wollte, daß sie mit den nordischen Sagen angefangen hatten, mit Ginnungagap und der Erschaffung der Welt, und daß sie bald ihre eigenen Geschichten von Odin, Loki und Thor lernen würde. Aber William stand auf, als wäre sie gar nicht vorhanden. Er füllte den Wasserkrug und verkündete sein Vorhaben, in der Schule ein Stück aufzuführen. »Eine griechische Tragödie«, sagte er. »Wir spielen sie im Kreis, die Turnhalle verwandeln wir in ein Amphitheater. Endlich mal ein richtiges Drama an unserer Schule.«

»Nehmt euch Obst«, rief Francine, als die Bänke knarrten und die Füße davontrappelten. Sie stand auf und räumte das Geschirr für den Abwasch zusammen.

Lieber Dad,
darf ich Dir von Ginnungagap erzählen?
Am Anfang war ein Reich, das hieß Muspelheim. Keiner hielt es da aus oder wollte dorthin, außer denen, die dort geboren waren. Dann war da Niflheim, das bestand aus Eis und Schnee. Und zwischen den beiden Reichen erstreckte sich ein gewaltiges Nichts. Ginnungagap.
Da kam der erste Eisriese aus dem Eis und dem Schnee. Sein Name war Ymir. Ymir war böse, und im Schlaf schwitzte er fürchterlich. Ein Mann und eine Frau wuchsen aus dem Schweiß der linken Achselhöhle. Das eine Bein des Riesen zeugte einen Sohn mit dem anderen Bein. Ymir wurde der Urvater aller Eisriesen.
Wie geht es Dir? Ich hoffe, es geht Dir gut. William sagt, die Garage muß bis zum Frühling warten.

Deine Tess

»Mum…« Tess kletterte auf Francines Bett und pfiff nach Odin, damit er sich in ihre Kniekehlen kuschelte.

»Ja?« fragte Francine, ohne von ihrem Buch aufzublicken.

»Das ist ungerecht.«

»Was ist ungerecht?«

Tess zögerte. Sie schämte sich, damit herauszurücken. »Jake hat wieder das obere Bett«, sagte sie statt dessen.

»Ich weiß.« Francine blickte zur Tür hinüber, wo Jake ein Poster anklebte. Ein lauernder Leopard lugte zähnefletschend über eine Gartenmauer, ein paar Löwen und ein Gepard hingen schon da, und er hatte versprochen, für Tess einen Platz freizulassen. »Was willst du für ein Bild aufhängen?«

Tess wußte es nicht. Sie hatte ihre Schätze auf dem Fensterbrett ausgebreitet: ein winziges Glasfläschchen, ein Ohrring, ein angebissenes Marzipanschwein. Das Schwein hatte ihrem Vater gehört, es war Tess im Durcheinander seines Schreibtischs aufgefallen. Sie hatte es in die Hand genommen, gestreichelt und gedacht, daß das Schwein vielleicht schon als kleiner Junge in seinem Besitz gewesen war. Er hatte gefragt, ob sie es mitnehmen wollte.

»Danke. Ja. Bist du sicher…«

Und am selben Abend biß Jake dem Schwein den Kopf ab.

Tess heulte los. Schluchzend erklärte sie, daß es sich um ein Erbstück gehandelt habe.

»Ach, deshalb schmeckt es so eklig«, knurrte Jake, rosa Krümel fielen aus seinem Mund. »Mir wird gleich schlecht.« Und er warf ihr die angekauten Brocken in den Schoß.

Francine versuchte, die Teile wieder zusammenzufügen – ein Klebestreifen reichte vom Hals zum Vorderbein herab – und stellte das Schwein auf Tess' Schatzbrett zurück, zwischen einen Eierbecher und eine dreibeinige Silberschatulle.

»Woher weißt du, daß Dad es schon so lange hatte?« fragte

Jake an dem Abend und beugte seinen Kopf wie eine Fledermaus vom oberen Bett herunter. »Woher weißt du das?« Aber Tess tat, als würde sie schlafen.

Francine hatte im Parterre ein kleines Schlafzimmer, das neben dem Zimmer von Tess und Jake gelegen war. Es gehörte zu dem Anbau, den William errichtet hatte, zusammen mit einem Bad und einer Waschküche. William hatte alte Ziegel für den Anbau verwendet, damit es aussah, als hätte er schon immer dort gestanden. Aber die Wände wirkten wie aus Legosteinen zusammengesetzt, und wenn man aus der Küche hereinkam, roch es nach feuchtem Putz. Francines Zimmer war so klein, daß kein Bett hineinpaßte. »Das sieht nur so aus«, hatte William bei der Besichtigung versichert. »Wartet ab, was ich damit vorhabe.« Und er hatte recht. Als sie einzogen, schmiegte sich ein Himmelbett zwischen die Wände. An der Decke hing eine Schiene für Vorhänge, unter dem Bett waren Schubfächer zum Platzsparen.

»Ich hab ein bißchen übertrieben«, sagte William und erklärte, wie er das Bettgestell mit einer Laubsäge verziert hatte. »Ein Bett aus Tausendundeiner Nacht.« Und während er ihm den letzten Schliff gab, schlief Francine im Wohnzimmer vor dem Kamin, der aussah wie eine Wohnhöhle.

Eines Nachts wachte Tess auf, frierend und durchnäßt, und machte sich auf die Suche nach ihrer Mutter. »Mum?« Sie lugte ins Dunkle. »Mum?« Als sich ihre Augen im Zimmer zurechtfanden, sah sie, daß Francine nicht da war. Sie mußte sich ein Handtuch holen und es selbst über die nasse Stelle breiten. Zitternd und mit angewinkelten Knien war sie wieder eingeschlafen.

»Das ist nur, weil wir hier neu sind«, sagte Francine, als sie das zusammengeknüllte Bettzeug in der Zimmerecke fand. Sie lächelten sich an und hofften, daß es stimmte.

»Bitte, verrat es nicht.«

Aber statt zu nicken, wie sie es immer tat, zog Francine abwesend die Stirn kraus, als müßte sie es sich erst noch überlegen.

»Mum!« rief Tess erschrocken.

»Keine Sorge.« Francine streichelte ihr die Hand. »Ich verrate es keinem.«

Williams Oberkörper war über den Herd gekrümmt, sein Gesicht spiegelte sich verzerrt in der silberglänzenden Abzugshaube. Er stützte sich auf das Chromgestänge und seufzte. Francine ließ Spülwasser ins Becken ein. Von oben hörte er Honour Geige üben, immer dieselbe Passage, während Doon und Sandy in ihrem Zimmer balgten. »Daaaddy!« Sie wollten, daß er den Streit schlichtete, und er fragte sich, wann sie sich das letzte Mal vertragen hatten. Er hörte ein Scheppern, dann ein langgezogenes Heulen, gefolgt von plötzlicher Stille. Ein kurzer Moment des Friedens. William begann, den Herd zu polieren. Er benutzte ein Öllappchen und genoß den beißenden Geruch des Putzmittels.

»Mum?« Es war Tess. Verdrossen stapfte sie auf ihre Mutter zu und reckte sich in die Höhe, um ihr etwas ins Ohr zu flüstern.

»Nicht so schlimm... laß es einfach so.« Francine blieb hart, und Tess fing an zu jammern. »O Muummmm...« William betrachtete sie gereizt, ihr struppiges Haar, ihre linkische Gestalt mit den dicken Beinen und dem runden Pferdebauch. Sie warf ihm einen Blick zu, als würde sie von ihm Hilfe erwarten. William machte sich wieder ans Putzen. Er spürte ihren Blick im Rücken, ihre runden, dunklen, erwartungsvollen Augen, und er dachte, daß ihr Vater diesen bohrenden Blick vermied, indem er regelmäßig Geld auf ein Konto überwies. Das könnte mir gefallen. Ein Leben als Single. Autos, Frauen und jede Menge Spaß. Aber er wußte, daß er fast jedes Opfer gebracht hätte, um diesen letzten, bitteren Kampf mit seiner Frau zu gewinnen.

Mr. Paul stand vor der Tafel. DIE NORDISCHEN MYTHEN war in Großbuchstaben angeschrieben, die allmählich von Purpur in Blau übergingen. »Alles Leben begann mit brennendem Eis und beißendem Feuer«, sagte er, und Tess erbebte, als Mr. Paul den abwesenden Blick eines Geschichtenerzählers aufsetzte. Er stand nicht hinter seinem Tisch, sondern ging langsam vor der Klasse auf und ab.

»Als immer mehr Eis vom Ginnungagap schmolz, nahm das Wasser die Gestalt einer Kuh an. Diese Kuh hieß Audumla. Sie nährte sich vom Eis, und sie säugte Ymir aus den vier Milchströmen ihres Euters. Sie leckte die salzigen Eisblöcke, und am Abend des ersten Tages kam das Haar eines Mannes zum Vorschein. Audumla leckte immer weiter, und am Abend des zweiten Tages hatte sie den Kopf des Mannes freigelegt. Und weiter leckte Audumla, bis am Abend des dritten Tages ein ganzer Mann vor ihr lag. Sein Name war Buri.«

Tess schloß die Augen und versuchte, sich Buri vorzustellen. Als hätte er ihre Gedanken erraten, fuhr Mr. Paul fort. »Buri war groß, stark und stattlich, und bald bekam er einen Sohn mit Namen Bor, und Bor heiratete die Tochter eines Eisriesen. Ihr Name war Bestla, und sie gebar drei Söhne. Der erste war Odin, der zweite war Vili, der dritte war Ve.

Die drei Söhne vertrugen sich nicht mit Ymir und seinen

unbändigen Eisriesen, es kam bald zum Streit, und sie erschlugen Ymir. Seine Wunden waren wie Quellen, aus denen so viel Blut strömte, daß alle Eisriesen ertranken – bis auf Bergelmir und seine Frau, die in ihr Boot sprangen und auf einer Springflut aus Blut davonfuhren.«

»So wie die Arche Noah?« fragte Tess.

»Odin und seine Brüder schleppten den toten Eisriesen zur Mitte von Ginnungagap, um aus ihm die Welt zu formen. Aus seinem Fleisch machten sie die Erde, aus seinen unversehrten Knochen entstanden die Berge. Aus seinen Zähnen und Kiefern und Knochensplittern machten sie Felsen und Wackersteine.

Odin, Vili und Ve formten aus dem Blutstrom die Seen und das Meer. Nachdem sie die Erde geschaffen hatten, legten sie den wogenden Ozean wie einen Ring um die Landmasse. Und der Ozean war so breit, daß kaum einer auf die Idee kam, ihn zu überqueren. Dann hoben die drei Brüder Ymirs Schädel in die Höhe und machten daraus den Himmel, so daß sich seine vier Ecken auf die Ränder der Welt stützten. Unter jeder Ecke saß ein Zwerg, und die Zwerge hießen Ost, West, Nord und Süd. Dann sammelten Odin, Vili und Ve in den südlichen Gefilden von Muspelheim Glut und Funken ein und nannten sie Sonne, Mond und Sterne. Sie verteilten die Himmelslichter über Ginnungagap, um Himmel und Erde zu beleuchten. Auf diese Weise gaben sie jedem Stern seinen festen Platz.

Auch Ymirs Gehirn verwendeten die Söhne Bors. Sie warfen es in die Luft und machten alle Arten von Wolken daraus.« Mr. Paul schob die Tafel hoch, um das Gehirn zu zeigen – weißes Gewölk in einem Meer aus blauer Kreide. Und er schob die Tafel noch höher, bis man sah, daß kein Fleckchen Schwarz auf der Tafel übriggeblieben war.

William wollte, daß sich alle einen Namen für das Haus überlegten. Bevor er es gefunden und mit dem Bauen angefangen hatte, war es kein Wohnhaus, sondern eine alte Bäckerei gewesen. Wo sich die Backöfen befunden hatten, war jetzt der Kamin. Der war so groß, daß man bequem in ihm sitzen konnte, und darüber erhob sich der gewaltige Schornstein. Ein richtiges Obergeschoß hatte es nicht gegeben, und der Garten, auch der jetzige Rasen, war eine einzige Wildnis gewesen.

»Das hätte ich gern einmal gesehen«, sagte Tess, worauf Sandy zu strahlen anfing.

»Ich hab es gesehen«, versicherte sie.

»Na kommt, Mädchen«, rief William. »Ihr sollt alle überlegen.«

»Haus Schneebeere«, rief Doon und streckte die Hand in die Höhe.

William zog ein Gesicht. »Wir haben aber keine Schneebeeren.«

»Die können wir ja pflanzen«, bekräftigte Tess den Vorschlag von Doon. Es war wirklich ein schöner Name!

»Wie wär's mit Kuchenhaus?« fragte Honour.

»Nicht dumm«, meinte William.

»Oder: Munteres Gewimmel«, schlug Jake vor und grinste.

Francine lachte.

»Jetzt wollen wir mal ernst bleiben, Jake«, sagte William.

»Muntere Pimmel«, flüsterte Jake kaum hörbar, und William verdrehte die Augen.

»Wie wär's denn mit...« – er stützte die Arme auf den Tisch – »Wie wär's mit Wildland?«

»Das ist super!« jubelten seine Kinder. »Wildland!«

»Warum nicht einfach Bäckerei?« fragte Francine. So stand es schließlich auf den Briefen, die bei ihnen ankamen.

»Langweilig, Francine, langweilig!« William wedelte mit den Händen. »Nennen wir's einfach Wildland.«

Sofort schrien die Mädchen durcheinander, angefeuert vom wilden Klang des Namens. »Wildland! Wildland!« schrien sie. »Wir wollen Wildland!«

Laurel Hill war ein ruhiges und gepflegtes Fleckchen Erde mit Rhododendronbüschen und allen Arten von Sträuchern. Die meisten Bewohner waren pensioniert oder pendelten nach London zur Arbeit.

Eine schmale Straße wand sich durch das Gut. Sie begann mit einer Viehsperre, die in die Fahrbahn eingelassen war, und neben der Viehsperre stand der Pfosten mit den Wegweisern: *Kutschenhaus, Glockenturm, Pförtnerhaus, Wildhüterkate, Ostflügel, Westflügel.* Die Schilder bestanden aus hängenden Holzscheiben mit eingeschnitzten schwarzen Buchstaben. »Wildland«, murmelte William und machte sich ans Werk. Er wählte einen Klotz des gefällten Baumes, setzte die Säge schräg an und schnitt eine ovale Scheibe heraus. Nachdem er sie kräftig mit Sandpapier abgeschmirgelt hatte, schnitzte er mit dem Stechbeitel das Wort »Wildland« ins weiche Holz. Die Späne lösten sich in kleinen Kringeln, Arbeitslust durchströmte ihn. Er füllte die ausgekerbten Buchstaben mit dunkelbrauner Farbe, und als sie getrocknet war, strich er die Scheibe mit Mattlack. Er trug mehrere Schichten auf, bis das Holz honigfarben leuchtete, doch die Rinde blieb rauh und rissig. Er drehte die Holzscheibe um und lackierte auch die Rückseite, jeder Pinselstrich eine Liebkosung. Als das Schild fertig war, hängte er es zu den anderen an den Pfosten.

Am nächsten Morgen lag ein Brief unter der Haustür.

Schon vor dem Aufstehen war er durchgeschoben worden. Mr. William Strachan, Esquire, lautete die Adresse. Eine Briefmarke klebte nicht auf dem Umschlag. »Da hat sich jemand Mühe gegeben«, sagte William und zeigte den Brief herum. Tess sah eine lange Liste von Namen, die das ganze Blatt füllte. »Sie alle protestieren«, sagte er. »Am schärfsten leider Major Darlby und seine Frau von nebenan.«

William stand auf und schaute aus dem Fenster. Direkt hinter dem Zaun begann der schmale, von Bäumen überschattete Garten des Kutschenhauses. Das alte Pärchen stand draußen und begutachtete den Rasen. Die Kinder knieten auf der Bank und blickten hinüber, während William den Brief in kleine Schnipsel zerriß.

»Was ist ein Esquire?« fragte Honour.

William setzte sich. »Ein Esquire ist ein Mann mit Vermögen. Ein Grundbesitzer.« Sie musterten sich gegenseitig mit ernstem Blick. »Gute Frage, Honour. Eine Eins.«

Am Nachmittag durfte Sandy den Lieferwagen steuern. William nahm sie auf den Schoß und überließ ihr das Lenkrad, während er die Pedale bediente. Sie fuhren geradewegs bis zum Gutshaus und wendeten auf dem Kiesvorplatz.

Tess streckte den Kopf nach vorn. »Darf ich auch mal?«

Aber Sandy fuhr schon wieder zurück, den Berg hinauf. Ihre kleinen Hände verschwanden unter Williams Pranken, als sie auf die Viehsperre zufuhren.

»Hoppla!« William gab ruckartig Gas, als wollte er den Schilderbaum über den Haufen fahren, und Sandy kreischte los.

»Darf ich auch mal?« versuchte es Tess erneut.

William nahm Sandy vom Schoß. »So, jetzt reicht's. Ab sofort nur noch Fahrer mit Führerschein«, sagte er und fuhr hinaus auf die Landstraße.

Sie besuchten eine Familie, die einen Biohof betrieb. Dort hatten die Strachans gewohnt, nachdem sie von Schottland in den Süden gezogen waren. »Darf ich mitkommen?« hatte Tess gefragt, und William hatte ihr schulterzuckend die Hecktür aufgehalten. William kannte die Bremmers aus Aberdeen, wo sie noch in einer völlig anderen Welt gelebt hatten – dort hatten sie einen Fernseher besessen, im Kühlschrank lagerten sie Fischstäbchen, Hamburger, zu Ziegeln gefrorenes Gemüse. Sie ernährten sich von Schokoriegeln und Toastbrot und ahnten nicht, daß an einer Kartoffel die Schale das Wertvollste war. Aber jetzt kam fast alles, was sie aßen, vom eigenen Acker. Sie hatten sechs Kinder, allesamt hochgewachsen und hellhäutig. Tess forschte am ältesten Sohn nach irgendwelchen Anzeichen dieser anderen Welt, in der man Kitkat und Büchsenbohnen aß, schließlich war er noch in Schottland geboren und mit gezuckerten Cornflakes aus der Schachtel gepäppelt worden. Aber er sah aus wie die anderen.

Mrs. Bremmer servierte ihnen Pastinaksuppe mit einem spiralig zerfließenden Sahneklecks, dazu gab es eine Scheibe hausgebackenes Brot und Möhrensalat mit Sonnenblumenkernen und Apfelessig, der in der Nase kribbelte. Zum Nachtisch aßen sie weißen Yoghurt mit Honig aus dem Bienenstock der Bremmers.

»Francine hat nun beide Zimmer gemietet«, sagte William zu Martin Bremmer. »Kennst du Francine? Die Mutter von Jake aus der sechsten Klasse? Wir haben uns auf einem Elternabend kennengelernt. Kurz vor den Sommerferien.«

Tess klopfte wie aus Versehen mit dem Löffel auf den Rand ihrer Keramikschale. »Das ist meine Mutter«, sagte sie und blickte auf.

»Die Mutter von Tess«, bestätigte William. »Sie hat beide Zimmer genommen.«

Mr. und Mrs. Bremmer wandten sich Tess zu und lächelten.

In einem abgetrennten Teil der Scheune unterhielten sie einen Bioladen, dort standen große Blechtonnen mit Hafer, Gerste, Rosinen, Haselnüssen, getrockneten Aprikosen, Weizenkeimen, Hirse, Reis und Mehl. Zum Naschen gab es getrocknete Apfelringe. William kaufte von allem, was sie anzubieten hatten, und der älteste Sohn der Bremmers half, die großen braunen Tüten in den Wagen zu schleppen. William zählte die Scheine zweimal durch und teilte sie in zwei Bündel. »Das ist der Anteil von Francine«, sagte er. »Könnt ihr getrennt herausgeben?«

Mrs. Bremmer blickte auf. »Aber ihr eßt doch wohl gemeinsam?«

»Aber klar! Wir haben nur die eine Küche.« William schüttelte lachend den Kopf. »Eine Wohngemeinschaft eben.« Dann fielen ihm die Kinder ein, die an der Tür warteten, und er fügte hinzu: »Und es läuft ganz gut.«

Im Zimmer von Sandy und Doon stand ein Bücherregal, das die ganze Wand bedeckte. Sie hatten eine Kostümkiste voller Flitterkram, Seidenstoffe, Turbane, und jeden Abend setzte sich William zu ihnen ans Bett und sang ihnen vor. Tess hörte seine Stimme mit der gedämpften Gitarrenbegleitung durch die Decke tönen.

»Du kannst auch hinaufgehen«, sagte Francine, als sie sah, daß Tess am Fuß der Treppe stand und lauschte.

»Wirklich?« Doch Tess ging erst, als sie – auf Francines Veranlassung – von William heraufgewinkt wurde. Sie schmiegte sich ans Fußende von Doons Bett und ließ sich vom warmen Klang der Verse durchströmen.

Einst lebt' ein Mägdlein an der wilden See,
wohl bei Sturm und Windgebraus.
Doch niemand kam und bracht' ihr Trost,
sie sang ihr Lied nur für die See.

William umarmte die Gitarre, das blonde Haar hing über seinen Augen. Tess hätte ihm ewig zuhören können.

Ein stolzer Käpt'n, der fuhr einst zur See,
wohl bei Sturm und Windgebraus.
»Ich geh zu Grund«, so schrie er laut,
»ohne das Mägdlein an der See.«

Oft waren es traurige Lieder. Geschichten von Nixen, gesunkenen Schiffen oder Indianern, die sich an den Weißen rächten. »Jetzt ein lustiges, Dad«, bettelte Doon, und William beugte sich tiefer über die Gitarre.

Fläschchen voll Wein, du schenkst immer ein,
wann werd ich endlich mal nüchtern.
Laß mich allein, ich muß jetzt bald heim,
das nächste Mal bin ich nicht schüchtern.

»Fläschchen voll Wein, du schenkst immer ein ...« sang Tess ihrem Bruder Jake vor. Der schlug mit der Hand auf die Bettkante und befahl ihr, die Klappe zu halten.

»Warum kannst du ihn nicht leiden?« fragte sie.

Er beugte sich zu ihr herab und schaute ihr mit seinem klaren Blick in die Augen. »Er ist scharf auf Mum.«

Als die Abende kälter wurden, lud William alle zum Schlafliedersingen ein. Er setzte sich im Schneidersitz auf das Kissen, das er in der Kaminhöhle ausgelegt hatte, um ihn scharten sich die Kinder, und auch Francine setzte sich dazu. Nach einer Weile wurde den Kindern, die dem Feuer am nächsten kauerten, zu heiß, und sie krabbelten über die ausgestreckten Beine, um sich im Luftzug, der von der Tür hereinwehte, abzukühlen und die anderen näher ans Feuer zu drängen. William sang ein Lied von einer Frau. Einer schönen Frau mit langem schwarzem Haar. Und jedesmal, wenn die Frau vorkam, verhaspelte er sich. »Sie war so schön, ihr Haar war lang und bl-schwarz.« Immer derselbe Versprecher. Die Saiten klirrten, seine Finger rutschten ab, Francine wurde rot, und Williams drei Töchter lachten beklommen.

»Was bedeutet bl-schwarz?« fragte Tess, als sie mit Doon auf der Wiese stand und ihr beim Graspflücken für das Meerschweinchen half.

Doon lächelte kalt. »Eigentlich heißt der Text: Sie war so schön, ihr Haar war lang und blond«. Sie hörte auf zu pflükken und hockte sich ins Gras. Sie blickte zu Tess auf. »Er hat es für meine Mummy gesungen«, sagte sie. »Und für sie mußte er den Text nicht ändern.«

Da Tess schwieg, fügte sie hinzu: »Sie ist die schönste Frau der Welt. Ich hab ihr Bild unter meinem Kopfkissen.« Aber sie sprach leise, weil William den Namen Felicity nicht mehr hören wollte.

Anfangs dachte Tess, daß sie vielleicht gestorben war. Aber dann begriff sie, daß Felicity böse war. Eine Art Teufelsweib, das versucht hatte, ihn zu strangulieren und ihm den letzten Blutstropfen auszusaugen.

»Er hat alles darangesetzt, die Mädchen zu bekommen«, hatte Francine zu einer Freundin gesagt. »Warum sollte die Frau auch automatisch das Sorgerecht kriegen?« Aber während sie das sagte, hielt sie Tess' Arm fest umklammert. »Er hat sich genauso aufgeopfert wie sie. Wenn nicht noch mehr. Die

Mädchen gewickelt, gebadet. Am Ende ließ sie locker und hat verzichtet.«

»Da muß er ja schweres Geschütz aufgefahren haben.«

»O ja«, sagte Francine. »Ganz bestimmt. Der Fall ging durch alle Instanzen...« Als sie merkte, daß Tess zuhörte, wechselte sie das Thema.

Lieber Dad,
eines Tages streiften Odin, Vili und Ve durch das zerklüftete Land, wo die Erde ans Meer grenzt. Sie kamen zu zwei umgestürzten Bäumen, deren Wurzeln aus der Erde ragten. Der eine war eine Esche, der andere war eine Ulme. Die Söhne von Bor richteten die Stämme auf und machten aus ihnen den ersten Mann und die erste Frau. Odin hauchte ihnen den Lebensatem ein, Vili gab ihnen einen scharfen Verstand und ein fühlendes Herz, Ve schenkte ihnen die Gabe des Hörens und Sehens. Der Mann wurde Ask genannt, und die Frau bekam den Namen Embla. Sie erhielten das Land Midgard, um darin zu leben. Alle Familien und Nationen und Menschenrassen stammen von ihnen ab.
Ich nehme an, daß Du das schon wußtest.
Hoffentlich geht es Dir gut. Mir geht es sehr gut. William führt in der Schule ein Theaterstück auf. Ich darf nicht mitmachen und es nicht einmal sehen, weil ich noch zu jung bin.

Deine Tess

William war ein stolzer Schotte und rühmte sich, die ersten zwei Jahre seines Lebens in Cammothmore verbracht zu haben, und genauso gern erzählte er die Geschichte, daß einer seiner Vorfahren auf der Mayflower nach Amerika gereist war und dort echtes Indianerblut abbekommen hatte. Dabei zeigte er sein Profil mit der scharfen Adlernase. Und obwohl er blondes Haar hatte, waren seine Augen schmal wie Schlitze und schwarz wie Tinte. Francine meinte lachend, er solle mit der Angeberei aufhören, und Tess staunte, daß ein Mann, der so gut aussah, Ravioli kochen und Gitarre spielen konnte. Williams Gesicht und seine Arme waren gebräunt vom Kampf mit der Wildnis, seine übrige Haut leuchtete weiß.

»Für einen Indianer bist du viel zu bleich«, sagte Jake, und Williams Blick umwölkte sich. »Bleichgesicht«, schob er nach, als hätte er nichts gemerkt, obwohl alle anderen still geworden waren. Jake verschränkte die Arme wie ein Indianerhäuptling und sang »Pow Wow, Pow Wow, wir schwören auf die Kau-kau-kau. Wir sind die Roten, wir haun euch auf die Pfoten und spucken auf die Toten. Pow Wow!«

Den anderen fiel es schwer, ernst zu bleiben. Sandy rutschte ihrem Vater vom Schoß. »Noch mal, Jake!« rief sie.

Sofort stimmten alle ein und machten Jake nach, der »Pow Wow, Pow Wow« sang und dazu die Arme nach einem komplizierten Muster schwenkte. Bei den Toten senkte er die Arme, und beim letzten »Pow Wow« klatschte er sich auf die Schenkel. »Wir sind die Roten, wir haun euch auf die Pfoten und spucken auf die Toten. Pow Wow!«

»Wer hat noch Hunger?« fragte Francine schnell, bevor sie von vorn anfangen konnten, und beugte sich über den Tisch, um Williams Teller zu füllen.

In den ersten Monaten hatte William gekocht. Lasagne, Käsefondue, Maismuffins, Bananenbrot. Aber allmählich war es an Francine hängengeblieben, fast jeden Tag das Abendessen zuzubereiten.

»So war das eigentlich nicht geplant«, hörte Tess sie zu ihm sagen. Francine stand über den Abwasch gebeugt, und William schüttelte lächelnd den Kopf.

»Da hast du vollkommen recht, Francine«, erwiderte er. »Wir dürfen das nicht einreißen lassen. Nicht nur, weil du dich beschwerst, sondern aus Prinzip.« Er versprach, daß sie fortan abwechselnd kochen würden, obwohl er abends oft Unmengen von Heften korrigieren mußte und außerdem das Theaterstück übernommen hatte. Dafür hatte Francine eine Kindergärtnerinnenausbildung angefangen und war den ganzen Tag aus dem Haus.

In der Woche darauf zeichnete William einen Dienstplan. Es war ein Monatskalender mit verschiedenfarbigen Kästchen für jeden Tag. Sandy – Tisch decken, Doon – auffegen, Tess – abtrocknen, Jake – abwaschen, Honour – Francine beim Kochen helfen. Am nächsten Tag änderte sich die Arbeitsverteilung: Tess – abwaschen, Doon – Tisch decken, Sandy – auffegen, Jake – kochen helfen, Honour – abtrocknen. Am Wochenende gab es für jeden eine weitere Aufgabe, die den ganzen Monat galt. Tess war für das Bad im Parterre zuständig, jeden Sonntag mußte sie es putzen, bis alles glänzte. Jake mußte dafür den hinteren Flur aufräumen, fegen und wischen, die Mäntel und die Schuhe ordnen und den Fußabtreter ausschütteln. William erklärte genau, was jeder zu tun hatte.

»Ist doch albern«, sagte Jake. »Statt sich mit dem blöden Dienstplan aufzuhalten, hätte er das ganze Haus gleich selber putzen können.« Und Tess störten vor allem die Farben. »So wißt ihr sofort und ganz genau, was ihr zu tun habt«, erklärte William. Honours Purpurfarbe verteilte sich hübsch über den Dienstplan. Jake hatte Rot bekommen. Warum nicht sie? Für Doon und Sandy waren Grün und Blau abgefallen – nur für Tess hatte William von allen Farben, die der Kasten mit den Buntstiften bot, ausgerechnet Braun ausgesucht.

William öffnete den Vorratsschrank, um nachzusehen, ob sie HP-Sauce hatten. Sie gehörte zu den Dingen, die er sich als Luxus gestattete. HP-Sauce zur Hirtenpastete, Sauce Hollandaise zu Brokkoli. Er dachte an Felicity, die einmal gesagt hatte, es gebe Dinge, die man sich nicht getrennt vorstellen könne.

»William?« Die Stimme hinter ihm war dem Weinen nahe. »William?«

»Was ist?«

»Ich suche Mum.«

»Nun ... hast du schon im Garten geschaut?«

Tess blickte mit großen dunklen Augen zu ihm auf. »Sie ist weg.«

William wandte sich dem Schrank zu. Silberfischchen flitzten an den leeren Gläsern entlang, die Francine zum Marmeladekochen sammelte. Im Schrank roch es nach Hafer und Kleie – ein seltsam altmodischer Geruch, der Genügsamkeit und Rechtschaffenheit zu symbolisieren schien. Er atmete kurz durch und drehte sich zu Tess um. »Tut mir leid, Tess. Ich weiß nicht, wo deine Mummy ist.« Zufrieden lächelnd, holte er die HP-Sauce hinter den Tüten mit schwarzen Bohnen hervor.

Tess lief hinaus auf den Rasen. »Mum?« Sie wußte nicht mehr, was sie von ihr wollte, aber je länger sie verschwunden war, um so dringender verlangte es sie nach ihr. »Muuuumm!« rief sie und stampfte wütend auf. Da öffnete sich oben ein Fenster, und Francine lehnte sich heraus. »Was ist?«

»Wo warst du?«

»Nirgends«, sagte Francine unwillig.

Jetzt bemerkte Tess, daß das Fenster, aus dem sie blickte, zu Williams Zimmer gehörte.

»Was ist los?« Francine beugte sich weiter heraus.

»Nichts. Ich weiß nicht, wo Jake ist.« Ohne noch einmal aufzuschauen, stapfte sie davon.

»Odin!« Williams Stimme klang streng. »Odin, du hinterlistiges Katzenvieh!« Tess konnte hören, daß er sich nur mit Mühe beherrschte. »Laß ihn los, Odin!«

Tess kehrte um und rannte zur Küche. »Schon gut«, rief sie, aber da sah sie die Flügel, die aus Odins Maul schauten wie dicke Schnurrhaare, sah die Beine und den gelben Schnabel. Odin brummte William an, ohne seine Beute freizugeben. Als er Tess erblickte, legte er ihr den Vogel zu Füßen. »Hinterlistiges Katzenvieh!« wiederholte William, und der Vogel zuckte ein letztes Mal. Odin schmiegte sich an Tess' Beine und streichelte sie mit dem Schwanz, so daß sie ihm einfach beistehen mußte.

»Hol lieber Jake und begrabt das arme Wesen hinten im Garten.«

»Ist gut«, sagte Tess.

Bevor William hineinging, blickte er sie kopfschüttelnd an, als hätte ihn dieser Vorfall tief enttäuscht. »Tu mal was Vernünftiges.«

Der Vogel war ein Star, ein gebrochener Flügel hing herab, seine Augen blickten leer. Odin begleitete die Geschwister, als sie den Vogel begruben. Er zeigte keinerlei Reue. Sein Schwanz ragte steil in die Höhe und zuckte. Als Jake sich hinhockte, um das Loch zu graben, lehnte sich Odin an seinen Rücken. Tess fuhr ihm mit der Nase durchs warme Fell, und Odin lächelte mit seinen orangegelben Augen und der samtig rosa Stupsnase. »Bösewicht«, flüsterte sie leise, damit es niemand hörte. Jake klopfte die Erde fest und steckte einen Stock hinein, um die Stelle zu markieren.

»Wenn wir die Hühner bekommen«, sagte William beim Abendbrot, »müssen wir Jakes Katze im Auge behalten.«

Jake lachte. »Das ist die Natur«, erwiderte er, »und die Natur ist grausam.«

»Vielleicht möchtest du doch lieber ein anderes Tier?« fragte William.

»Gegen ein Lama hätte ich nichts einzuwenden. Oder einen Wolf«, meinte Jake. Und hinterher sagte er zu Tess: »Da war er still.«

Williams neuer Lieferwagen rostete an allen Ecken, die Radkästen waren dünn wie Papier. Er schleppte ihn mit seinem anderen Wagen nach Hause, Mr. Jenkinshaw saß am Steuer. Mr. Jenkinshaw trug eine typische Altherrenmütze, den karierten Schirm seiner Mütze hatte er so tief ins Gesicht gezogen, daß man nicht an seine Nase erinnert wurde, wenn man ihn durch die Frontscheibe des hoch aufragenden blauen Wagens sah.

»Das verstehe ich nicht.« Francine stand an der halbfertigen Garage und sah zu, wie sie den neuen Wagen hineinbugsierten. »Jetzt hast du zwei Lieferwagen, und der neue ist noch klappriger als der alte.«

»Ich brauche ihn für Ersatzteile«, erklärte William. Mit Mr. Jenkinshaws Hilfe parkte er ihn so dicht an der Mauer zum Nachbargrundstück, wie es nur ging.

Die Kinder durften den Lieferwagen anmalen. William

brachte ihnen Töpfe mit allen möglichen Farbresten und schlug ihnen vor, einen Regenbogen aufs Dach zu malen. Aber Jake wollte ein Schnabeltier, und Sandy hatte schon mit einer Blume angefangen. Sie tunkte den Pinsel in die gelbe Farbe und machte einen Klecks auf den Türgriff.

»Dieser Typ wird nicht mehr gebaut.« William streichelte die Kühlerhaube, Tess lehnte sich an den blauen Kotflügel. Jetzt verstand sie, warum William so freudig erregt reagiert hatte, als sie einmal einem anderen Auto derselben Sorte auf der Straße begegnet waren. »Winken, alle winken!« hatte er gerufen, und seine drei Töchter hatten sich kreischend nach vorn gebeugt.

»Ich weiß nicht, was ich malen soll.« Doon starrte bekümmert vor sich hin und ließ ratlos die dünnen Ärmchen hängen.

»Wollen wir die Räder anmalen?« Tess kniete sich neben sie, und zusammen ließen sie die Pinsel kreisen, bis die grauen Felgen rot und orange glänzten. Die Farbe lief über die Reifen, floß auf den Weg, übersäte ihre Arme mit bunten Sprenkeln. Sie waren so eifrig bei der Sache, daß sie die Newlands nicht bemerkten, die eine Wohnung im Ostflügel des Gutshauses besaßen und ihren teuren Wagen abgebremst hatten, um durch die dicht geschlossenen Scheiben zu beobachten, was sich hier tat.

»Was macht ihr da?« schreckte William die Mädchen auf. »Doch nicht die Räder, ihr Dummköpfe! Die werden noch gebraucht.« Er sah wütend aus, nahm ihnen die Pinsel weg und warf sie in eine Schüssel. »Ausgerechnet die Räder!«

Doon blickte auf Tess hinab. »Dummkopf«, sagte sie und stellte sich zu ihren Schwestern auf die andere Seite des Wagens.

»Guten Morgen, vierte Klasse.« Mr. Paul stand hinter dem Lehrertisch und stimmte den Morgenspruch an.

Ich schaue in die Welt
in der die Sonne leuchtet,
in der die Sterne funkeln,
in der die Steine lagern,
in der die Pflanzen lebend wachsen,
in der die Tiere fühlend leben …

Dann machten sie ihre Gymnastik. Sie hoben die Arme und sprangen umher, streckten die Finger und hüpften auf den Zehenspitzen. »Und jetzt«, begann Mr. Paul, als sie sich gesetzt hatten, »erzähle ich euch vom Anfang aller Dinge, von allem, was man darüber weiß oder schon vergessen hat.«

Als Tess ihren Garten umgrub, erzählte sie sich die Geschichte von der gewaltigen Festung Asgard, einem Reich mit grünen Landschaften und prächtigen Palästen, wo Odin, der älteste und mächtigste der Götter, einst lebte. Sie beugte sich über ihren Vorrat an Blumenzwiebeln. Ihr Gebiet wollte sie mit Krokussen abstecken, und in der Mitte sollte eine hellblaue Rose wachsen. Auf dem Markt in East Grinstead hatte sie ein Bild von diesen Rosen gesehen, die unglaublich blau waren – wie ein Sommerhimmel. Sie ließ nicht locker, bis Francine ihr eine mitbrachte – heimlich, damit William staunte, wenn im Frühsommer plötzlich eine blaue Rose erblühte.

»Tess!« rief Jake. Er kam näher und fragte leise: »Kommst du mit?«

»Wohin?«

Jake blickte sie an, als wäre sie nicht bei Trost. »Na, zur Telefonzelle.« Er rollte verschwörerisch mit den Augen.

Tess bohrte ein Loch mit dem Pflanzstock, warf eine Zwiebel hinein und stopfte es wieder zu.

»Na, los!« Jake bückte sich und zog sie am Arm.

»Moment noch.« Tess packte die übrigen Zwiebeln in die Tüte zurück.

»Schnell, sonst ist es zu spät«, sagte Jake, zerrte sie mit sich um die Hausecke, durch das hintere Tor und auf die Straße hinaus. Das Dorf, zu dem das Gut Laurel Hill gehörte, war auf einem Berg gelegen. Dort gab es ein Pub, einen Laden, und mitten durchs Dorf, an der Kirche vorbei, wand sich eine Straße, durch die alle zwei Stunden etwa, mal früher, mal später, ein Bus fuhr. Am Fuß des Berges stand eine rote Telefonzelle.

»Schneller!« Jake ließ Tess los und rannte mit ausgebreiteten Armen und weiten Sprüngen bergab. Tess umklammerte die Tüte mit den Zwiebeln. Es ging so steil nach unten, daß sie aufpassen mußte, um nicht abzuheben. Ihre Füße in den Stoffsandalen suchten nach Halt, während sie die Beine steifmachte, um den Schwung aufzufangen.

»Es klingelt!« rief Jake und rannte noch schneller. Es war, als würde die ganze Telefonzelle klingeln. Das Geräusch drang durch die Scheiben, durch alle Ritzen, ein klagendes, sehnsüchtiges Rufen. Jake war so schnell, daß er sich an der Armlehne der Bank festhalten mußte, die neben der Zelle stand. Dort hing er, bis seine Beine zum Stillstand gekommen waren. Inzwischen hatte ihn Tess eingeholt, sie zog mit aller Kraft an dem Haltegriff, um die schwere Tür aufzustemmen. Sie zwängten sich durch den Spalt und grabschten nach dem Hörer.

»Ja? Hallo?« Es war die tonlos anonyme Stimme ihres Vaters. »Hallo? Hallo?«

Jake riß den Hörer an sich. »Dad?« Die Stimme am anderen Ende wurde lebendig, wagte sich aus ihrem Versteck und sprudelte durch die Leitung. Tess lehnte sich an die Wand und wartete. Jake preßte den Hörer so fest an sein erhitztes Gesicht, daß es kaum lohnte, die Ohren zu spitzen. »Ja«, hauchte er. »Aha.« Sie hatte keine Ahnung, wovon die Rede war.

»Du könntest zum Weihnachtsmarkt kommen«, schlug Jake vor. »Ich meine, der ist total blöd, aber vielleicht findest du's lustig, oder – vielleicht können wir kommen? Dich in London besuchen?«

Die Wand der Telefonzelle war warm, die gerundeten Kanten mit der abblätternden Farbe wurden von der Herbstsonne aufgeheizt, es roch nach Metall und abgestandenem Rauch.

Jake lauschte. »Ja«, flüsterte er. Tess sah seine Enttäuschung. »Ja. Gut. Hier ist Tess.« Er reichte ihr den Hörer.

»Hallo, Dad?« Einen Moment vergaß sie, daß sie reden mußte. »Ja, mir geht's gut.« Ohne viel nachzudenken erzählte sie von ihrem Garten und daß William fünf Beete für die Kinder abgesteckt hatte. »Wenn Jake seins nicht will, kann ich es übernehmen.« Sie erzählte ihm von der blauen Rose und der Verpackung, in der sie gesteckt hatte, und daß sie erst im Frühjahr erfahren würden, in welcher Farbe die Krokusse blühten. »Dad? Geht's dir gut?« Er hatte zu husten angefangen, und während er hustete, hörte sie, wie er mit den Papieren auf seinem Schreibtisch raschelte. »Ich stricke Socken«, erklärte sie in der Hoffnung, damit sein Interesse wachzuhalten. »Für Williams Geburtstag. Und das Lustigste ist« – das mußte er nun wirklich erfahren –, »er hat am selben Tag Geburtstag wie du!«

»Wirklich?« Es wurde kurz still, dann verlangte er Jake, um sich zu verabschieden.

»Könntest du?« Jakes Miene hellte sich auf. »Zum Weihnachtsmarkt?« Er versprach, die Neuigkeit Francine mitzuteilen.

Sie liefen zurück, den Berg hinauf. »Hätten wir doch nur ein Telefon«, sagte Jake. »Aber das Bleichgesicht ist viel zu gemein.«

»Er ist nicht gemein«, sagte Tess. Schweigend liefen sie weiter.

In dieser Nacht wachte Tess in einer feuchtkalten Kuhle auf. Das Nachthemd war ihr über die Taille gerutscht, dennoch war der Saum naß geworden. Sie blieb liegen, mit geschlossenen Augen, wütend und enttäuscht. Schließlich wälzte sie sich aus dem Bett, zog das Laken ab und warf es zusammengeknüllt unters Bett. Kurz vor der Schule würde sie es in der Schmutzwäsche vergraben, und Francine würde, wenn sie die Wäsche sortierte, Verständnis dafür haben.

Sandy war ihre größte Furcht. »Uh, da hat jemand in die Dreckwäsche gepinkelt. Igittigitt!« Sie hatte sich nach ihr umgedreht, die Augen zusammengekniffen, und Tess wäre am liebsten im Boden versunken. »Vielleicht war es dieser stinkende Kater Odin.«

»Nein, war er nicht!« nahm sie Odin in Schutz. Nach dem Frühstück steckte sie das Laken eigenhändig in die Waschmaschine.

Sie zog das Nachthemd aus und tappte auf Zehenspitzen zu ihrer Mutter. Sie öffnete die Tür einen winzigen Spalt und sah Francines langgestreckten Umriß, der sich bei jedem Atemzug ein wenig hob und senkte. Francine hatte die Decke mit dem gestreiften Bezug, den sie so mochte, bis zur Brust hochgezogen, die Blumen ihres Nachthemds schimmerten im Dunkel. Tess stand bleich und zitternd in der Tür und hielt den Atem an. Behutsam, um Francine nicht zu wecken, schlich sie näher. Sie hob die Decke, schlüpfte ins Bett und schmiegte sich an den Rücken ihrer Mutter. Langsam sog Tess die Luft ein. Der trockene, vertraute Geruch umfing sie, durchströmte sie mit Wärme, die seidig glatte Baumwolle und das kitzelnde lange Haar schläferten sie ein.

Tess mußte immer nur einmal in der Nacht. Einmal war schon schlimm genug, aber wenigstens konnte sie sich dem köstlichen Schlaf hingeben, wenn es vorbei war. Es blieb ihr Geheimnis, und selbst Jake brauchte es nicht zu wissen. Es ging ihn nichts an, und auf keinen Fall durften Honour, Doon und Sandy davon erfahren. Oder William – Tess verging vor Scham, sobald sie nur daran dachte. Und sie schwor sich, daß er es nie erfahren würde, denn diese Nacht sollte es das letzte Mal passiert sein. Tess kuschelte sich an ihre Mutter und dachte an die Wochen, die langen Zeiten, in denen alles trocken geblieben war. »Jetzt ist es vorbei, nicht wahr?« hatte sie voller Hoffnung gesagt, und Francine hatte ihr übers Haar gestrichen. »Wir wußten doch, daß es eines Tages vorbei sein würde!« Nur wenn es wirklich den Anschein hatte, konnte Francine sich diesen Satz erlauben. Doch dann, ein paar Tage später, stellte sich unweigerlich die schreckliche Gewißheit ein, daß es doch nicht vorbei war.

»Mum?« fragte Tess gleich nach dem Aufwachen, »hat Jake dir das vom Weihnachtsmarkt erzählt?«

»Hmmm.«

»Von Dad. Wir sollen dir ausrichten, daß er kommen will.«

»Wirklich?« Francine hatte noch ihren verträumten Morgenblick.

»Ja, wirklich«, beharrte Tess. »Er hat es gesagt. Und Jake sollte es ausrichten.«

»Okay.« Francine streifte das Nachthemd ab, ihr Haar knisterte magnetisiert. Zwischen den Schultern war sie voller Sommersprossen, und als sie sich bückte, hing ihr Haar herunter, bis es fast die Zehen berührte. Tess sah das Spiel ihrer Beinmuskeln, die sich anspannten, als sie nach dem Baumwollslip angelte, sah, wie ihr Po von einer eleganten Linie in zwei Hälften geteilt wurde. Es war kalt, und Francine zog fröstelnd ein langärmliges Unterhemd an. Die zwei hellen Farbtöne von Hemd und Slip trafen sich in der Mitte, berührten sich beinahe, verdeckten fast die tiefe Grube des Bauchnabels. Tess saß in die Decke ihrer Mutter gewickelt und staunte. Wie schön ihre Mutter aussah! Wie eine Tänzerin oder eine radschlagende Prinzessin. Wenn ich so aussähe, dachte Tess, würde ich ohne Kleid zur Schule gehen. Jeder, der Francine sah, mußte doch merken, daß sie viel schöner war als Williams vorige Frau.

»Komm schon, Faulpelz!« Francine schlüpfte in die Hose. »Vertrödel nicht den ganzen Tag.«

Tess rannte los, nackt, ihre Haut war picklig gerötet und brannte an den Stellen, wo sie naß geworden war. »Jake, aufstehen!« Sie griff nach ihren Sachen und sah seinen dunklen Haarschopf unter der Decke verschwinden.

Doons Meerschweinchen wohnte in einem Käfig, der am Fußende ihres Betts stand. Immer vor dem Abendbrot pflückte Doon Gras auf der Wiese hinter dem Haus. William hatte einen Auslauf für das Meerschweinchen gebaut, und man sah die länglichen Vierecke auf dem Rasen, dort, wo Lupin bei mildem Wetter grasen durfte. Lupin war jetzt draußen auf der Wiese, seine Beine verschwanden unter dem buschigen Fell, die stumpfe Nase schnüffelte nach Nahrung. Tess sah, daß Odin um die Hausecke strich. Dicht an den Boden gepreßt, mit angelegten Ohren und gesenktem Schwanz, schlich er sich an, und mit einer flinken Bewegung der Vorderpfote versuchte er, den Drahtverschlag zu lüften. Lupin erstarrte.

»Odin!« Mit einem Satz war Tess am Käfig. »Du Bösewicht!« Er sträubte sich mit ausgestreckten Beinen und gebleckten Zähnen, als sie ihn packte, auf den Arm nahm und ins Haus trug. Sie warf ihn auf ihr Bett. »Du sollst den anderen Tieren nichts tun.« Sie legte sich zu ihm – Odin ruhte zwischen ihrem Bauch und ihren angewinkelten Schenkeln –, streichelte seine Pfoten und drückte zärtlich seine Ballen und ließ die Krallen hervorstoßen. Sie strich Odins Schwanz nach vorne, fast bis an seine Nasenspitze. Er schnurrte lustvoll und entblößte ab und zu stolz einen Reißzahn; solange sie ihm nicht die Ohren aufklappte und deren rosafarbenes Innenleben inspizierte, würde er friedlich bleiben. Odin war der schönste Kater, den es gab, mit prächtigen Tigerstreifen. »König der Katzen«, sagte Jake zu ihm. Eingelullt von Odins sanftem Schnurren, sank Tess in den Schlaf.

»Tess!« Es war Sandy, die sie wecken sollte. »Du bist dran mit Tischdecken.« Sie knallte die Tür, als sie wieder ging, so daß Odin hochschreckte und auf das obere Bett floh. Beim Absprung stützte er sich auf Tess' Wade und hinterließ einen tiefen Kratzer.

»Autsch!« Tess preßte den Daumen auf die Wunde, um das Blut zu stillen. Auf der Suche nach Trost humpelte sie los und machte sich daran, Messer und Gabeln zusammenzusuchen.

William schnitt Stechpalmenzweige und hielt Ausschau nach vollem Tannengrün. Es war der erste Advent, und er wollte einen Adventskranz flechten. Dafür brauchte er einen Zweig, der biegsam genug war. »Kommt mal alle her«, rief er seinen Mädchen zu, als unvermutet Tess auftauchte.

»Was, William, was?« Sie war von einem Ast herabgesprungen, erhitzt und atemlos, und er kam sich irgendwie albern vor, bereits unterbrochen worden zu sein, ohne zuvor überlegen zu können, was genau er sagen wollte.

Er musterte sie mit kaltem Blick und reckte sich, um einen Ast nach unten zu ziehen. »Der hier ist lang genug, jung und geschmeidig«, sagte er. »Aus dem können wir einen Adventskranz machen. Hat er auch genug Nadeln? Dicht und grün? Ja, hat er.« Er zog das Messer aus der Tasche und trennte ihn mit einem sauberen Schrägschnitt vom Stamm.

Seine Töchter nickten, scharrten im Laub und folgten ihm gehorsam ins Haus.

»Darf ich das rote Band drumwickeln?« fragte Tess. Er hielt den Kranz hoch, und sie umwickelte ihn mit Satin. Ihre Hände waren klein, plump und ungeschickt, ihre Fingernägel noch schmutziger als die von Sandy, und das wollte etwas heißen.

»Jetzt reicht's.« Er mußte sie abwimmeln, Honour sollte die vier Kerzen aufstecken. Aus dem übriggebliebenen Band knüpfte er ein Schlaufenkreuz und befestigte den Kranz an einem Haken über dem Kamin. »Heute abend zünden wir die erste Kerze an.« Er sagte nicht, wer diese Aufgabe übernehmen durfte. Die Jüngste? Die Älteste? Die im Alphabet zuerst kam? Er lächelte nur und zog den Adventskranz in die Höhe.

Für Williams Strümpfe hatte Tess Rot und Blau ausgesucht. Bei Strümpfen fing man oben an, beide Farben abwechselnd, damit ein Ringelmuster entstand. Die Fersen und die Spitzen sollten rot werden, wenn Tess jemals so weit kam. Sie sollten ihm bis zu den Knien reichen und sich nach unten verjüngen, aber sie hatte die Länge von Williams Füßen nicht einkalkuliert. Möglich, daß die Wolle zu Ende ging, bevor sie mit den Fußteilen fertig wurde. Dann mußte Miss Tindal, ihre Handarbeitslehrerin, für Nachschub sorgen.

Im Handarbeitsraum gab es reichlich Wolle. Wolle, Filz und Vlies, Spinnräder und Stickgarne, und Miss Tindals Finger waren rissig und runzelig vom vielen Kramen in den Vorräten. Tess stellte sich vor, wie die Handarbeitslehrerin auch spätnachts am Spinnrad saß und rauhe Fasern durch die Finger gleiten ließ, und fragte sich, ob irgendwann auch ihre Haut durchgescheuert und wund werden würde. Tess hatte als erste in der Klasse mit den Strümpfen angefangen. Die anderen hinkten hinterher, waren noch mit dem Ausstopfen von Stofftieren beschäftigt, während ihr bunter Gockelhahn schon über Francines Bett thronte – mit Federn aus Filzstreifen und Beinen aus Pfeifenreinigern, die dick mit Garn umwickelt waren.

Am Anfang hatte ihnen Miss Tindal gezeigt, wie man Stricknadeln aus Holzleisten machte. Sie hatten die Kanten abgeschliffen, die Enden zugespitzt und die gerundeten Stäbe mit Sandpapier nachpoliert, damit die Wolle nicht hakte. Als alle fertig waren, legte sie frisch geschorene Schafwolle aus. Der ranzige Geruch stach in der Nase, die Wolle war verfilzt und struppig wie ein Tierfell. Miss Tindal zeigte ihnen, wie man sie kämmte, lockerte, ordnete und bauschte, bis sie federleicht und flauschig war. Dann wurde sie zu einem Faden gesponnen. Es dauerte ein ganzes Schuljahr, bis sie die Wolle gebrauchsfertig hatten.

Seitdem hatte Tess einen Waschlappen gestrickt, einen Untersetzer gehäkelt, ein Stofftier genäht, und jetzt kam sie auf das Stricken zurück. Aber diesmal durfte sie Wolle in allen Farben und Plastiknadeln mit Zahlen an den Enden benutzen.

»Was soll hier dieser ekelhafte Lumpen?«

»Nichts.« Tess blickte Jake böse an und versteckte ihr Strickzeug unter einem Kissen, als William zum Singen zu ihnen an den Kamin trat.

»Singen wir ›Es ist ein Roß entsprungen‹«? rief Sandy fröhlich, und Honour holte ihr Gesangbuch. William ließ seine warme Stimme erklingen.

Es ist ein Ros entsprungen
aus einer Wurzel zart,
wie uns die Alten sungen,
von Jesse kam die Art,

Man konnte nicht umhin mitzusingen.

und hat ein Blümlein bracht
mitten im kalten Winter
wohl zu der halben Nacht.

Das Feuer war kräftig aufgeflammt, Doon mußte wegrücken und den Platz mit Francine tauschen. William sang mit tiefer Stimme und schlug zu jedem Lied die passenden Akkorde auf der Gitarre an. »Stille Nacht, heilige Nacht, alles ruht, einsam wacht...« Nie hatte Tess etwas so Schönes gehört.

In einer Gesangspause, während Francine nach vorne kroch, um sich ein wenig abzukühlen, räusperte sich Jake, und er begann:

Als Jesus Christ ein Knäblein war
In seinem Garten wunderbar...

Er hatte das letzte Lied des Buches aufgeschlagen. Es klang traurig und klagend.

sucht' er die schönsten Rosen aus
und wand sich einen Kranz daraus.

Jakes Stimme verklang mit einem düsteren Unterton am Ende jeder Zeile. Honour stimmte in die zweite Strophe ein. Ihre Stimme war bebend und klar, und zum ersten Mal flackerte ein Lächeln zwischen ihnen auf.

Zur Sommerszeit so frisch und frei
zog eine Kinderschar vorbei.
Seht nur, wie schön die Rosen sind,
schrien sie und pflückten sie geschwind.

Du bindest Rosen dir ins Haar?
Voll Spott der Kinder Stimme war.
Da sprach der holde Jesusknab,
»brecht nur die spitzen Dornen ab.«

Jake verzog das Gesicht zu einem Grinsen und sang mit Grabesstimme weiter.

Sie flochten eine Dornenkron
und höhnten, dieses sei sein Lohn:
»Seht nur, die Krone steht ihm gut!«
Und rot wie Rosen tropft' sein Blut.

Sandy bekam glänzende Augen und preßte die Hände an die Stirn. »Rote Blutstropfen. Daddy, das tut aber weh!«

William nahm sie auf den Schoß. »Jake, denk bitte an die Kleinen.« Dann besann er sich auf Honour. »Das war eine schlechte Wahl«, sagte er und klappte das Buch zu.

Mr. Paul stand unter dem Adventskranz der vierten Klasse. »Aufgepaßt!« sagte er. »Wer hört das Gras wachsen? Wer wacht vor den Vögeln auf? Wer hat so scharfe Augen bei Tag und bei Nacht, daß er aus drei Meilen Abstand noch eine Fliege erkennt?«

»Loki?« fragte Tess.

»Heimdal, all das kann Heimdal«, sagte Mr. Paul.

Er erzählte ihnen, wie Heimdal den Ai und die Edda besuchte, den Urgroßvater und die Urgroßmutter, wie er sich den besten Platz am Feuer eroberte, die leckersten Bissen bekam und im Bett in der Mitte liegen durfte.

Neun Monate nach seinem Besuch gebar Edda einen Sohn. Seine Haut war faltig, seine Hände rissig, seine Finger kurz mit knotigen Gelenken. Er hatte einen Buckel und viel zu große Füße. Ai und Edda nannten ihn Thrall.

Als Thrall ein Jüngling war, freite er ein Mädchen. Sie hatte krumme Beine, ihre Füße waren schweißig und mißfarben, die sonnenverbrannte Haut auf ihren Armen pellte sich, und ihre Nase war platt wie die eines Boxers. Man nannte sie Thir oder auch Maultier. Sie bekamen eine ganze Schar glücklicher Kinder. Die Söhne hießen Ochsenknecht, Grobian, Schreihals und Bremse, Weiberhüter und Stinker, Blödian und Trottel, dazu kamen noch der erzfaule Drott und Legjaldi, dessen Beine dick wie Baumstämme waren. Thrall und Thir hatten auch Töchter. Sie hießen Trulla und Klumpnase, Purzel und Fettschenkel, Zeter und Tragauf, Holzbein und Lumpensack, und dazu kam die dürre Tronubeina, die lange dünne Storchenbeine hatte. Dies war der Nachwuchs von Ai und Edda, und von ihnen stammt die Sippe der Thralls ab.

William kam jetzt fast jeden Tag später nach Hause. Er hatte sich entschlossen, seine eigene Fassung des *Ödipus* zu inszenieren – ein Vorhaben, das ein ganzes Schuljahr beanspruchen würde.

»Wir verpassen dem Stück einen modernen Dreh«, sagte er. »Der Mensch im Kampf gegen die Disziplin, gegen alle Gesetze, die ihn fesseln. Schicksal. Warum sollen wir nicht heiraten, wen wir wollen?« Er musterte Francine mit vielsagendem Blick. »Wie bitte?« fragte er und hielt die Hand an sein gutes Ohr. Aber er verstand trotzdem nicht, daß sie ihm lediglich geriebenen Käse angeboten hatte. »Ich habe eine Darstellerin für die Jokaste gefunden. Zwar kann sie keine ältere Frau spielen, das wäre zu schwer, aber sie hat eine besondere Qualität. Sie ist ganz hellhäutig, fast durchscheinend.«

Jake legte die Gabel hin. »Doch nicht etwa die Picklige mit den langen Haaren? Albino-Al?«

William schoß herum. »Du meinst Alison?«

»Die ist verrückt. Das sagt jeder.«

»Nun, ich sage das nicht.« William zog ein finsteres Gesicht.

»Dürfen wir das Stück sehen?« fragte Tess.

»Nein.« William spießte einen Happen mit der Gabel auf und blickte irritiert in die Runde. »Gibt es keinen Reibekäse?«

»Das ist nur für die Oberstufe«, sagte Honour.

»Vielleicht darf ich bei den Proben zugucken?« Tess kniete auf der Bank.

William aß. Er aß und dachte nach. Seine Stirn legte sich in Falten.

»Vielleicht darf ich …«

»Pst, Tess. Jetzt nicht.« Francine umrundete den Tisch und streute William Käse auf die Lasagne.

Am Morgen des Weihnachtsmarktes hielt Victors lange, schnittige Limousine vor Williams Lieferwagen. Victor beugte sich hinüber, um Georgina die Tür zu öffnen, und sie stieg hinaus in den Matsch. Sie hatte helle Schuhe an, ihr Mantel reichte fast bis zum Boden. Sie zog ihn fest um sich und folgte Victor die Auffahrt hinauf, die William mit Brettern belegt hatte.

Tess sah sie vom hinteren Ende des Gartens.

»Dad!« Es war Jake, der ihnen von der Haustür entgegenrannte und vor Freude linkisch mit dem Kopf wackelte.

»Tess hatte recht«, hörte Tess ihren Vater sagen. »Ein seltsames Haus.« Er blickte auf die ordentlich aufgehäuften Zwiebeln und Kartoffeln, der überfrorene Garten war glattgeharkt und wartete auf den Frühling.

Georgina schaute mißmutig in die Runde. »Ja«, bestätigte sie. »Ein richtiger Bauernhof.« Und alle drei fingen an zu lachen.

»Odin!« rief Jake. Er wollte Victor zeigen, wie gut sich Odin herausgemacht hatte. Tess sah, daß Odin auf dem Gerüst der Garage hockte, sich an eine Stange schmiegte und hinüberschaute. Als Jake wieder und wieder nach ihm rief, erhob er sich und landete mit einem trägen Plumpser auf dem Boden.

»Wir scheinen ihn nicht sonderlich zu beeindrucken«, meinte Georgina lachend, und sie hatte recht. Odin machte einen hochmütigen, fast verächtlichen Bogen um die Besucher, seine Augen waren halb geschlossen.

»Benimm dich«, drohte ihm Jake. »Sonst bring ich dir nichts vom Weihnachtsmarkt mit.« Er wollte ihn streicheln, doch Odin machte sich wieder davon.

Jake und Tess stiegen in das Auto ihres Vaters und setzten sich auf die rutschigen Polster aus hellem Leder. Sie schwebten über die Viehsperre hinweg, dicht hinter Williams Wagen, der das Hindernis rumpelnd überfuhr. Erst folgten sie brav dem Lieferwagen, sie sahen die Umrisse der drei Mädchen auf dem Rücksitz, doch dann gab Victor Gas, überholte schwungvoll und ließ ihn hinter sich. Mit atemberaubendem Tempo schossen sie die Landstraße entlang.

»Weg sind sie.« Jake grinste, und Tess meinte, einen Anflug von Ärger in Williams Miene gesehen zu haben, als er versucht hatte, seinen Lieferwagen auf Touren zu bringen.

Die Aula hatte sich in einen Weihnachtsmarkt verwandelt: Buden voller Stofftiere und Hefezöpfe, Stände mit bänderverzierten Strohpuppen und holzgeschnitztem Weihnachtsschmuck. Bilder mit abgerundeten Kanten zeigten ein altes, betendes Paar, das im Abendlicht auf dem Feld stand. Die Rahmen waren reich ziseliert, in jeder Einkerbung, in jeder Mulde sah man die natürliche Maserung des Holzes.

Mr. Paul stand an der Backbude und studierte die verschiedenen Gebäcksorten. Tess schob sich durch die Menge. »Mr. Paul!« Aber sie mußte warten, bis er ein Walnußbrot bezahlt hatte, und als sie ihm ihren Vater zeigen wollte, war dieser mitsamt den anderen bereits verschwunden.

Tess schaute in die Turnhalle, wo eine Ausstellung mit Holzbasteleien gezeigt wurde, blickte durch das Fenster in den Musikraum, wo Eltern geduldig zuhörten, während das Unterstufenorchester sein Getöse vollführte. Ihr eigenes Klassenzimmer war in eine Kerzenzieherei verwandelt worden, und sie fand ihre Mutter, die einen langen Docht in der Hand hielt, ihr Haar beinahe in den Kübel aus heißem Wachs getaucht.

»Mum!« Tess rannte auf sie zu. Die Frau, die den Schulladen betrieb, erklärte Francine, daß sie nun kein Schulgeld mehr bezahlen müsse, da Tess und Jake als Lehrerskinder ihre Ausbildung umsonst bekommen würden.

»Nein, nein!« Francine wurde rot, ihr Kerzendocht verharrte in der Luft. »Tess und Jake sind nicht plötzlich Lehrerskinder geworden. William Strachan hat uns nur ein paar Zimmer vermietet, das ist alles.« Sie nahm Tess bei der Hand. »Falls sich das einmal ändern sollte...«

»Verstehe.« Die Frau nickte, und Francine, nun bleich geworden, beugte sich zaghaft über den Wachskübel.

Tess nahm einen Docht und tunkte ihn ins Wachs. Sie ließ ihn eine Minute hängen, bevor sie ihn herauszog. Vielleicht konnte sie ihrem Vater eine Bienenwachskerze schenken, da er doch keine Socken bekam. »Es geht nicht«, sagte sie und schielte enttäuscht auf die dünne Wachsschicht. Francine erklärte ihr, daß sie immerzu tunken müßte, bis die Kerze dick genug würde. Es gab drei Kübel mit Wachs, und Tess eilte von einem zu anderen, tauchte ihren Docht ein und verfolgte, wie eine Schicht nach der anderen milchig wurde und gelblich erstarrte, wie die Kerze langsam, langsam an Umfang zulegte. Im Klassenzimmer war es stickig warm, an den Wänden hingen die vertrauten Bilder der nordischen Mythen und Sagen. Sie biß sich ungeduldig auf die Lippe, schwenkte die Kerze und wartete, bis eine Schicht nach der anderen getrocknet war.

Draußen wurde es allmählich dunkel. Leute zogen in Grüppchen vorbei, scherzten und lachten und zeigten sich die Sachen, die sie gekauft hatten. Tess wollte die Kerze loswerden, im Kübel hängenlassen, damit sie wieder zu flüssigem Wachs wurde, aber da sie entschieden hatte, die Kerze ihrem Vater zu schenken, mußte sie bis zum Ende durchhalten. Endlich wurde die Kerze so dick, daß sie stehen konnte, man mußte sie nur mit Wachs am Teller festkleben. Die Frau wickelte sie ein. »Danke«, sagte Tess und rannte eiligst durch den Korridor hinaus ins Freie. In allen Räumen der Schule brannte Licht, man konnte die Weihnachtstransparente bewundern, mit denen jede Klasse ihre Fenster geschmückt hatte. Mr. Paul hatte mit der vierten Klasse eine Hirtenszene gebastelt, die sich über zwei Fenster erstreckte, mit Schafen und Hunden und einem Lagerfeuer, zwischen dessen Scheiten ein gelbes Flämmchen hüpfte.

Tess sog die kalte Luft tief in sich ein. Fast alle Leute waren verschwunden, doch sie entdeckte Doon, die drei Mädchen beim Seilspringen zusah. Doons Zöpfe standen vom Kopf ab, ihre Strumpfhosen hatten Falten an den Knien. »Hast du Jake gesehen?« fragte Tess, und Doon antwortete, ohne den Blick vom Springseil abzuwenden, er hocke mit Victor und Georgina in der Aula beim Tee.

Sie saßen in eine Ecke gedrängt, über ihre Teller gebeugt, und Tess mußte lange nach ihnen suchen. »Jake!« rief sie, als sie seinen dunklen Schopf erblickte, und quetschte sich zwischen den Stühlen durch. Jake hörte sie nicht. Er aß Kuchen und lachte. Er lachte so sehr, daß ihm die Krümel aus dem Mund flogen. Auch Georgina lachte, und Victors Schultern zuckten. Tess schob sich auf einen freien Stuhl. Sie wollte auch lachen, aber sie wußte nicht, worüber. Also überreichte sie Victor die Kerze. »Die hab ich selbstgemacht«, sagte sie, als er sie auswickelte, und registrierte seinen fragenden Blick.

»Danke«, sagte er und drehte die Kerze unter der Nase wie ein Zigarre.

»Oh, wie schön!« rief Georgina, griff nach der Kerze und sog mit geschlossenen Augen den Honigduft ein.

»Wo bist du gewesen?« Jake schaute sie böse an, und da sie schwieg, trat er ihr gegen das Schienbein, bevor er ihr die letzten Krümel seines Kuchens überließ.

Williams Lieferwagen stand neben Victors dunkelblauem Auto, der Parkplatz hatte sich geleert. Jake und Tess trotteten auf ihren Vater zu, um sich zu verabschieden. Als sie ihm einen Kuß gaben, drückte er ihnen einen zerknitterten Geldschein in die Hand. »Für die Weihnachtseinkäufe«, flüsterte er. Tess schloß die Hand um die weiche, abgegriffene Banknote. Selbst durch die Finger spürte sie den Geruch von Rauch und Leder. Georgina zog ihren Mantel zu und nickte in Francines Richtung, ohne ein Wort zu sagen. Ein Kopfnicken war der ganze Abschied.

Tess und Jake kletterten gerade durch die Hecktür in den Lieferwagen, als die lange Limousine zurückstieß, wendete und durch das Schultor fuhr. Victor bog in die Hauptstraße ein und ließ den fahlen Goldkegel des Fernlichts aufblitzen, und für einen Moment wurde alles in grelles Licht getaucht: der Zaun, das Feld, die verschrockenen Kühe und die knorrigen Bäume.

William drehte ruckartig den Zündschlüssel, der Motor schepperte heiser und erstarb. Tess sah, daß Williams Schultern starr wurden, daß Francine ihm einen zärtlichen Blick zuwarf. William zog den Choke weiter heraus und brachte den Motor zum Laufen. Der Wagen machte einen Satz, Sandy und Doon, die ihre Neuerwerbungen begutachteten, wurden durcheinandergerüttelt. »Eh, was soll das?« schrien sie, und Honour, die mit Hilfe einer winzigen Taschenlampe las, befahl ihnen, die Klappe zu halten. Jake faltete seinen Geldschein zusammen und wieder auseinander. Tess sah die Ziffer 10 von ihrem Platz auf dem Ersatzrad. Sie betastete ihren Schein in der Manteltasche und versuchte die Zahl mit den Fingerspitzen zu lesen wie einen Abschnitt in Blindenschrift.

»Ich finde das ziemlich bedenklich«, sagte William. Er war mit Abtrocknen dran und stand mit Francine in der Küche. Im Haus war es still. »Victor sollte kein Geld verteilen, ohne uns vorher zu fragen.«

»Uns?« Francine zog die Stirn kraus, schien aber trotzdem erfreut.

»Es ist einfach nicht gerecht. Die Kinder sollten gleich behandelt werden.«

Francine wischte eine Tasse aus und spülte sie unter fließendem Wasser. »Ja«, sagte sie, obwohl sie sich nicht sicher war.

»Ich meine, Felicity taucht auch nicht hier auf und verteilt das Geld mit vollen Händen.«

»William...« Francine fing an zu lachen. Schon hatten sie ihren ersten Streit. »Du bist ja...« Aber bevor sie zu Ende sprechen konnte, warf er das Geschirrtuch hin und stapfte hinaus. Francine stand an der Spüle. Das Lachen, das tief aus ihrem Inneren gekommen war, dauerte an. Sie bückte sich nach dem Handtuch, und entgegen dem strengen Regelwerk der Hausordnung trocknete sie die Messer ab.

Jake beugte sich über den Rand des Doppelstockbetts. »Hast du gehört, was William zu Dad gesagt hat?«

»Was denn?«

»Er hat Dad gebeten, uns über Weihnachten von hier fernzuhalten. Weil er versuchen will, mit seiner Frau ins reine zu kommen.«

»Mit welcher Frau?«

»Mit seiner. Er denkt, Weihnachten wäre eine gute Gelegenheit, seine Ehe wieder zusammenzuflicken.«

»Und was soll Dad mit uns machen?«

»Nichts, du Doofe. Er feiert nicht Weihnachten. Das weißt du doch.«

»Hm.« Tess drehte sich zur Wand, um Jake loszuwerden, und machte sich steif. »Und woher weißt du das?«

»Dad hat es mir gesagt. In der Aula, beim Tee.«

Tess schloß die Augen und sah eine Landschaft mit Rissen vor sich. Sie sprang über die Risse, aber sie wurden immer breiter, sie weiteten sich zu Abgründen, und Tess mußte um ihr Leben springen.

»Er ist ein Arsch«, hörte sie Jake sagen. »Das ist Dads Meinung. Und meine auch.«

Jake war der einzige, der nicht einsah, warum er aufstehen sollte. Er gähnte genüßlich und drehte sich zur Wand, dicht an das Poster, auf dem ein Grizzlybär bedrohlich den Rachen aufsperrte. Es war Williams Geburtstag, und Tess saß aufrecht im Bett und strickte fieberhaft die letzten Reihen. Die zweite Socke war ein wenig kürzer geraten als die erste, immer wieder unterbrach sie das Stricken und zog sie in die Länge. An der Zehenspitze waren es nur noch sechs, vier, zwei Maschen, eine abschließende – und fertig. Sie biß umständlich den Faden ab und machte einen letzten Knoten.

»Mum!« Sie rannte nach einem Stück Klebestreifen und sah Doon und Sandy auf der Treppe stehen. Sie sangen *Happy Birthday to You*, Honour begleitete sie auf der Geige.

»Er kommt die Treppe runter!« schrie Tess und lief an den

Tisch, während ihn seine Töchter jubelnd zu seinem Platz geleiteten.

Francine hatte einen Kranz aus Stechpalmenzweigen um seinen Teller gelegt und ihm etwas ganz Besonderes zum Frühstück gemacht – Müsli aus Hafer- und Gerstenflocken, Rosinen und Weizenkeimen, darüber hatte sie Äpfel gerieben und das Ganze mit Nüssen bestreut.

»Oh, vielen Dank!« William setzte sich, und Tess sah seine Augen über die Glückwunschkarten huschen. Sie rutschte vor Erwartung auf der Bank hin und her. Ganz ohne Zweifel hatte sie das beste Geschenk. William griff nach dem ersten bunten Päckchen, und alle hielten den Atem an.

»Morgen«, sagte Jake und kam zur Tür hereingeschlurft. Er setzte sich auf seinen Platz, als wäre es ein Tag wie jeder andere. »Was ist das?« Er schnippte den Finger gegen eine Apfelhälfte, die auf seinem Teller lag und bräunlich anlief.

»Pst!« machte Francine.

»Von wem mag das wohl sein?« William strahlte und hielt das Geschenk in die Höhe, das in zerknittertes Papier gewickelt war. Sandy hielt sich den Mund zu und quietschte. »Das fühlt sich sehr kostbar an«, sagte er und wog es feierlich in den Händen. Behutsam streifte er das Papier ab und enthüllte ein Vogelnest, das alt und angefault war.

»Sandy.« Er küßte sie auf die hohe Stirn, dorthin, wo die Windpocken eine mondkraterförmige Narbe hinterlassen hatten. »Ich danke dir.« Tess sah, daß er gerührt war.

»Ich hab es selber gefunden.«

»Ach wirklich?« Er nahm sich das nächste Päckchen vor, einen akkurat verpackten Quader. »Und von wem könnte das sein?« Alle lachten. »Das ist bestimmt von Francine«, sagte er und drehte es hin und her, als könnte er unmöglich erraten, was es enthielt.

»Es ist ein Buch!« brüllte Tess, bevor sie sich besann, und sofort verstummte das Lachen. »Ich meine, nun – vielleicht auch nicht...«

William runzelte angestrengt die Stirn, als er das Papier entfernte. »Die Gedichte von Robert Burns.« Er schenkte Francine ein einverständiges Lächeln. »Danke dir. Ich freue mich, daß ich es wiederhabe.« Er drückte es kurz an sein Herz.

Honour hatte ihm eine Stickerei geschenkt, ein Deckchen, das aussah wie eine Schularbeit. In der Mitte befand sich ein kleines Haus, und neben dem Haus stand ein Mann mit drei Kindern, die sich bei den Händen hielten, jedes ein wenig kleiner als das vorige. »Die Proportionen stimmen nicht richtig«, sagte Honour und reckte den Hals. Sie zeigte ihm, daß der Mann größer geraten war als das Haus.

»Nein, das ist absolut perfekt«, erwiderte er. »Ein Kunstwerk.« Er legte das Deckchen behutsam über seinen Teller.

»Und was haben wir hier?« Er nahm eine Rolle hoch und ließ sie in die andere Hand fallen. »Fühlt sich wie ein Schlips an. Oder Socken«, sagte er kichernd, als würde er mit allem rechnen – nur nicht damit. Tess schluckte, sie zitterte vor Anspannung, und sie sah, daß die geriebenen Äpfel auf dem Müsli braun wurden. Dann kamen sie zum Vorschein, ihre Socken, noch warm vom Stricken, ein Haufen klumpiger Wolle.

William hielt eine Socke an der Zehenspitze in die Höhe. »Die sehen sehr... praktisch aus.« Tess wollte ihn, falls er es nicht selbst bemerkte, darüber aufklären, daß sie jede Masche eigenhändig gestrickt hatte.

»Gut. Ich danke dir.« Er machte weiter und blickte zwischendurch auf die Uhr. Ein Lesezeichen von Doon, ein Taschenkalender des World Wildlife Fund von Jake. »Jake, was soll ich sagen?« William war merkwürdig beglückt. »Der ist ja wundervoll!« Er durchblätterte den Kalender und streichelte jede Seite, als hätte ihm Jake das ganze Kalenderjahr gewidmet. »Und jetzt wird gegessen, sonst kommen wir zu spät zur Schule.«

Tess versuchte einen letzten Vorstoß. »Wirst du die Socken auch tragen?«

William stockte mit vollem Mund, als müßte er überlegen, welche Socken sie meinte. »O ja!« Er nickte und kaute weiter. »Es wird sich schon eine Gelegenheit finden. Vielleicht, wenn ich den Mount Everest besteige.« Und er blickte in die Runde, um das Gelächter zu ernten, das er damit ausgelöst hatte.

»Ich habe Neuigkeiten für Weihnachten«, sagte Francine. »Wir fahren dieses Jahr zu Liza.« Sie strahlte, als gäbe es nichts Schöneres als einen Besuch bei Liza.

»Wer ist Liza?« Tess und Jake starrten sie an.

»Ihr kennt Liza nicht mehr? Liza und Sam?« Sie stockte ein wenig. »Sie haben jetzt ein kleines Mädchen, Libby. Drei Jahre ist sie. Ich wollte schon lange mal... Jedenfalls haben sie uns für Weihnachten eingeladen. Ist das nicht nett?«

»Wieso nett?« fragte Jake.

»Ich dachte, wir bleiben zu Weihnachten hier.« Tess besann sich auf den riesigen Weihnachtsbaum, den William mitgebracht hatte. Er war so groß, daß die Hecktür des Lieferwagens offenstand und die Spitze auf die Straße ragte.

»Das ist sehr kompliziert.« Francine seufzte. »William meint, William möchte – nun, Kinder brauchen ihre Mutter. Besonders zu Weihnachten. Also kommt Felicity für ein paar Tage zu Besuch.«

»Hab ich mir gedacht«, meinte Jake.

»Felicity!« Tess war fasziniert.

»Das möchte ich erleben.« Jakes Augen funkelten.

»Wirst du aber nicht«, erwiderte Francine gereizt. »William möchte, daß wir ab Heiligabend verschwinden.« Sie ging in ihr Zimmer und schloß energisch die Tür.

Felicity erschien, bevor sie verschwinden konnten. Sie stieg aus einem Escort, der Fahrer entlud diensteifrig ihr Gepäck, und als sie heranschwebte, sah Tess, daß sie den milchigen Teint und die goldblonde Aura einer perfekten Schönheit hatte. Selbst der Taxifahrer schien ergriffen von ihrer Erscheinung.

Tess, Doon und Sandy spielten Badminton, obwohl der Federball unentwegt vom feuchten Wind abgetrieben wurde. »Da ist Mummy!« rief Sandy atemlos, ließ den Schläger fallen und rannte auf sie zu, hoppelnd wie ein Zicklein. »Mummy!« Doon fing laut an zu weinen.

Tess schloß sich ihnen an, während der Taxifahrer Felicitys Gepäck ins Haus trug. »Dad!« rief Doon. »Sieh mal! Sieh mal!«

»William!« brüllte Tess und lief in die Küche. Sie wollte diejenige sein, die ihm die gute Nachricht überbrachte. »Sie ist da!« Aber als William seine Frau erblickte, geschah etwas Schreckliches mit ihm. Seine Augen quollen hervor, blankes Entsetzen spiegelte sich in seinem Gesicht. Tess wollte gerade lachen, da senkte Felicity den Blick auf den weichen Faltenwurf ihres Mantels. »Ich weiß, ich hätte dich benachrichtigen sollen«, sagte sie lächelnd. »Pete und ich...« Sie hob die Hand an ihren hoch gewölbten Leib und schien nicht zu merken, daß sie Doons Hand hielt, denn sie zog sie mit sich und ließ auch Doon teilhaben am Herzschlag ihres Babys.

William starrte zu Boden. Seine Miene hatte sich verfinstert, seine Wangenmuskeln zuckten. »Jawohl, du hättest uns benachrichtigen sollen«, wies er sie zurecht wie ein Lehrer. Er warf eine Handvoll Besteck ins Spülbecken. Das laute Klirren rief die anderen Kinder herbei, gerade noch rechtzeitig, um ihn davonstürmen zu sehen.

»Dramatisch wie immer«, sagte Felicity lächelnd und kniete sich hin, um ihre Töchter zu drücken und alle zusammen in die Arme zu schließen.

»Glotz nicht so!« Jake trat Tess auf den Fuß und zog sie mit sich in ihr Zimmer. Francine war beim Packen und stopfte hastig Kleider in die Reisetasche, während William draußen auf dem glitschigen Rasen eine Runde nach der anderen drehte.

Der Nachmittag war dunstig und hell, als wollte jeden Moment die Sonne durchkommen. Francine umklammerte das Lenkrad und blinzelte nervös. »Kannst du nicht schneller fahren?« maulte Jake. Tess starrte ängstlich auf die Straße und stemmte sich in den Sitz, als gelte es, einen Zusammenstoß abzufangen. Im Vergleich zu Williams knatterndem Ungetüm wirkte der geliehene Ford Anglia klein und verletzlich, und Tess wünschte, sie könnte sich zusammenrollen und so lange schlafen, bis sie angekommen waren.

»Wann sind wir da?« fragten sie schon, nachdem die krummen Gassen von Twelve Ashes hinter ihnen lagen und sich die Landstraße nach East Grinstead vor ihnen auftat.

»Jetzt geht es erst mal Richtung London und dann... O Gott!« Ein Lastwagen brauste vorbei. »Und von dort ist es immer noch eine ganze Strecke.«

»Halten wir irgendwo an?«

»Ja doch!« Am liebsten hätte sie beiden den Mund verboten, aber dazu fehlten ihr die Nerven.

»Können wir jetzt halten?«

Francine gab keine Antwort. Tess sah an ihrem sommersprossigen Profil, daß sie nichts lieber getan hätte; statt dessen blickte sie in den Rückspiegel und schnitt Grimassen, weil sich hinter ihr eine längere Autoschlange gebildet hatte. »Jetzt müßt ihr erst mal warten.« Francine vertat sich beim Schalten in den vierten Gang, der Motor jaulte auf, und hinter ihnen wurde gehupt.

Tess las aus ihrem Epochenheft vor. »Unzufrieden mit seinem treuen Weib, machte sich Loki auf nach Jötunheim und vertändelte die Tage und Nächte mit Angurboda.« Sie hatte die ganze Geschichte mit verschiedenfarbigen Buntstiften abgeschrieben. »Darauf gebar Angurboda drei Ungeheuer. Als erstes den Wolf Fenrir, als zweites Jörmungard, die größte aller Schlangen. Das dritte Ungeheuer war Hel. Auch unter Tausenden Frauen war Hel nicht zu übersehen, denn von der Hüfte abwärts war ihr Leib zerfressen, und ihr Blick war immer düster und grimmig.«

»Lies weiter«, ermunterte sie Francine. Sie fuhr jetzt entspannter und mit gleichmäßiger Geschwindigkeit. Jake schloß gelangweilt die Augen. Genau dieselbe Geschichte hatte er schon vor zwei Jahren gehört.

»Als die Götter erfuhren, daß Loki diese Kinder gezeugt hatte, wurden sie von Schrecken erfüllt. Am Brunnen der Urd berieten sie, was zu tun sei.

›Sie haben eine böse Mutter‹, sagte das Schicksal.

›Aber böser noch ist der Vater‹, sagte das Leben.

›Wir müssen das Schlimmste von ihnen befürchten‹, sagte die Not. ›Sie werden uns Schaden zufügen und in Gefahr bringen.‹

Also beschlossen die Götter, Lokis Kinder zu entführen. Eines Nachts drangen sie in Angurbodas Burg ein und knebelten und fesselten sie, bevor sie sich auch nur die Augen reiben konnte. Dann raubten sie ihre Kinder und brachten sie nach Asgard.«

»Arme Angurboda«, sagte Francine.

»Mum, ermutige sie nicht noch!« schimpfte Jake. Er fläzte sich auf die Rückbank und schlief ein.

Liza und Sam bewohnten eine Scheune in Suffolk. Sam hatte den Heuboden ausgebaut, damit Libby ein ruhiges Zimmer für sich bekam, und gleich nach der Ankunft wurden Francine und die Kinder die wacklige Treppe hinaufgeführt. »Die Fahrt war fürchterlich«, sagte Francine kopfschüttelnd zu Liza. Draußen trieben weiße Nebelschwaden dicht über den Boden. Kaum in Suffolk, hatte sie der Nebel überfallen. Als das Schild mit dem Wappen von Suffolk zu sehen war, hatten sie noch gejubelt, aber dann fuhren sie stundenlang durch ein weißes Nichts. Zweimal wurde Tess wach, als Francine am Straßenrand hielt. Verzweifelt studierte Francine die Karte, während die Scheinwerfer vorbeifahrender Autos das trostlose Weiß für Momente erhellten.

»Wir dachten schon, ihr würdet es nicht schaffen«, hauchte Liza und half den Kindern in die Schlafsäcke, die sie auf den Einbaubetten ausgelegt hatte.

»Schlaf gut«, flüsterte Francine und strich Tess über die Wange. Von der langen Fahrt waren ihre Hände dick geädert. Dann folgte sie Liza nach unten in den höhlenartigen Wohnraum zu einem Schluck Brandy, und plötzlich standen ihr Tränen der Erschöpfung in den Augen.

»Fröhliche Weihnachten«, knurrte Jake und wälzte sich ruhelos im Schlafsack hin und her. Tess lag wach und lauschte auf das dumpfe Stimmengewirr der Erwachsenen, das erst anschwoll, mit Ausrufen und Verwünschungen, dann allmählich verebbte, bis Francine zum Schlafen hochkam, behutsam Tess' Schlafsack öffnete und ihr eine Plastikfolie unterschob.

»Von Mummy und Daddy.« William saß im Schneidersitz auf dem Fußboden und beschriftete sorgfältig die handgemachten Kärtchen. Er drehte sich um und warf einen strengen Blick auf Felicity, die es sich im Kamin bequem gemacht hatte, den runden Bauch zur Entspannung seitlich gelagert. Das gelöste Haar, das im Feuerschein golden glänzte, hing ihr übers Gesicht. »Morgen ist ein Freudentag«, erklärte er. »Benehmen wir uns wie Erwachsene und behalten wir unsere Probleme für uns.« Felicity sagte nichts. »Gut«, fuhr William fort. »Vor allem möchte ich keine Silbe von...« Er brachte den Namen nicht über die Lippen. »Ich will nicht, daß die Kinder sich aufregen. Hast du verstanden?«

Felicity blieb auffallend ruhig. »Ja«, sagte sie, und er merkte, daß ihre Stimme ihn erregte. Sein Herz machte wilde Sprünge, sein Widerstand schmolz dahin. Er mußte die Zähne zusammenbeißen und daran denken, daß sie ihn betrogen hatte. Daß sie weiter in Cammothmore lebte. In dem großen Haus mit Blick aufs Meer. Daß sie ihren Mantel über die Buntstiftzeichnungen im Flur gehängt und die Fenster aufgerissen hatte, um den Geruch von Urin und Keksen zu vertreiben. Schlimmer, viel schlimmer noch, daß sie in dem großen, breiten Holzbett gelegen hatte, in dem von ihm gebauten Bett mit dem geschnitzten Herz am Kopfende. In diesem Bett hatte sie gelegen und das Kind eines anderen empfangen.

»So viele Geschenke«, staunte sie und schaute zum Baum hinüber, unter dem sich Päckchen in allen Größen und Formen stapelten.

»Ein bißchen Verwöhnung tut not«, sagte William. Felicity konstatierte mit hochgezogenen Augenbrauen, daß ihm die weiche und materialistische Lebensart Südenglands vertraut geworden war.

William pflückte Tannennadeln von seiner Kordhose. Er hatte es immer gern gehabt, von ihr geneckt zu werden. Es hatte ihm Gelegenheit zu zärtlichen Raufereien gegeben, und mit plötzlich aufkommendem Optimismus kroch er auf sie zu, ein schiefes Lächeln im Gesicht, das seine verletzten Gefühle verbergen sollte. Er dachte an ihre Schwangerschaften, die sie füllig und besonders sinnlich gemacht hatten. Hinter dem Vorhang ihres Engelshaars war sie schwerfällig und träge geworden. Er kniete vor ihr, die Hände auf den Teppich gestützt wie ein Kater, und Felicity schluckte hörbar. Es ist noch da, dachte er, das alte Kribbeln. Da streckte sie die Hand zum Feuer aus, griff nach dem Schürhaken, und er kauerte mit hängendem Kopf, während sie ein Holzscheit in die Flammen warf. William senkte den Kopf noch tiefer und suchte den Teppich nach Tannennadeln ab. »Na gut.« Gähnend erhob er sich. »Morgen müssen wir früh raus.« Und er schlug vor, ihr das Bett zu zeigen.

»Kommst du hiermit zurecht?« Es schien ihm unpassend, sie in Francines Bett schlafen zu lassen, aber nun, als er auf das untere Bett, auf Tess' Bett zeigte, kam ihm das niedrige, enge Gehäuse lächerlich vor.

»Prima«, sagte Felicity. Sie setzte sich auf die Bettkante, und beide erschraken, als die Plastikfolie knisterte.

William nickte ihr zu. »Na, dann gute Nacht.« Plötzlich spürte er den Drang, allein sein zu wollen, und er fragte sich, warum ein neunjähriges Mädchen noch immer ins Bett machte. Meine Kinder hatten diese Probleme nie, dachte er. Selbst die kleine Sandy schläft durch. Mit einer Aufwallung von Vaterstolz ging er in sein Zimmer hinauf und sank in einen seligen, selbstzufriedenen Schlaf.

Die Scheune war kahl und leer, und drei Tage lang blieb sie in Nebel eingehüllt.

»Spiel mit mir«, bettelte Libby. »Spiel mit mir, Tess.«

Jake nahm Tess beim Arm. »Komm, wir suchen eine Telefonzelle.« Aber sie hatte Angst, daß sie sich verlaufen würden. Wenn sie einfach in den Nebel gingen, konnte es passieren, daß sie plötzlich von Kühen umzingelt wurden. Oder sie konnten in einen der vielen Wasserläufe fallen, die das öde Land in flachen Gräben durchzogen, laue Rinnsale, scheinbar ohne Strömung. An einem der Weihnachtsnachmittage, kurz vor Einbruch der Dämmerung, hatten Sam und Liza sie auf einen Spaziergang mitgenommen. Sie waren über Felder entlang einer Brombeerhecke gelaufen, als sich der Nebel plötzlich gelichtet und einen steinigen Strand freigelegt hatte. Dahinter erstreckte sich endlos das Meer.

»Komm, gehen wir wieder ans Meer.« Jake zog sie fort, doch sie hatte Angst.

»Nein, Jake«, sagte sie und hielt ihn am Mantel fest. »Ich erzähle dir, wie Loki der Mund zugenäht wurde.« Es war die gruseligste Sage, die sie kannte – von den Zwergen, die Lokis pausenloses Geschwätz satt hatten, ihm die Lippen mit einer Schusterahle durchbohrten und fest mit einem Lederriemen zusammennähten.

»Na gut.« Jake gab nach, und sie setzten sich zu Libby auf den Fußboden.

Doons schönstes Geschenk war ein zweites Meerschweinchen. Es war weiß-orange gefärbt, sein Fell hatte Wirbel, die aussahen wie Blüten, und William hatte ein Häuschen mit zwei Kammern gebaut, in das auch Lupin einziehen konnte. »Eines Tages kriegen sie Junge, sagt Daddy, aber jetzt ist es noch zu früh«, erzählte Doon ihrer Mutter.

Honour schmollte und blickte zur Seite.

»Und eins von den Jungen kriege ich«, meldete sich Sandy zu Wort. »Daddy sagt, jetzt bin ich noch zu klein dafür.«

Felicity beugte sich vor und strich Sandy über den Kopf, ihr seidiges Haar war zu einem kurzen Pferdeschwanz zusammengebunden. »Hast du dir schon einen Namen ausgedacht?« fragte sie Doon.

William stand auf und schüttete seinen Tee in den Ausguß. »Ich nehme seit fünf Jahren keinen Zucker mehr, hast du das etwa vergessen?«

Honour musterte beide durch ihre Brille und fragte sich, wer als erster schreien würde.

Aber Felicity schrie nicht. Sie hob die Schultern, schüttelte ihr langes Haar und setzte den Wasserkessel wieder auf.

William starrte verstört auf seine Hände. Hatte er sie wirklich so schwer verletzt? Er hatte sie nur bestrafen wollen für das, was sie ihm angetan hatte. Felicity stand am Herd und blickte auf den Kessel. Vielleicht geht es ihr gar nicht so schlecht, dachte William. Vielleicht hat sie sich ohne die Kinder sogar besser davon erholt.

»Mummy?« Doon schmiegte sich an Felicity und verflocht ihre Finger mit denen ihrer Mutter. »Kommst du mit Gras pflücken?«

»Na klar.«

Honour und Sandy sprangen auf. »Ich auch!« riefen beide. Sie hängten sich an Felicity, zerrten an ihren Armen und bohrten ihr die zerzausten Köpfe in die Seite. Nur Honour schaute sich um. Sie schien unschlüssig, ob sie zu William zurückrennen sollte, und er versuchte, sie mit seinem Blick zu locken. Aber ihre Schwestern zogen Felicity zur Tür, und Honour folgte ihnen mit gesenktem Kopf.

William ging ihnen nach und beobachtete sie durch die Hecke. Zu viert pflückten sie nasse Grasbüschel ab, schnatternd und lachend wie Bäuerinnen bei der Feldarbeit. Er mußte lächeln, und gerade, als er sich durch die Hecke zwängen wollte, sandte ihm Felicity einen so vernichtenden Blick, daß er auf den Weg zurückging.

Der Wasserkessel holperte auf dem Herd, und durch das Pfeifen hindurch hörte er Jakes Kater brummen. Odin saß unter dem Tisch, quälte eine Maus und fand Vergnügen daran, daß sie noch nicht tot war. »Odin!« rief William mit scharfer Stimme und trat nach ihm, traf daneben und stieß sich die Zehe an der Bank. Odin bleckte die Zähne und knurrte erneut.

»Laß los!« Er sah das rosa Zahnfleisch über den blaßgelben Zähnen, die sich tiefer in die Maus eingruben. Mit dem fast zweigeteilten Tier im Maul sprang Odin davon und floh die Treppe hinauf. William polterte ihm nach, sie rannten von Zimmer zu Zimmer und veranstalteten ein kindisches Fangspiel. Odin foppte ihn, indem er vom Fensterbrett aufs Bett sprang, von dort über den Tisch auf einen Bücherstapel. Einen Moment lang glaubte William, er hätte ihn erwischt, der rötliche Schwanz war zum Greifen nahe, als Odin einen Haken schlug und die Treppe hinabflitzte.

William ließ sich auf den Fußboden sinken. Er hätte weinen mögen über so viel Vergeblichkeit. Was machte er hier, das Gesicht in einem Kuddelmuddel aus Anziehsachen und Spielzeug vergraben, während seine ganze Familie ohne ihn zurechtkam? Er rollte sich auf den Rücken und rang sich ein Lächeln ab.

Vergeltung war es, was sie wollten,
Vergeltung, heimtückisch und roh.
Die Kinder wurden totgeschlagen,
die Hütte brannte lichterloh.

Es war ein Lied, das Doon Alpträume bereitete, die vielstrophige Ballade über einen indianischen Racheakt an den Weißen. Manchmal wunderte sich William, daß ihm die düstere Melodie so naheging.

Tief zwischen Fels und Bergeswänden,
mit Tosen und mit wilder Wucht,
ein Wasserfall schoß einst zu Tale,
wohl durch die finstre Geisterschlucht.

»Daddy! Daaaaddy!« Sandy stand unten an der Treppe. »Was gibt es heute zum Abendbrot?«

»Ich komme.« Mit einem Seufzer rappelte er sich auf und ging nach unten, um den Pizzateig auszurollen.

Als das Auto über die Viehsperre rumpelte, bekam Tess Herzklopfen. »Wir sind da! Wir sind da!« schrie sie und hielt es nicht mehr aus auf ihrem Sitz, als sie vorfuhren. William stand vor dem Haus, und noch nie war er ihr so schön vorgekommen. Sein Haar schien gewachsen zu sein, bis fast über die Augen, und er trug einen dicken Wollpullover, als wäre er noch ein Junge. Er hielt Francine den Wagenschlag auf, während Tess, die ihre Tür selbst geöffnet hatte, hinausstürmte und auf ihn zurannte. Er soll mich bei den Armen packen und im Kreis schleudern, dachte sie. Er soll mich durch die Luft wirbeln, daß es unter den Armen zieht und daß beide Beine in die Höhe fliegen. Doch er lächelte abwesend und strich ihr flüchtig über den Kopf, das war alles.

»Nächstes Jahr zu Weihnachten bleiben wir bei dir, stimmt's?« Sie blieb neben ihm stehen und zupfte an seinem Pullover.

William blickte auf den Ford Anglia, der von der langen Fahrt dampfte und schnaufte. »Ja, warum nicht? Was meinst du, Jake?«

Jake warf ihm einen verächtlichen Blick zu.

»Ich glaube, das könnte lustig werden.« William ging zu Francine, um ihr beim Ausräumen des Gepäcks zu helfen. Als sich ihre Arme im Kofferraum berührten, stahl sich ein schüchternes Lächeln in ihr Gesicht.

Tess bemerkte sofort das Rosenparfüm, als sie ihr Zimmer betrat, ihr Kissen war dick aufgeschüttelt. Sie legte sich aufs Bett und sog den Duft ein.

»Ach, du Schreck, das stinkt ja hier!« rief Jake und riß beide Fenster auf. »Was meinst du?« fragte er Tess. »Gift oder Dolch?«

»Wie bitte?«

»Felicity. Vielleicht hat er ihr die Kehle aufgeschlitzt und sie im Unterholz verbuddelt. Hast du nicht gesehen, wie finster sein Blick war? Noch finsterer als sonst.«

»Ach, Jake!« Tess wurde rot. Sie fand ihn so romantisch mit seinen langen Haaren und dem alten Pullover mit den Flicken auf den Ellenbogen.

»Und dieses gierige Grinsen, als er Mum gesehen hat.« Jake zog eine wilde Grimasse, die frappierend echt wirkte. »Ich meine, wir sollten sie warnen. Im Fall, daß er ihr ...« Er preßte die Hand an die Kehle und taumelte durchs Zimmer.

Die Proben für die moderne Fassung des *Ödipus* hatte William so gelegt, daß er auch am Lehrertheater teilnehmen konnte. Jedes Jahr um den Dreikönigstag führten die Lehrer das Spiel von den Heiligen Drei Königen auf; und von dem vierten König, Herodes, der das Jesuskind umbringen lassen wollte. Für die Unterstufe war das Stück zu grausam, schließlich handelte es von Mord und Totschlag, Hölle und Teufel, aber die größeren Kinder durften es sehen. Tess hätte alles drum gegeben, zu ihnen zu gehören. Der Höllenschlund, ein schwarzer Lappen, hing schon bereit, und daneben die Himmelspforte aus tausend rosa Blüten. »Stell dir vor«, sagte sie erschaudernd zu Jake, »nächstes Jahr darfst du das Stück schon sehen.«

»Ist ja toll!« erwiderte Jake mit triefender Ironie.

Wenn ihm der Teufel den Schwanz um die Ohren haut, wird ihm das Lachen schon vergehen, dachte Tess.

Lieber Dad,
wir sind wieder zurück in Wildland, und Odin macht uns Schande, weil er eine tote Maus auf Williams Kopfkissen gelegt hat. Ich glaube, er hat Jake vermißt, denn er ist ganz mager und struppig. Zu Weihnachten haben wir ihm ein neues Flohhalsband gekauft, diesmal ist es rot statt grün. Ich hoffe, daß es funktioniert. Jake hat mir gesagt, daß Du am Sonntag anrufst, sieben Minuten nach sechs. Ich hoffe, es geht Dir gut. Mir geht es sehr gut.

Deine Tess

William las ein Buch über die Temperamentenlehre, die Bestandteile des Charakters, die über Geist und Seele bestimmen. »Kleine Kinder«, sagte er, »sind immer Sanguiniker.« Er flatterte mit den Fingern. »Wie kleine Fische, die ständig umherflitzen. Das heißt...« Er blickte in die Runde. »Sandy ist sanguinisch und Doon auch. Jake andererseits...«, er musterte ihn mit prüfendem Blick. »Jake ist cholerisch, hitzig und scharf wie Paprika. Ein feuriger Charakter.« Jake zog ein Gesicht, aber Tess vermutete, daß er sich heimlich freute.

Honour beugte sich vor, sie war an der Reihe.

»Honour ist der kühle, rationale, durchdachte Intellekt. Da muß ich erst mal nachschauen.«

Sie blinzelte beglückt und nahm einen tiefen Schluck aus ihrem Glas.

»Und Tess?« fragte Francine.

»Ist phlegmatisch«, antwortete William ohne Zögern. Tess schluckte, ein Stück Kartoffelpelle blieb ihr am Gaumen kleben. Er blickte sie nicht einmal an.

Bist du sicher? wollte sie fragen, denn sie wußte, daß »phlegmatisch« so viel wie »träge« bedeutete. Träge und dumm. Sie schob sich den nächsten Kartoffelhappen in den Mund. William hatte ihnen befohlen, jeden Happen hundertmal zu kauen, so, wie es die Tibeter mit dem Reis machten. Aber nach fünfzehnmal Kauen war von dem Happen nichts mehr übrig. Sie nahm einen weiteren Bissen und gab sich Mühe, ihn länger im Mund zu behalten. Dann mußte sie aufhören, weil Honour die Teller abräumte.

»Mach schon, du Schnecke«, sagte Francine lachend, und William klappte das Buch zu.

Doons neues Meerschweinchen hieß Delilah. Jeden Tag durfte es ein halbes Stündchen mit Lupin schmusen. Sie beschnupperten sich, quiekten und fraßen gemeinsam.

»Willst du mal mit ihr spielen?« fragte sie Tess, und Tess setzte sich zu Doon und Sandy auf den Fußboden. Mit Armen und Beinen bauten sie kleine Hindernisse und Brücken für Delilah.

»Soll es ein Junge werden oder ein Mädchen?« fragte Tess

leise bei Doon an. Sie konnte sich die Frage nicht verkneifen, obwohl William nebenan saß und Aufsätze korrigierte.

»Wenn Lupin und Delilah Kinder bekommen«, mischte sich Sandy ein, »dann kriegen sie drei langhaarige und zwei kurzhaarige.«

»Nein, du Dummchen!« Doon schubste sie. »Wenn . . .«

Eine knarrende Diele auf dem Treppenabsatz brachte sie zum Schweigen.

»Ein Junge. Nein, ein Mädchen«, flüsterte Doon, als das Knarren vorbei war. »Ich weiß nicht.«

»Ich würde ein Mädchen wollen«, sagte Tess, und es war ihr klar, daß sie es für sich wollte. »Man könnte es Marigold nennen.«

Plötzlich wurde Doon blaß.

»Heul nicht, du Doofe«, sagte Sandy und trat nach ihr. Eins der beiden Meerschweinchen floh aus der Umzäunung ihrer Beine.

In der Nacht stach Doon mit einer Nadel nach ihrer Schwester. Sie bohrte die Nadel von unten durch die dünne Matratze des oberen Betts und traf Sandys Po. Sandy war gerade beim Einschlafen und schoß mit einem Aufschrei in die Höhe.

»Was ist hier los?« William rannte die Treppe hoch, um nach dem rechten zu sehen. »Was ist passiert?« Er nahm Sandy in die Arme.

»Blutet es?« fragte sie bleich und zitternd. William hob sie hoch und hielt sie gegen den Spiegel. Ein rotes Pünktchen war der Beweis, daß etwas sie gepiekst hatte.

Doon lag zusammengerollt in ihrem Bett und rührte sich nicht. »Ich kann sie nicht leiden«, sagte sie schließlich. Sie zog ihr Kissen weg, zeigte auf die Nadel und legte ihre Beichte ab.

»Was ist das?« Neben ihrem Kopfende sah er die Ecke einer Fotografie. Felicity in einem billigen Goldrahmen. Er hatte das Foto selbst aufgenommen, vor vielen Jahren, und das Gegenlicht hatte die Aufnahme verdorben. Über ihrem Haar schimmerte ein Regenbogen, ihr Gesicht war verschattet und kaum zu erkennen. »Als ich das aufgenommen habe, warst du nicht einmal geboren.« Er schüttelte den Kopf, und warf plötzlich das Bild gegen die Wand. Im selben Moment bereute er seine Tat. »Das werde ich beschlagnahmen«, sagte er zu Doon und fuhr mit dem Finger über das zersprungene Glas. Doon zog die Decke über den Kopf, selbst Sandy verstummte.

»Ich glaube, Felicity zieht Doon den anderen Mädchen vor«, sagte William zu Francine. »Für die anderen ist es deprimierend, und Doon bekommt es gar nicht gut. Ich frage mich wirklich, ob es nicht besser wäre, wenn sie ihre Mutter überhaupt nicht mehr sehen würden.«

»Oder wenn sie sie öfter sehen würden?« Francine versuchte, seinen Blick aufzufangen.

William starrte mürrisch zu Boden. »Unmöglich. Sie kann nicht ständig von Schottland herunterkommen. Das kostet ein Vermögen, abgesehen von allem anderen. Und bezahlen muß ich.«

»Ich weiß nicht ...«

»Das Gericht hat jedenfalls verfügt, daß sie sich zweimal im Jahr sehen dürfen. Dort sitzen schließlich Experten, die sich ständig mit solchen Fällen befassen. Zweimal jährlich, haben sie gesagt. Ihnen ging es um das Wohl aller Kinder, auch der beiden anderen.«

»Aber William, die Dinge ändern sich doch. Meinst du nicht?«

William hob die Hand und brachte sie zum Schweigen. »Du warst nicht dabei.« Sein Augenlid zuckte nervös. »Du weißt nicht, wie das war, als sie mich verlassen hat.«

Francine wartete, bis der Schmerz auf seinem Gesicht verflogen war. »Möchtest du eine Tasse Kamillentee?« fragte sie. »Oder etwas Stärkeres?«

»Ja, danke«, sagte William und räumte einen großen Wäscheberg vom Tisch auf den Stuhl.

William freute sich über sein Kostüm. Es war ein hautenges, mattschwarzes Trikot, und der Schwanz war so lang, daß er ihn bequem über den Arm hängen konnte. Er übte einen speziellen Gang ein, ein Schleichen mit seitwärts gedrehten Beinen, und träumte davon, daß er mit seiner Schockwirkung in die Annalen der Schule eingehen würde. Er würde die Zuschauer hypnotisieren, betören, in Angst und Schrecken versetzen, die Schüler der zwölften Klasse würden selbst dann noch den Atem anhalten, wenn er ihnen am nächsten Tag ein Gedicht von Wordsworth vortrug.

Eines Abends nach dem Essen kamen vier Zwölftkläßler auf einen Drink zu Besuch. William hatte sie eingeladen, um zu beweisen, daß Schüler und Lehrer durchaus miteinander befreundet sein konnten. »Macht euch mit meiner Truppe bekannt«, sagte er und strahlte übers ganze Gesicht.

Sie setzten sich an den Kamin, tranken Apfelwein und versprachen kichernd, es niemandem zu verraten. Zur Feier des Tages durften auch die Kinder etwas länger aufbleiben. Da war Alison mit ihrem weißblonden Haar, gekringelt wie ein Lammfell, da waren zwei dunkelhaarige Mädchen mit glänzenden Nasen und klimpernden Armreifen, und als vierter war Simon gekommen, eher ernst und schüchtern, sein dunkles, glattes Haar hing ihm über die Ohren. Alle drei Mädchen trugen enge Jeans, und ihre Beine waren kaum mehr voneinander zu unterscheiden, als sie es sich, mit Kissen versorgt, auf dem Boden bequem gemacht hatten. Alison griff nach Williams Gitarre, schlug ein paar Akkorde an und summte verträumt. »Können Sie Gitarre spielen?« fragte sie William, als er mit den Gläsern hereinkam. Er setzte einen schüchternen Blick auf und erklärte, er habe sich das Spielen selbst beigebracht.

»Um die Frauen zu bezirzen«, flüsterte Francine. Die drei Mädchen lachten, wurden rot und wandten den Blick von seinen langen Beinen ab.

Am nächsten Tag in der Mittagspause hörte Tess die drei miteinander reden, als sie das Rhododendrondickicht umrundeten. »Willy der Holzbock«, sagte die eine und lachte. »Ob er seine Hosen in einem speziellen Laden kauft?«

»Vielleicht bestellt er sie beim Versand.«

»Oder er ändert sie, damit sie hauteng anliegen.«

»Hauteng? Knalleng, meinst du wohl!«

Die drei Mädchen, die sich untergehakt hatten, krümmten sich vor Lachen. Prustend drückten sie sich in die Büsche, um eine Zigarette zu rauchen.

Tess und Jake saßen auf der Bank vor der Telefonzelle, die Uhr schlug Viertel nach sechs. Es war dunkel und still, und sie wagten kaum zu reden, damit sie das Klingeln nicht überhörten.

»Wolltest du ihn was Bestimmtes fragen?«

»Pst!« machte Jake, weil er unbedingt das leise Klicken hören wollte. Wenn man aufpaßte, konnte man schon abnehmen, bevor das erste Klingeln ertönte.

»Ja«, sagte er schließlich, und die Dorfuhr schlug halb sieben.

»Wahrscheinlich hat er zu tun«, sagte Tess. »Entweder muß er noch arbeiten, oder er ist mit Georgina unterwegs.«

»Ja«, sagte Jake. Langsam trotteten sie heimwärts.

Wirre Träume rissen sie aus dem Schlaf. Ihr Bett war kalt und naß. Sie zog das Nachthemd aus und schlich auf Zehenspitzen ins Nachbarzimmer. Die Vorhänge waren nicht zugezogen, der Mond warf sein bleiches Licht auf Tess, als sie in Francines Bett schlüpfte. »Mum...« hauchte sie. Sie huschte unter die Decke und stieß gegen einen fremden Arm. Er fühlte sich knochig an und roch nach bittersüßem Schweiß. Tess erstarrte. Mit angehaltenem Atem zog sie sich zurück, ihre Füße tasteten nach dem Fußboden, und Sekunden später war sie wieder in ihrem Zimmer. Sie hörte Odins heiseres Schnurren, der es sich neben Jake bequem gemacht hatte.

Hastig zog sie das Laken ab, knüllte es zusammen, die nasse Stelle nach innen, und kroch wieder ins Bett. Odin surrte leise vor sich hin wie eine Maschine, das Surren drang von oben durch die Matratze, und langsam fiel sie in tiefen Schlaf.

Beim Frühstück mied Tess den Blick des Schülers aus der Zwölften, den sie in der Nacht berührt hatte.

»Simon war nur auf ein Schwätzchen gekommen«, verkündete William mit stolzem Blick, »und plötzlich war es zu spät für den Heimweg. Noch ein bißchen Porridge, Simon?«

»Nein, danke, Mr.... ich meine, William.« Simon lächelte verlegen.

»Hoffentlich haben sich deine Eltern keine Sorgen gemacht.« William setzte eine bedeutsame Miene auf und erzählte ihm, daß er mit neunzehn schon an Protestmärschen teilgenommen und die Arbeiter beim Streik unterstützt hatte. »Ein Jahr später war ich verheiratet, und sechs Monate darauf kam Honour zur Welt.« Er zwinkerte Simon zu, und Simon wurde feuerrot.

William beugte sich zu ihm hinüber und blickte ihm in das schüchtern beklommene Gesicht. »Hast du Pläne? Hast du dir was vorgenommen?« Aber statt zuzuhören, verlor er sich in seine Phantasien. Ich bin noch jung, sagte er sich, ich bin so jung, daß mir die ganze Welt offensteht. Als Simon ihm sein Vorhaben erläutert hatte, Forstwirtschaft zu studieren und nach Neuseeland zu gehen, konnte er nur noch nicken und so tun, als hätte er zugehört.

»Aber es ist eiskalt«, beschwerte sich Jake. Honour wartete schon in ihrem Regenmantel.

William maß ihn mit strengem Blick. »Laß dir mal den Wind um die Ohren wehen, das tut dir gut. Da kannst du dich als Mann beweisen.«

»Heb mal nicht ab. Das ist doch nur ein See und nicht der Atlantik.« Jake schlenderte los, um seinen Mantel zu holen.

»Darf ich bitte mitkommen? Ich möchte so gern segeln.«

William blickte auf seine Schuhe, blauweiße Segeltuchschuhe, als wäre er ein Jachtbesitzer an der Riviera. Er hatte keine Lust, Tess mitzunehmen.

»Bitte, bitte!«

Aber warum sollte er die einzige, die wirklich mitwollte, zu Hause lassen?

Der Himmel war stahlgrau, der Wind fegte über den Stausee. Tess klapperte mit den Zähnen. Sie war noch nie mit einem Segelboot gefahren, und kaum saß sie drin, kaum blähten sich die Segel, wußte sie, daß sie nicht mehr wollte.

»Köpfe einziehen!« brüllte William, als der Baum umschwenkte und Honour nur knapp verfehlte. William zog und zerrte, um das kleine Boot unter Kontrolle zu bringen, das er mitsamt der Schwimmwesten vom Jachtklub ausgeliehen hatte. »Großsegel freigeben!« donnerte er, als der Baum zurückschwenkte. Am Boden schwappte Wasser, und Tess' Turnschuhe waren bereits durchnäßt. »Steuerbord!« schrie William. Sie kletterten hastig zu ihm hinüber und klammerten sich an die schräge Bordwand, während der Wind das Wasser peitschte.

»Kehren wir bald um?« fragte Honour. Ihr Gesicht war aschfahl, nur die Nase leuchtete rot vor Kälte. William fühlte sich in seinem Element.

»Nur noch eine Runde um den See.« Er stand auf und stemmte sich gegen die Pinne, daß sich das kleine Boot schlingernd auf die Seite legte, und er mußte sich mit seinem ganzen Gewicht hinauslehnen, damit es nicht kenterte.

»War das nicht herrlich?« Endlich hatten sie das Boot wieder aufs Trockene gezogen. »Nächsten Samstag sind wir wieder hier.«

Mit nassen Füßen und durchfrorenen Händen folgten sie ihm ins Bootshaus, wo es heiße Schokolade geben sollte. Aber die Bar hatte geschlossen, weil bei diesem schlechten Wetter keiner zum Segeln kam.

»Darf ich nächsten Samstag wieder mitkommen?« fragte Tess.

William musterte sie mißtrauisch. »Wir gehen jedes Wochenende segeln.«

»Toll«, sagte sie schaudernd.

Ich werde Wildland verkaufen und mir eine Segeljacht anschaffen, dachte William. Er saß am Schreibtisch und korrigierte einen Aufsatz mit dem Thema »Dionysos und Apollo«. Wir segeln um die Welt. Ich unterrichte die Kinder selbst, die Schule findet auf Deck statt. Er stand auf und ging ans Fenster. Über dem Fundament der Garage ragte eine Wand in die Höhe. Zum Schutz vor Regen war sie mit einer bunten Plastikplane verhüllt. Erst muß die Garage fertig werden, dachte er und ging an den Schreibtisch zurück. Ich muß das Hühnergehege bauen, den Wildwuchs lichten, dann zahle ich die Hypothek ab und setze Segel.

Es klopfte leise an die Tür. »Ja, was ist?« Die Kinder – seine Kinder – wußten, daß sie ihn nicht stören durften.

Francine trat behutsam ein und brachte ihm eine Tasse Tee. »Mach nicht zu lange.«

»Nein.« Er blickte von seiner Arbeit auf. Er hatte nur noch einen Aufsatz vor sich. Die Überschrift war in riesigen, schraffierten Lettern gemalt. Dionysos in leuchtenden Gelb- und Rottönen, Apollo in frostigem Blau. Es war nicht zu übersehen, daß der Schüler nur Platz schinden wollte. »Bin gleich fertig.« Als er Francine die Tasse aus der Hand nahm, spürte er eine Erregung, stand gegen seinen Willen auf, griff ihre andere Hand und zog sie näher. »Du bist nicht fair zu mir«, sagte er.

»Wie meinst du das?« fragte sie erschrocken, als hätte er ihr die Zimmer gekündigt.

»Du bist zu schön«, flüsterte er. Sein Mund berührte ihr Ohr. »Ich kann dir einfach nicht widerstehen.« Und er führte sie rückwärts, bis beide lachend aufs Bett fielen.

Ich darf mich nicht vergessen, ermahnte er sich, als er sie an sich drückte. Ich darf keine Dummheiten machen, und er dachte an die Jacht, die er kaufen würde, an den stolzen Bug, der die weißen Wogen teilte, während seine Kinder lernten, wie man segelte, kochte und auf schwankendem Deck Aufsätze schrieb.

»Tess!« Jake zerrte sie am Arm. »Sieh mal!« Victors blaue Limousine rollte majestätisch langsam den Berg herauf. Die Räder ratterten über die Viehsperre, dann verschwand der Wagen hinter den Bäumen. »Wir fangen ihn ab!« Sie rannten über die Straße und durch die Seitenpforte, zwängten sich durchs Gebüsch und sprangen ihm entgegen, als er in seinen rutschigen schwarzen Halbschuhen die Auffahrt heraufschritt.

»Hallo!« rief er freudig. Georgina war nicht mitgekommen, er wirkte gutgelaunt und locker.

»Komm rein, komm rein.« Jake führte ihn im Triumph zur Küche, wo Williams drei Mädchen gerade die Stiefel auszogen. »Muuuum!« brüllte er.

Francine kam aus der Waschküche. »Victor!« Sie zog die Stirn kraus, dann neigte sie den Kopf und lächelte. »Wieso? Ich meine...« Tess sah, wie sie nach Worten rang. »Kann ich dir etwas zu trinken anbieten?«

»Nein, danke.« Er hielt sich an dem Chromrohr fest, das sich um den Herd zog, und sah so munter aus, als würde er jeden Moment Luftsprünge machen. Sein Mantel war grau, sein Anzug von silbrigem Schwarz, alles an ihm wirkte gepflegt und wie frisch gebügelt.

Honour, Doon und Sandy starrten ihn fassungslos an, mit roten Wangen und windzerzaustem Haar. Tess warf einen verstohlenen Blick auf ihre Hände. Die Fingernägel waren schwarz von der Gartenerde, die Haut rauh und rissig vom Bäumeklettern. Selbst Francine hatte eine fusselige Strumpfhose an und ein welkes Blatt im Haar.

»Wenigstens eine Tasse Tee«, sagte Francine, »sonst machst du mich nervös.«

»Aber gern.« Victor wandte sich den Kindern zu und erlöste sie für einen kurzen Moment aus der Erstarrung. Nur Jake bewegte sich. Er hielt Odin im Arm und hüpfte auf und ab.

»Entschuldige«, sagte Francine. Sie mußte sich neben ihn stellen, um das Wasser aufzusetzen.

»Oh, tut mir leid«, erwiderte er, aber bewegte sich nur ein winziges Stück zur Seite.

»Dad, Dad!« Jake nahm ihn beim Arm. »Ich muß dir was zeigen.«

Tess drückte sich an die Wand, um die beiden vorbeizulassen. Von weitem hörte sie Jake atemlos von seinen geliebten Raubtieren erzählen. Sie blieb in der Küche und studierte ihre braunen Vierecke auf dem Dienstplan, die sich über den ganzen Monat verteilten. Heute mußte sie beim Abendessen helfen. »Was gibt es heute, Mum?«

»Mal sehen.« Da waren Kartoffeln, Pastinaken, Mohrrüben und eine riesige Kohlrübe, die verbraucht werden mußte. »Ich glaube, ich mache eine Suppe.« Francine drehte den Kaltwasserhahn auf und putzte die Rübe mit dem Schälmesser. Honour verdrückte sich nach oben, um Violine zu üben.

»Wo ist Daddy?« Sandy klammerte sich an Francines Beine.

»Er probt sein Stück«, sagte Francine. »Doon, warum geht ihr nicht beide nach oben?«

»Ich muß Gras pflücken«, erwiderte Doon. Doch statt hinauszugehen, blieb sie in der Tür stehen. Tess stellte sich zu ihr, und beide schauten sie zu Victor hinüber, der in Jakes Briefen blätterte, einer kostbaren Sammlung von Dokumenten, die Cyril Littlewood vom World Wildlife Fund persönlich unterschrieben hatte.

Lieber Jake,
es ist schön, wieder von Dir zu hören. Ja, Dein Giraffenbild habe ich erhalten. Es ist sehr originell und ausdrucksvoll. Deine Idee, eine Wanderung mit einer Spendensammlung zu verbinden, finde ich hervorragend. Aber vielleicht solltest Du damit bis zum Frühling warten.

»Wo wolltest du denn wandern?« fragte Victor.

»An der alten Bahnstrecke entlang. Das haben wir schon mal gemacht und achtundzwanzig Pfund gesammelt.«

»Das ist ja ein Vermögen.« Victor legte die Briefe hin, sehr behutsam, fast entschuldigend. »Ich müßte jetzt kurz mit deiner Mutter reden.« Er schob sich an Jake vorbei, an Doon und Tess, die in der Tür standen und zugeschaut hatten, und ging in die Küche, wo sich Francine über die Spüle beugte.

»Hör zu«, begann er. »Bei mir sieht es finanziell im Moment günstig aus. Ich habe einen Verlag, der meine Erzählungen herausbringen will. Ja, ich weiß, wie kompliziert alles ist, aber, nun – ich könnte dir helfen, was anderes zu finden.«

Francine hielt den Kopf gesenkt, beide Hände ruhten bewegungslos im Spülbecken. Als beide eine Weile geschwiegen hatten, trocknete sie ihre Hände.

»Ich meine es ernst«, sagte Victor beschwörend. »Du kannst hier nicht wohnen.«

Francine blickte ihn an. »Doch, ich kann hier wohnen«, erwiderte sie. »Du wirst dich wundern.« Sie blinzelte nervös und wandte sich wieder dem Spülbecken zu, in dem die Spitzen und Strunken der geputzten Mohrrüben schwammen.

»Aber Dad!« Tess wollte ihm zeigen, wie schön es in Wildland war. »Wir haben sogar eine Waschmaschine. Und unseren Federballplatz hast du auch noch nicht gesehen.« Sie zog ihn hinaus auf den Hof, wo das Netz im trüben Dunkel schaukelte. »Man sieht es jetzt nicht, aber William hat weiße Linien gezogen. Hier ist es am allerschönsten, wirklich wahr! Wir können bis zum Wald laufen, und Mum zeigt uns, wie man näht.«

»Wirklich?« Victor drückte ihre Hand fester und seufzte.

Er wollte nicht warten, bis William kam. Er aß einen Teller Gemüsesuppe mit, dann ging er hinaus zu seinem Wagen. Jake stieg hinten ein, rutschte über die glatte Sitzbank, klappte die Aschenbecher aus und zog Fratzen im Spiegel. »Dürfen wir dich in London besuchen?« fragte er.

»Natürlich dürft ihr das.« Victor drehte sich um und schaute Francine an. »Wirst du meinen Vorschlag überdenken?«

Francine schüttelte den Kopf. »Nein«, sagte sie. Und sie lachten sich zu, als er rückwärts hinausfuhr.

Felicity hatte den Kindern geschrieben.

»Liebe Honour, liebe Doon, liebe Sandy!« Honour las den Brief vor, mit zitternden Händen, ihre Brille hatte sie fest auf die Nase geklemmt. »Ihr habt ein Brüderchen bekommen.« Sie unterbrach das Lesen, und Sandy sperrte den Mund auf, daß man ihr Zäpfchen sehen konnte. »Er heißt Abraham. Er hat dunkles Wuschelhaar und ein sehr großes Schwänzchen.« Tess hielt sich den Mund zu, um nicht zu lachen. »Bald schicke ich Euch ein Foto. Ihr fehlt mir sehr, und ich habe Euch alle ganz furchtbar lieb. Mummy.«

»Wundervoll«, Francine mußte an Jake denken, den Blick von winzigen Tränen getrübt. »Wie schön. Ein kleiner Junge.«

William stand auf, um Brot zu schneiden. Er schnitt, bis von dem Laib Weißbrot nichts mehr übrig war. »Abraham!« schnaubte er. »Wie soll denn das zu Cammothmore passen?«

»Das ist genug, glaube ich.« Francine nahm ihm das Messer aus der Hand. »Möchte noch jemand Toast?«

»Canaille!« knurrte William.

Aber keiner wollte Toast.

Zu Ostern kam Williams Bruder Alec zu Besuch. Immer wenn William über seinen Bruder sprach, bekam er ein wütendes Gesicht, und seine Augen verengten sich zu Schlitzen. »Alec hatte immer nur dreierlei im Kopf«, sagte er. »Motorräder, Musik und Mädchen.« Er blickte verständnisheischend in die Runde. »Und nichts davon geht mehr.«

»Wieso Musik?« fragte Francine. Tess war erleichtert, denn sie hatte gerade fragen wollen: »Warum Mädchen?«

»Seit dem Unfall hat er einen Gehörschaden«, sagte William, und seine gefurchte Stirn erinnerte an das zerknautschte Blech des verunglückten Motorrads. »Hohe Töne tun ihm jetzt weh. Er muß sein Hörgerät so einstellen, daß er die Schmerzen aushält.« William warf Sandy einen mahnenden Blick zu, die eine richtige Quiekstimme hatte – schrill und erstaunlich laut.

»Aber er ist doch trotzdem sehr selbständig, oder?« warf Francine ein, und William atmete so tief durch, daß sich seine Brust blähte. Er mußte gähnen, um wieder auszuatmen. »Ja«, sagte er. »Das stimmt. Er kommt mit dem Zug, dabei hätte ich ihn auch mit dem Auto geholt. Aber nein, sagte er. Er will nicht stundenlang mit mir im Stau stehen. Eher würde er im Gefängniswagen der Eisenbahn mitfahren, hat er gemeint.« William lachte traurig, und wie um ihn zu trösten, lachten seine Töchter mit.

Alecs Rollstuhl kam an der Auffahrt ins Rutschen. »Nicht nötig«, wehrte er den hilfsbereiten Arm seines Bruder ab. »Ich komme zurecht.« Und William mußte tatenlos hinterherlaufen, während sich Alec die Steigung hinaufquälte.

Tess schaute von oben zu. Er sah wie William aus, die gleiche klobige Nase, die gleichen schwarzen Schlitzaugen, aber seine Arme, die aus den kurzen Ärmeln des T-Shirts schauten, waren muskulös und mit dicken Adern überzogen, und seinem Haar fehlte der Goldschimmer. Tess sah, wie sich seine Muskeln spannten, als er den Rollstuhl bergauf bewegte. William wirkte geradezu mickrig neben ihm, der Pullover schlotterte um seine Hüfte, das seidenweiche Haar hing ihm in die Augen. Alec durchquerte den Garten und fuhr ins Haus.

»Wer ißt gern Schokolade?« Er bremste und kam mit einem eleganten Schlenker zum Stehen. Die Kinder scharten sich um ihn und bemühten sich, nicht auf die Stangen, Rohre und Drähte zu starren, die ihn an den Rollstuhl zu fesseln schienen. »In diesem Haus ißt also niemand Schokolade. Hab ich richtig gehört?«

»Doch, wir!« Alle widersprachen ihm hastig, selbst Jake streckte die Hand aus. »Ich auch!« quiekte Sandy. Alec zuckte zusammen. Mit dicken Fingern drehte er an einem Knopf, bis sich sein Gesicht entspannte.

»Schon gut.« Ein Schweißfilm hatte sich auf seiner Stirn gebildet. »Meine Güte, Will!« Er blickte zu William auf, der sich neben dem Dienstplan postiert hatte. »Hier geht's ja zu wie im Zoo. Wo hast du die vielen kleinen Kinder her, du alter Halunke?«

William verfolgte mit Argwohn, wie Alec eine schwarze Tasche öffnete und Süßigkeiten verteilte. Karamelstangen und Erdnußriegel, Gummibärchen und Kinderschokolade, die im Mund zu einem milchigen Brei zerflossen. »Jetzt ist's aber genug«, schaltete er sich ein. Wenn es bei ihm Schokolade gab, wurde sie aufgeteilt, für jeden höchstens ein Stück. »Laß sein, Alec. Sie verderben sich noch den Magen!«

»Danke, Alec, danke.« Honour wickelte den Rest ihres Milky Way wieder ins Papier. »Das heb ich mir für später auf.« William belohnte sie mit einem anerkennenden Blick.

»Danke, Alec«, zwitscherten die anderen, und William hielt Sandy vorsichtshalber den Mund zu.

Alec zwinkerte ihnen zu. »Sie werden es überleben«, sagte er. »Nimm's locker, Will.« Er überreichte ihm ein zusammengerolltes Poster. *»Desiderata«* stand dort in brauner Schrift auf cremefarbenem Grund. William rollte das Poster auf und las – ein langes Prosagedicht mit Lebensmaximen.

Geh ruhig und gelassen durch Lärm und Hast, gedenke des Friedens, der in der Stille liegt.

Alec blickte William erwartungsvoll an.

Versuche allen Menschen Freund zu sein, sag deine Wahrheit unaufgeregt und klar. Und hör auch denen zu, die dumm und unwissend sind; selbst sie haben eine Geschichte zu erzählen.

»Danke, Alec.« William atmete tief durch, und obwohl er wußte, daß er heute mit dem Abendessen dran war, suchte er auf dem Dienstplan nach seinem Namen.

»Ich klebe es an die Wand«, bot sich Honour an. Sie holte den Klebestreifen aus der Schublade und reckte sich in die Höhe, um das Poster über dem Herd zu befestigen.

Das Rennen war in die vorletzte Runde gegangen. Alec hatte vorn gelegen, als seine Verfolgermaschine aus der Kurve geflogen und gegen einen Mast gerast war. Der Mast war mit Strohballen gepolstert, und aus dem Augenwinkel sah Alec, wie der Fahrer aufstand und davonlief. Aber Alec raste weiter, auf den Sieg zu, den fünften Sieg in Folge, als er in der letzten Runde ebenfalls ins Rutschen geriet. Sein Motorrad bäumte sich wütend auf, als würde es einen Feind attackieren. Und da sah er den Mast, ohne Strohballen, der nackte Mast flog auf ihn zu. In der Sekunde vor dem Aufprall wußte er, daß sein Leben zu Ende war. Daß sich Alec nie über das Verschwinden der Strohballen beklagt hatte, regte William am meisten auf. Nie fluchte Alec auf diese Strohballen und die Männer, die vergessen hatten, sie wieder vor den Mast zu türmen. Nur eins beklagte er: Nie hatte ihm jemand gesagt, daß es nicht darauf ankam, immer zu gewinnen. Er war dumm gewesen und hatte Pech gehabt. Aus Dummheit hatte er sich in diesem unwichtigen Rennen verausgabt, und vor lauter Pech war er am Leben geblieben.

Alec wollte mit William und Francine zu Brands Hatch. »Ist gar nicht weit von hier«, sagte er. »Ein Besuch lohnt sich immer.« Er fuhr mit dem Rollstuhl zur Telefonzelle hinunter, um seine alten Motorradfreunde anzurufen.

»Die sind nicht scharf drauf, mich zu sehen«, erzählte er, als die Fahrkarten mit der Post kamen. »Wenn die einen Krüppel vor sich haben, werden sie nervös. Aber wir fahren trotzdem. Wir setzen uns in die Vereinsloge und trinken Sekt. Natürlich haben die keine Rampe für den Rollstuhl, aber du und Frankie, ihr könnt mich ja die Treppe hochtragen.«

»Klar, können wir das.« Francine spannte ihre dünnen Muskeln an, und William nickte aus seiner Ecke.

Alec mochte noch etwas außer Motorrädern, Mädchen und Musik: schweißen und löten. Er saß mit einem Miniaturlötkolben im Gewächshaus und fertigte ein Puzzle aus Kupferdrähten, die er zu einer Kette aus runden und dreieckigen Ringen verband. Einen Ring, behauptete er, könne man lösen und damit die Kette öffnen. Man müsse nur hinter den Trick kommen. Tess nahm das Puzzle mit in ihr Zimmer. Sie wollte das Geheimnis lüften und sowohl Alec als auch William damit beeindrucken. Aber sosehr sie an den Ringen drehte und zerrte, es gelang ihr nicht. »Bitte, zeig's mir, Alec«, bettelte sie, aber Alec lächelte nur und gab das Puzzle an Honour weiter, die trotz ihrer ganzen Schlauheit auch nicht dahinter kam. Selbst William machte einen Versuch. Er saß da und beäugte das Puzzle eine lange Zeit. »Ich hab's«, sagte er schließlich und fingerte zähnefletschend an den Ringen herum.

»Nein.« Alec strahlte.

William warf die Ringe auf den Tisch zurück. »Ich muß wieder raus«, erklärte er gereizt und krempelte die Ärmel hoch, um Beton für den Garagenboden zu mischen.

Jake war der einzige, der sich nicht für das Puzzle interessierte. Er saß neben Alec an der Tischecke und rümpfte die Nase über seinen Geruch.

»Als einziger Junge hat man's nicht leicht«, meinte Alec mitfühlend, als Jake das Puzzle von sich schob. »Ich weiß, wovon ich rede.« Er wies mit dem Kopf auf William, der ihm die Faust zeigte und die Zunge herausstreckte.

William goß den Fußboden und zog die Mauer ein Stück höher, und als an der Garage nichts mehr zu tun war, nahm er die Kettensäge, um das Unterholz zu lichten.

»Bitte nicht diesen Baum!« Tess kletterte die Sprossen hoch, die sie in ihren Lieblingsbaum genagelt hatte, und schaukelte am untersten Ast. William zog die Jacke aus. Er reckte sich in die Höhe und hielt Ausschau. Dann warf er die Kettensäge an, die scharfen Zähne fraßen sich ins Holz. Auch nach dem Sägen gönnte er sich keine Ruhe. »Wer hat Lust auf Federball?« rief er. Honour mußte ihren Osteraufsatz liegenlassen, und er deckte sie mit Schmetterbällen ein.

Alec schaute ihnen aus dem Gewächshaus zu, wo er über eine kleine blaue Flamme gebeugt saß. Er machte Ohrringe für Francine, Blüten aus gebogenem Kupferdraht.

»Du hast ja ein richtiges Juwel im Haus«, sagte er zu William, und alle hörten es.

William schüttelte heftig den Kopf, um ihn zum Schweigen zu bringen.

»Er wird rot!« spottete Alec, und es stimmte – William war feuerrot geworden.

»Aber Alec!« Francine schaute ihn mit sanftem Tadel an. Unter den neugierigen Blicken der Kinder strich sie ihr Haar zurück, um sich den Ohrring ans Ohr zu halten.

An dem Tag, als Alec abreiste, schaltete William die Motorsäge aus. Er säuberte das Gehäuse, ölte die Kette und packte die Säge sorgfältig weg. Er spülte die Maurerkelle ab und spritzte den restlichen Sand mit dem Schlauch beiseite, und als Alec zum Zug gebracht war, versank er in den Kaminkissen und rührte sich nicht mehr.

»Abendbrot ist fertig«, rief ihm Francine zu.

»Hab keinen Hunger«, antwortete er.

Er lag noch immer an derselben Stelle, als die Kinder ins Bett gingen, und Honour versuchte, ihn mit einem seiner Lieblingslieder aufzumuntern.

Ich wollt, ich wär ein Vögelein im Mai,
ich wollt, ich wär ein Vögelein im Mai.
Ich wollt, ich wär ein Vögelein,
dann sänge ich mit dir zu zwei'n.
Ich wollt, ich wär ein Vögelein im Mai.

Ohne Gitarrenbegleitung klang ihre Stimme dünn, und William lächelte säuerlich.

»War William dabei, als Alec verunglückt ist?« fragte Tess, als Francine ihr gute Nacht sagte.

»Nein, Gott sei Dank nicht.«

»Es ist nur – ich dachte, es war dieselbe Explosion, von der er taub wurde.«

Francine lachte. »Das war keine Explosion, sondern ein Wattetupfer. Er hat ihn zu tief ins Ohr gebohrt und sich dabei verletzt.«

»Oh«, sagte Tess, und die Vorstellung, daß sich ein Wattetupfer in Williams Ohr bohrte, kam ihr schlimmer vor als alles andere. »Niemand hat Alecs Puzzle geschafft«, fiel ihr ein.

»Das war kein Puzzle«, sagte Jake. Er streichelte Odin so hingebungsvoll, daß er schnurrte wie geölt. »Das war ein Schwindel, und keiner hat sich getraut, es zu sagen. Die Kette ging überhaupt nicht auf, und Alec hat nur gewartet, ob es einer merkt.«

»Ach, Jake!« Francine strich ihm die Decke glatt. Tess wußte, daß er recht hatte.

Mr. Paul stützte sich auf die Tischkante. »Also: wer bekam neun Monate nach Heimdals Besuch einen Sohn?«

»Affi und Amma«, rief die vierte Klasse im Chor.

»Richtig.« Mr. Paul war zufrieden. »Der Knabe hatte rote Backen und leuchtende Augen, und Affi und Amma nannten ihn Karl. Karl wuchs schnell heran, er war wohlgestalt und kräftig. Als Karl ein Jüngling war, suchten Affi und Amma eine Frau für ihn. Ihr Name war Snor. Sie tauschten die Ringe und legten eine bunte Decke auf ihr Bett. Karl und Snor hatten eine ganze Schar wohlgeratener Kinder. Den Erstgeborenen nannten sie Mann, den zweiten nannten sie Krieger. Die anderen Söhne hießen Landherr und Lehnsmann, dann kam Schmied, der jedes Handwerk beherrschte, danach Breitschulter, Freisasse und Stutzbart, Bui und Boddi, Bratskegg und Segg. Auch Töchter hatten Karl und Snor. Die Älteste nannten sie die patzige Magd, die anderen hießen Braut, Schwanenhals und Stolz, Schön, Fraulich und Flink. Vif war dazu bestimmt, ein gutes Eheweib zu werden, Feima war scheu, und Ristil, die Jüngste, war die anmutigste von allen Frauen. Das waren die Kinder von Karl und Snor, und von ihnen stammen die Bauern ab.«

»Haut ab, das ist privat«, knurrte Jake und zog Tess in die Telefonzelle. Tess drückte die Nase an die Scheibe und schaute den drei Mädchen nach, die brav weiterliefen, den Berg hinauf. Als sie oben angekommen waren, drehten sie sich um. Jake nahm den Hörer ab und brabbelte hinein. Dabei hätte selbst Honour mit ihrer Brille aus dieser Entfernung nichts mehr erraten können.

»Vielleicht hat er zu viel zu tun«, sagte Jake, als die Mädchen endlich außer Sicht waren.

»Ja. Oder er ist in die Ferien gefahren.«

»Sei nicht albern. Wollen wir ihn besuchen? Er hat gesagt, wir sollen kommen.«

»Nach London?«

»Ja.«

Tess quetschte sich durch den Türspalt. Sie waren schon allein in London gewesen. Francine hatte sie in den Zug gesetzt, und Victor hatte sie an der Victoria Station abgeholt. Einmal hatten sie mit ihm zusammen den Bus nach Maida Vale genommen. Es war ganz einfach gewesen. Wenn man aus dem Bahnhof kam, mußte man nach links, und an der dritten Haltestelle stand der Bus der Linie 16.

»Ich kenne den Weg«, sagte Jake. »Wir steigen an der Harrow Road aus, laufen bis zum Bäckerladen, und dann ist es die zweite Straße rechts.«

Tess erinnerte sich an den Bäckerladen. Er war vollgestopft mit weißem und gelbem Schaumzeug, rosa verschnörkelten Torten. Keine Spur von richtigem Kuchen aus braunem Mehl oder Datteln.

»An einem Sonnabend fahren wir.«

»Und was wird aus dem Segeln?«

Jake schnaubte nur verächtlich. »Schreib ihm, daß wir kommen.«

»Gut.« Tess hätte am liebsten gefragt, warum er nicht selber schrieb, aber sie wußte, daß es an seiner Rechtschreibung lag. Die Lehrer sagten zwar, daß es auf die Rechtschreibung nicht so sehr ankam, aber Jake schämte sich trotzdem. In George House wurde vor allem die Phantasie gefördert, und Jakes Umgang mit Farben war wirklich beeindruckend. Auch in Holz- und Metallarbeit hatte er im vergangenen Jahr viel Lob eingeheimst. Zu Hause hatte Francine stundenlang mit ihm geübt, weil sie ihm helfen wollte, aber ihre Beharrlichkeit machte ihn wütend, am liebsten hätte er das Buch zerrissen. »Du mußt Geduld haben, Jake, dann wird es schon«, meinte Francine, um ihn zu beruhigen, und obwohl William Lehrer war, schien auch ihm nichts Besseres einzufallen.

»Honour hat die Rechtschreibung ganz nebenbei aufgeschnappt«, sagte er, und er mußte wegschauen, um zu verbergen, wie stolz er auf ihre Intelligenz war. Da fiel es nicht mehr ins Gewicht, daß bei Doon gar nichts hängenblieb und daß sie dicke Tränen weinte, wenn er ihr beibringen wollte, wie man die Uhr ablas. Mit Honour hatte William immer offen gesprochen. Er setzte auf ihren Verstand. Im Badezimmer hatte er ihr die Unterschiede der Geschlechter und die korrekten Begriffe erläutert. Am Nachthimmel hatte er ihr die Planeten Venus und Mars und auch die Sternbilder gezeigt. Er hatte erklärt, daß die Mondphasen nicht nur Ebbe und Flut, sondern auch die Blutströme in ihrem Körper steuerten, wenn sie erst eine erwachsene Frau würde. Er hatte mit ihr über seine Arbeit gesprochen, seine Pläne, seine Liebe zur Antike, und es beglückte ihn immer von neuem, daß sie alles so schnell und gut verarbeitete. Es war ihm leichtgefallen, mit ihr über Felicity zu reden, ihr begreiflich zu machen, daß ihre Mutter alle im Stich gelassen hatte, daß sie egoistisch, unreif und unehrlich war; und Honour sollte darüber im Bilde sein.

Fotos von dem kleinen Abraham trafen ein, körnige Schwarzweißbilder, so groß wie Heftseiten. William weigerte sich, sie anzuschauen. Später ertappte Tess ihn dabei, wie er stirnrunzelnd die großen dunklen Augen des Babys studierte. Doon durfte die Bilder an ihre Wand kleben. Honour hatte ein Bücherregal mit Klassikern neben dem Bett stehen, Sandy hatte eine Sammlung aus bunten Popeln. Braune, grüne, gelbe und rötliche Klümpchen. Das war ihre Gruselsammlung, bescheiden, aber im Wachsen begriffen. »Wenn keiner den Abraham will, nehme ich ihn«, sagte Doon und küßte ihn vor dem Einschlafen auf seinen Babymund.

Wir müssen unsere Lebensumstände verbessern, dachte William und schlug mit der Axt zu. Der Klotz war grün von Flechten, Pilze wuchsen auf der Rinde wie eine Ansammlung von Hütten. Wir werden Vegetarier, beschloß er. Wir streuen Weizenkeime über unser Müsli, und wenn sie noch so bitter schmecken. Dann kam er auf eine Idee, die eigentlich ganz naheliegend war. Er würde Honour einen Hund kaufen.

»Einen gutmütigen, der die Schafe in Ruhe läßt«, riet ihm Mr. Jenkinshaw, und William empfand Stolz bei dem Gedanken, daß er mit dem Alten befreundet war, einem richtigen Landmann, vielleicht dem letzten seiner Art. Er lebte völlig abgeschnitten im letzten unberührten Teil des Waldes, ringsum erstreckte sich das grüne Meer des Golfplatzes. Die Golfer mußten einen Bogen um seinen Garten machen, sie verloren ihre Bälle im Dickicht seiner Hecke, aber nie war es gelungen, ihn zum Umzug zu bewegen. »Nehmen Sie einen Labrador«, empfahl Mr. Jenkinshaw zu Williams Enttäuschung. Labradore hatte er immer für Salonhunde gehalten. »Genau das richtige für ein kleines Mädchen, friedlich und brav.« Mr. Jenkinshaw nickte, richtete einen nachdenklichen Blick auf sein Anwesen und verabschiedete sich.

Eine Woche später fand William einen jungen Labrador aus biodynamischer Zucht. Er konnte sein Glück nicht fassen. Der Hund mußte einfach ein Prachtexemplar werden, ernährt mit Biofleisch und Zugaben von Biogemüse, das nachts ausgesät worden war, unter Berücksichtigung der Mondphasen. Der Hund war ein Rüde mit großem Kopf und dicken Pfoten und sah verblüffend dumm aus. William beugte sich zu ihm hinab, und der Hund blickte ihm mit idiotischer Ergebenheit in die Augen.

Tess warf den Ball gegen die halbhohe Garagenwand. Sie klatschte in die Hände, drehte sich und fing den Ball durch die Beine wieder auf. Sie mußte es schaffen, auf hundert zu kommen. Wenn sie auf hundert kam, würde ein Brief eintreffen. Dann konnte sie Jake beruhigen und mußte nicht mehr mit ansehen, wie er jeden Morgen die Post durchsuchte.

»Achtundsiebzig, neunundsiebzig...« zählte sie, als Williams Lieferwagen die Einfahrt heraufgefahren kam. Sie vergaß ihren Vater und den Brief und rannte ihm entgegen.

»William!« Als er sie sah, versteckte er das kleine warme Bündel unter dem Mantel. »William, weißt du was? Lupin und Delilah haben Junge gekriegt, unheimlich viele. Sie haben ein Loch durch die Wand genagt. Sie müssen sich seit Wochen besucht haben.«

William ließ die Schultern sinken. »Verstehe.«

»Das ist so spannend! Und alle sehen wie Delilah aus. Kein einziges hat lange Haare. Doon sagt, sie will alle behalten.«

Verdrossen schob sich William an Tess vorbei und ging ins Haus. Mit schwungvoller Geste holte er den jungen schwarzen Hund aus dem Mantel, und Honour zuckte erschrocken zurück.

»Darf ich die Meerschweinchen behalten?« fragte Doon und war fest entschlossen, in Tränen auszubrechen.

»Warum denn nicht?« meinte William. Begeistert rannte sie los, um Delilah die gute Nachricht zu überbringen.

»Meint ihr das ernst mit London?« Francine sah Jake prüfend an.

»Ja. Dad will, daß wir ihn besuchen. Es sagt, er holt uns kurz nach zwölf an der Victoria Station ab.«

»Ich weiß nicht, ob ich genug...«

»Schon gut«, unterbrach er sie. »Das Geld für die Fahrkarten haben wir.«

Francine rührte in dem großen Topf mit der Linsensuppe und zerteilte die gekochten Tomaten mit dem Löffel. Sie warf ein Lorbeerblatt hinein und würzte mit einer Prise Salz nach. Sie sah bleich und ein wenig verstört aus. »Hast du Odin gefüttert? Ich meine nur. Er bedroht wieder die Meerschweinchen und faucht durch das Gitter.«

»Odin!« rief Jake und stellte die geöffnete Büchse Whiskas in die Tür, damit ihn der Duft ins Haus lockte. »König der Katzen«, murmelte er, als Odin endlich angeschlichen kam, sein Fell glitzerte im Dunklen, seine Augen glühten. Jake nahm ihn auf den Arm und drückte ihn an die Wange.

Von East Grinstead bis Victoria waren es elf Stationen. Tess kannte sie auswendig. Dormans, Lingfield, Hurst Green, Oxted, Woldingham, Upper Warlingham, Riddles Down, Sanderstead, East Croydon, Clapham Junction, Victoria.

»Wenn wir aus dem Bahnhof kommen, gehen wir nach links und steigen in den Sechzehnerbus, nach der Bahnüberführung steigen wir aus, laufen bis zum Bäckerladen, dann links, dann rechts.« Tess wußte nicht genau, welche Hausnummer es war, aber Victors Tür war schwarz und hatte einen Messingklopfer. Innen war unter dem Briefschlitz ein Drahtkorb befestigt, der die Post auffing.

»Wenn wir aus dem Bahnhof kommen, gehen wir nach links und steigen in den Sechzehnerbus...« Jake lag oben in seinem Bett und prägte sich den Ablauf ein, als Francine hereinkam und zaghaft in der Tür stehenblieb.

»Vielleicht ist das mit London doch keine so gute Idee«, sagte sie und zog den Kopf ein, um sich gegen Jakes Empörung zu wappnen. »William meint, nun, er findet es ungerecht.«

Jake lag wie erstarrt. Er maß Francine mit eiskaltem Blick. »Das ganze Leben ist ungerecht«, sagte er.

Francine schüttelte lächelnd den Kopf. »Tut mir leid.« Sie strich Jake über das Haar. »Ein andermal.« Dann küßte sie Tess auf die Wange und schloß behutsam die Tür hinter sich.

»Was jetzt?« Jake warf sich wütend ins Kissen.

»Na, ja«, wandte Tess ein. »Dad hat uns ja nicht gerade erwartet.«

»He, für wen bist du eigentlich?« zischte Jake, und sie lagen wortlos da, bis er sagte: »Ich hoffe, wir ziehen bald wieder um.«

»Ja«, antwortete Tess, um ihn zu besänftigen. »Das hoffe ich auch.«

»Es ist gerecht!« Jake sprang mit einem Satz vom Bett. »Es ist gerecht, weil Honour einen Hund bekommen hat.«

Tess schreckte aus ihren Träumen auf. Der Boden hatte sich unter ihr geteilt, und sie war an einer bröckelnden Kante entlanggerannt. Sie sprang über einen Abgrund, und plötzlich war sie wach.

»Jake, nicht!« Sie wollte ihn am Schlafanzug festhalten, aber er rannte schon zur Tür.

»Wir fahren doch«, sagte er eine Minute später, schob sich an ihr vorbei und hievte sich schwungvoll auf sein Bett. »Ich hab ihnen gesagt, daß wir am Sonnabend fahren.« Er seufzte selig und schlief ein.

Honour nannte ihren Hund Spotless, aus dem einfachen Grund, weil er keine Flecken hatte, keinen einzigen außer den zwei ovalen braunen Stellen über den Augen. Sie sahen aus wie erstaunt hochgezogene Augenbrauen, und wenn er die Ohren aufstellte, schoben sie sich finster zusammen. »Das ist kein reiner Labrador«, meinte Mr. Jenkinshaw, als sie den ersten Spaziergang mit Spotless machten. Der Hund runzelte die Stirn und legte den Kopf auf die Seite. Mr. Jenkinshaw seufzte. »Nehmen Sie sich in acht mit diesem Hund. Da steckt Schäferhund und Dobermann mit drin.« Mr. Jenkinshaw schüttelte den Kopf. »Sie werden sehen. Aus dem wird nichts«, meinte er und ging davon.

Spotless war eine Plage. Von Williams Stuhl knabberte er ein Bein an, und während Francine einen Kopf Salat aus dem Garten holte, fraß er den ganzen Blumenkohlauflauf. William baute ein Gatter, um ihn in der Küche festzuhalten, aber nach nur einem Versuch übersprang er die Hürde und landete als pelziges Knäuel auf den Dielen. Bevor ihn jemand stoppen konnte, hob er das Bein und pinkelte ins Kaminfeuer. »Spotless! Spotless!« Honour durchsuchte das ganze Haus nach ihm, bis sie feststellte, daß er sich dünn gemacht hatte und durch die Katzenklappe hinausgekrochen war. »Spotless!« Verzweifelt versuchte Honour, ihn unter Kontrolle zu halten. »Helft mir doch mal!« Sie umklammerte seinen Hals, er riß sich los und sprang davon, um die Schafweide jenseits der Straße zu erkunden.

William zog einen Drahtzaun, und als Spotless ihn übersprang, stockte er den Zaun auf. »Hier kommt man sich ja vor wie im Knast«, knurrte Jake, und Francine säte Erbsen und Bohnen, um den grauen Maschendraht ein wenig zu kaschieren.

Oxted, Woldingham, Upper Warlingham, Riddles Down, Sanderstead, East Croydon ... Clapham Junction ... und da waren sie, umtost vom Lärm der Bahnhofshalle. Die Leute hasteten an ihnen vorbei, Lautsprecheransagen dröhnten, es roch herrlich nach Eisenbahn. Jake nahm Tess an die Hand. Wenn man aus dem Bahnhof kam, nach links, das wußte er genau. Aber heute schien es kein Links zu geben. Sie schoben sich durch die Menge, drückten sich an die Wände, doch so sehr sie auch suchten, kein Weg führte nach links. Jake schaute sich vergeblich die Augen aus. Alles in der riesigen Halle strömte nach rechts. Tess blieb stehen und blickte nach oben. Das Licht drang durch die Eisenträger der Dachkonstruktion, Tauben flatterten umher. Jemand stieß ihr mit dem Koffer gegen den Arm.

»Entschuldigung«, sprach Jake eine elegante Frau im Regenmantel an. »Können Sie uns sagen, wie man zur Harrow Road kommt?«

»Harrow?« Die Frau dachte nach. »Da müßt ihr die U-Bahn nehmen.«

»Wir sind aber schon mit dem Bus ...«

Die Frau schloß die Augen. »Harrow on the Hill.« Sie hielt ihre Fahrkarte fest umklammert. »Ja, das ist es. Kommt, ich zeige euch, wo der Zug fährt.« Sie nahm Jake beim Arm und zog ihn fort. Tess hielt sich an ihm fest und mußte rennen, um ihn nicht zu verlieren.

»Harrow? Harrow Road?« fragte Jake noch einmal, als die Frau die Hand aufhielt und sein kostbares Geld verlangte. »Zweimal ermäßigt«, sagte sie am Schalter. Sie zeigte in einen düsteren Tunnel. Dort sollten sie den nächstbesten Zug nehmen. Tess wußte, daß es falsch war, aber die Frau paßte auf, und als sie sich umdrehten, stand die Frau noch immer da und winkte sie weiter.

Jake und Tess stiegen ein, nahmen stumm und verängstigt Platz, zischend schlossen sich die Türen. Es war ja möglich, daß Harrow on the Hill ganz in der Nähe der Bahnüberführung lag, von der es zum Bäckerladen ging. Dort würden sie aussteigen und auf kürzestem Wege zu ihrem Vater laufen. Aber die Bahn hielt an so vielen Stationen, die immer fremder wurden. Dann verließ sie rumpelnd den Tunnel, sie fuhren an Parks vorbei, an Häuserzeilen mit schmalen Gärten, und manche Leute, die zustiegen, kannten die Fahrgäste beim Namen. »O Gott«, stöhnte Jake. Tess war der Verzweiflung nahe. »Wir sind ja gar nicht mehr in London.«

Endlich kamen sie nach Harrow on the Hill. Es war ein kleiner Vorort wie East Grinstead, mit viel Himmel, Bäumen und Wind. Jake war blaß vor Scham. Er zog Tess mit sich über die Brücke zum gegenüberliegenden Bahnsteig. Victoria, stand auf dem Schild. Sie stiegen ein und sprachen kein Wort, bis sie ankamen. Diesmal wagten sie nicht, jemanden nach dem Weg zu fragen, und irrten eine halbe Stunde durch Ausgänge und Seitenstraßen, bis sie die lange Reihe der Bushaltestellen fanden und schließlich das Schild mit der magischen 16.

»Dad! Dad!« riefen sie. »Daaad!« Sie rüttelten an dem Messingklopfer und drückten die Klingel. An der Tür sahen sie Kratzer wie von riesigen Krallen und halb verwischte weiße Buchstaben.

»Baa. . . rstand«, entzifferte Jake.

»Ich glaube, das heißt Bastard«, meinte Tess.

Victor öffnete die Tür. »Hallo«, sagte er und wirkte überrascht. »Ist heute Sonnabend?«

»Ja«, sagte Tess.

»So. Und was habt ihr beide vor?« fragte er, als wären sie gekommen, um sich einen schönen Tag zu machen. Sie starrten ihn wortlos an. »Na, kommt erst mal rein.« Sie folgten ihm die kahle Treppe hinauf. Victor bewohnte das mittlere Geschoß des großen weißen Hauses. Es gab eine Küche, ein Schlafzimmer und ein Bad, das man durch die weit geöffnete Tür sehen konnte. Die Wanne stand in der Mitte des Badezimmers und machte Tess verlegen. Sie war umgeben von Illustrierten, Zeitungen und Kaffeetassen, Papiere lagen herum, und auch das Telefon stand, am einen Ende der langen Schnur, neben der Wanne.

Die anderen Zimmer sahen im Vergleich dazu unbewohnt aus. Die Küche war leer, nur ein kleiner zerbeulter Kochtopf stand auf dem Herd. Im Schlafzimmer befanden sich ein Messingbett, ein Sessel und unter dem Fenster ein Schreibtisch voller Manuskriptseiten, die überkritzelt und durchgestrichen waren. An der äußersten Kante, gegen das Fenster gedrückt, lag ein hoher Papierstapel. Jake betrachtete ihn staunend und fuhr mit dem Finger über die Kanten.

»Was macht Georgina?« fragte Tess. Sie hatte lange überlegt, was sie sagen sollte, und war froh, daß ihr diese Frage eingefallen war.

Victor zuckte zusammen. »Gute Frage«, sagte er und blickte nervös aus dem Fenster.

»Au weia!« Jake verschlug es den Atem. Da unten stand Victors Wagen.

Victor stellte sich neben Jake. »Ja, ich weiß.« Tess schob sich zwischen sie. Der schnittige Wagen, metallicblau, war verwüstet worden. Die Karosserie war mit langen weißen Kratzern überzogen, ein Reifen schien platt.

»Sie ist ein Werwolf«, sagte Victor und legte Jake die Hand auf die Schulter. »Bei Vollmond heult sie zum Himmel, im wahrsten Sinne des Wortes.«

»Wer?« fragte Tess.

Im selben Moment klingelte es schrill. Tess fuhr mit einem Ruck herum, und Jake zog sich schleunigst vom Fenster zurück. Dem lang anhaltenden Klingelton folgte ein Signal, das beruhigender klang: dreimal kurz und einmal lang.

Victor ging an die Tür. Es war nicht Georgina. Sie hörten ein Tuscheln, eine Art Gurren, dann kam er mit einer sehr jungen Frau herein, die kurzes, gebleichtes Haar hatte und Tess schüchtern anlächelte.

»Das ist Min«, sagte Victor und stieß sie zärtlich mit dem Fuß an.

»Hallo.« Tess fragte sich, ob Min Bescheid wußte – über sie, über Georgina, das blaue Auto und die Sache mit dem Mond.

»Wie lange wollt ihr bleiben?« fragte Victor.

»Nur für heute.«

Victor sah aus, als wäre ihm schon ein Tag zu lang. Er blickte verdrossen umher und schien erst jetzt zu merken, daß es kaum Sitzgelegenheiten gab. »Wollen wir essen gehen?« fragte er.

Jake und Tess strahlten erleichtert. »Ja, bitte«, riefen sie.

Sie liefen zur Harrow Road und winkten ein Taxi herbei. Victor setzte sich ihnen gegenüber auf einen Klappsitz, sie saßen hinten und hatten Min zwischen sich. Während sie durch London fuhren, streichelte er Mins Wade mit dem Fuß. Min reagierte nicht darauf. »Wo fahren wir hin?« fragte sie.

»Wohin möchtest du?«

»Ins Pie and Mash.«

»Nach Waterloo«, sagte Victor zum Fahrer, der auf der Stelle wendete und in die entgegengesetzte Richtung fuhr.

Als sie ankamen, verschwand Victor in einer Telefonzelle.

Tess überlegte, ob sie Min sagen sollte, daß sie ihren Pullover verkehrt herum trug. Auf dem Land wäre sie genau richtig, dachte Tess. Ganz anders als Georgina in ihrem vornehmen Mantel.

Das Pie and Mash war abscheulich. Es gab Aal mit grüner Sauce, die man über den Kartoffelbrei goß.

Min aß nur den Aal und das Innere einer Fleischpastete. Jake, der schon vor William zum Vegetarier geworden war, aß nur den Kartoffelbrei.

»Ich habe eine von euren Schwestern eingeladen«, sagte Victor, und zwischen seinen Zähnen sah man ein Stück Aal.

Tess zerbrach sich den Kopf. Sie wollte keinen Streit anfangen, aber sie hatten keine Schwestern. Jake reagierte so, als wäre die Bemerkung für Min bestimmt gewesen. »Verstehe«, sagte er, als ihm klar wurde, daß sie gemeint waren.

»Möchte wissen, wo sie steckt.« Victor blickte seufzend auf die Straße hinaus.

Sie waren schon fast fertig mit dem Essen und wollten aufbrechen, als Caro auftauchte. Caro war groß und kräftig gebaut, ihr Haar hatte sie mit einem Tuch hochgebunden. Sie schüttelte allen die Hand und drückte kräftig zu wie ein Mann.

»Ich sterbe vor Hunger«, sagte sie und bestellte dasselbe, dazu eine große Kanne Tee.

Caro hatte extrem lange Wimpern. Sie waren hochgebogen und hellblau, und jedesmal, wenn sie aufblickte, stießen die Wimpern gegen ihre glatte Stirn. Fasziniert schauten ihr alle vier beim Essen zu.

»Immer ran, immer ran, die Show fängt gleich an«, rief sie lachend, als sie es bemerkte. Sie schnitt ein Loch in ihre Pastete und ließ die Sauce ausfließen.

»Wie läuft's im College?« fragte Min. »Bin lange nicht dagewesen.«

»Das hab ich gemerkt«, erwiderte Caro mit gewieftem Blick. »Ich habe gesagt, du bist krank.«

»Ich schicke einen Entschuldigungszettel«, scherzte Victor. Caro lachte, aber Min trat ihm so kräftig gegen das Schienbein, daß er zusammenzuckte. »Dann eben nicht«, sagte er und suchte ihren Blick.

Tess stocherte mit der Gabel, bis ihr klar wurde, daß sie nichts mehr wollte. Seit William beschlossen hatte, daß sie alle vegetarisch leben würden, konnte sie sich nicht mehr vorstellen, jemals Fleisch gegessen zu haben.

»Diese Pastete schmeckt herrlich!« Caro strahlte Jake an. »Willst du mal kosten?« Sie spießte einen gewaltigen Happen auf, lachte ihm ins Gesicht und hielt ihm die Gabel hin.

Tess kniff ihn in den Arm. Aber Jake hatte nur Augen für Caro. »Schmeckt gut«, sagte er und machte den Mund auf, um noch mehr zu kriegen.

»Wir sind eine Familie von Fleischfressern.« Caro nickte in Victors Richtung. »Manchmal ißt er Lammkoteletts zum Frühstück, rohe Steaks.« Sie lachte. »Ich bin eher für Nierchen auf Toast.«

Victor und Min hatten Streit. Sie steckten die Köpfe zusammen, und man verstand nicht, was sie sagten. Min zischte durch die Zähne. Auch ihre Augen waren zusammengekniffen.

»Keine Brüder«, sagte Caro gerade zu Jake. »Außer dir, meine ich.« Sie zeigte ihr weißes Gebiß und lachte. »Drei Schwestern. Ich bin die älteste. Zu Hause ist es echt zum Kotzen, deshalb bin ich ausgezogen.«

»Super!« rief Jake. »Genau, was ich ...«

»Meine Mum ist nicht übel, aber dieser Kerl!«

»Ja. Wir haben auch so einen.«

»Der hat sich einen Lotus-Europa über den Versand bestellt, und jetzt baut er ihn im Wohnzimmer zusammen.«

»Unserer baut eine Garage...«

»Mit uns spricht er nie. Oder mit Mum. Den ganzen Tag hängt er am Telefon und brüllt mit dem Kundendienst rum, weil das Getriebe nicht reinpaßt.«

»Ihr habt ein Telefon?«

»Den Fernseher hat er ins Schlafzimmer gestellt, also muß man über seine dreckige Unterwäsche steigen, wenn man fernsehen will.«

»Ein Fernseher?«

»Ich bin da ausgezogen, um meine Ruhe zu haben. Jetzt hab ich eine Bude in Elephant and Castle. Wie alt bist du?«

Jake machte sich größer. »Zwölf – werde ich im Juni.«

»Ich bin neun«, sagte Tess. »Ist noch eine so alt wie ich – von deinen Schwestern?«

Caro dachte kurz nach. »Ja, Bettina. Die ist zehn. Aber sie ist nicht von Dad, mußt du wissen.«

»Verstehe.« Für einen Moment hatte sie eine gleichaltrige Schwester gehabt, und schon war es vorbei.

»Nur ich bin von ihm«, sagte Caro. »Zumindest in unserer Familie.«

Nur Caro habe ich, dachte Tess. Und natürlich Jake.

»Nein, nein, nein! Autsch!« Das war Min. Victor hatte sie am Hals gepackt. Aber jetzt lachte sie. Sie boxte ihn in die Seite, dann waren sie still.

»Vielleicht kann ich dich mal besuchen, wenn ich nach London komme?« Jake belauerte Caro, die mit dem Löffel in ihrer Pastete stocherte.

»Ja.« Sie nahm einen kräftigen Schluck Tee. »Klar. Aber ich habe vor, nach Frankreich zu gehen und mich mit meinem

Freund zusammenzuschmeißen. Er kann kaum Englisch. Er ist himmlisch!« Sie nahm Jakes Teller und aß die kalten Reste seiner Pastete. »Wenn ich zurückkomme, geb ich dir Bescheid.«

»Bitte Ruhe!« William faltete die Hände. Ein seltener Moment der Stille trat ein, und alle senkten den Kopf. Normalerweise bestimmte er, wer von den Kindern das Tischgebet sprechen mußte. Er spannte sie auf die Folter, während sie vor ihrem erkaltenden Essen saßen und warteten, unruhig oder gar ängstlich. Aber heute abend schien es ihm angebracht, das Tischgebet selbst zu übernehmen. Er hatte Gemüseauflauf gekocht und auf achteckigen roten Tellern serviert. Die Teller hatte er von seiner Hochzeitsreise aus Italien mitgebracht – Teller aus gebranntem Ton von einem Markt in Verona. Jetzt gehörten sie ihm; beim Umzug hatte er sie dick mit Zeitungspapier umwickelt, damit sie nicht zerbrachen.

»Es gibt Neuigkeiten, die euch alle betreffen.« Er blickte in die Runde und sah, daß Jake die Anspannung in seiner Stimme bemerkt hatte. Er warf ihm einen strengen Blick zu und wandte sich an Tess. »Ja«, sagte er, »deine Mummy und ich, wir haben Neuigkeiten.«

Francine lächelte. Seit einer Woche schon lachte und weinte sie immerzu.

»Francine bekommt ein Baby«, verkündete er wie zur Erklärung für seine Töchter, und jetzt lächelte auch er, um seine Augen bildeten sich kleine Fältchen.

Alle fünf Kinder starrten ihn wortlos und mit seitlich geneigten Köpfen an.

»Wirklich?« Das war Tess, die ihre Bank zurückschob und beinahe hinfiel, als sie sich ihrer Mutter in den Schoß warf.

»Das hab ich mir immer gewünscht!« Ihr war gerade so, als wäre es ihr eigenes Baby.

»Hurra!« Sandy stieg auf die Bank. »Hurra!« Honour und Doon klopften mit dem Löffel an ihre Gläser.

Jake übertönte den allgemeinen Jubel. »Habt ihr noch nie was von Verhütung gehört? Gummi und Pille und so weiter?«

Francine schloß die Augen. Sie sah bleich aus, jetzt merkte man ihr die Sorgen an. »Es war ein Unfall«, sagte sie, und schon standen ihr Tränen in den Augen. Tess legte ihr die Arme um den Hals und schaute ihr ins Gesicht. Selbst wenn sie weinte, war sie die schönste Frau der Welt.

»Ein Unfall mit glücklichem Ausgang«, korrigierte William vom anderen Ende des Tisches. »Mit glücklichem Ausgang, Francine.«

»Ein Kind der Liebe«, kicherte Doon.

»Ein Sex-Baby«, steuerte Sandy bei.

»Nun ist's aber gut.« William lachte. »Eßt lieber, sonst wird alles kalt.« Eifrig machten sie sich über den Gemüseauflauf her, mit Mampfen und Schmatzen und Lauten des Wohlbehagens.

»Wo ist das Fleisch?« fragte Jake. »Was soll das hier? Sind das etwa Bohnen?«

»Jake!« zischte Tess. »Mach nicht alles kaputt!« Aber Jake schob angewidert den Teller weg.

Williams Augen wurden bedrohlich düster, obwohl er lächelte. Selbst Jake hatte Angst, vorzeitig vom Tisch aufzustehen.

»Das Baby kommt bestimmt auch auf den albernen Dienstplan«, flüsterte er im Hinausgehen. »Purpur, rot, blau, grün...« zählte er auf. »Und braun«, fügte er mit einem Seitenblick auf Tess hinzu.

Tess wollte Mr. Paul von dem Baby erzählen. Sie wollte ihm erzählen, daß sie endlich ein kleines Schwesterchen oder Brüderchen bekam, aber sie hatte sich verspätet, weil Williams Lieferwagen angeschoben werden mußte, und Mr. Paul war schon mitten in seiner Geschichte. Es war die Geschichte des Wolfes Fenrir, einer von Lokis Nebensöhnen, dem die Götter Fesseln anlegten. Fenrir wollte sich nicht fesseln lassen, auch nicht mit einer Fessel, die dünn und glatt war wie ein Seidenfaden und eigens von den Zwergen gesponnen worden war. Aber auch der Feigheit wollte er sich nicht bezichtigen lassen. Also verlangte er, bevor er sich fesseln ließ, daß ihm einer der Götter zum Zeichen seines guten Willens die Hand ins Maul steckte. Wenn Fenrir dieser Fessel nicht entkam, wie es ihm bei allen anderen Fesseln gelungen war, würde er zubeißen, und der Gott würde seine Hand verlieren.

»Woraus war die Fessel gemacht? Wer weiß das?« Mr. Paul beugte sich erwartungsvoll vor. »Vom Geräusch einer schleichenden Katze«, beantwortete er seine Frage selbst. »Vom Bart einer Frau, von den Wurzeln eines Berges, von der Kraft eines Bären.«

Aber Tess war gespannt zu hören, wie es mit Fenrir weiterging. Sie umklammerte fest ihr Handgelenk und versuchte zu erkennen, was Mr. Paul an die nächste Tafel gemalt hatte.

»Vom Atem eines Fisches und von der Spucke eines Vogels«, beendete er seine Aufzählung und schob schwungvoll die Tafel nach oben. Fenrir konnte der Fessel, die aus so vielen magischen Dingen bestand, nie entkommen. Auf der Tafel sah sie einen Wolf, dem eine Hand wie eine Zunge aus dem Maul hing. Von den großen gelben Reißzähnen tropfte Blut in kreidigem Rot. Ein Murmeln des Entsetzens erhob sich, ein wohliges Stöhnen.

»Die Götter durchlöcherten einen riesigen Felsstein, zogen die Fessel durch das Loch und knoteten sie fest, dann trieben sie den Felsstein eine Meile tief in den Erdboden.« Mr. Paul freute sich am Erfolg seiner Geschichte. Seine Augen glänzten. »Fenrir rüttelte und zerrte. Er knirschte mit den Zähnen und sperrte seinen blutigen Rachen auf. Da zog ein Gott das Schwert. Er stieß es Fenrir in den Schlund, so daß es sich in den Gaumen bohrte und mit dem Heft in der Kinnlade verhakte. Da war der Wolf geknebelt. Sein Geheul war schrecklich, der Geifer tropfte.« Mr. Paul stand mitten in der Klasse. »Und so, geknebelt und gefesselt, bleibt Fenrir nichts übrig, als auf Ragnarök zu warten.«

»Jake, was ist Ragnarök?«

Jake hörte nicht hin.

»Wird das was Schlimmes?«

Er seufzte unwillig. »Das ist die Schlacht der Schlachten. Danach geht die Welt unter.«

»Und wann ist das?«

Jake zwinkerte mit den Augen und äffte eine feierliche Stimme nach. »Kein Sterblicher kann das wissen.«

»Auch nicht Mr. Paul?«

Jake wandte sich seinem Brief zu. »Wie schreibt man ›sehr‹?«

»Meinst du ›der Seher‹?«

»Nein, du Doofe. Wie ›Sehr geehrter Cyril Littlewood‹.«

»Vielleicht können wir das Baby Cyril nennen. Wenn es ein Junge wird.«

»Sehr geehrter Cyril Littlewood! Ich möchte Sie fragen, ob ich für immer zu Ihnen kommen darf und als Freiwilliger bei Ihnen arbeiten kann. Ich bin stark, ich kann segeln, mit der

Kettensäge umgehen und hab auch ein bißchen Ahnung vom Mauern.«

Tess schaute ihm beim Schreiben zu. »Siehst du?« sagte sie.

»Was?« Jake blickte auf, sein Gesicht war voller Hoffnung und gerötet von der Anstrengung des Schreibens.

»Du wirst genauso wie er. Wie William.«

Jake zuckte zusammen, zerknüllte den Brief und warf ihn in die Ecke. »Bist du fies!«

Er fing von vorne an. »Sehr geehrter Cyril Littlewood. Ich brauche einen Job. Ich kann Tiergeschichten schreiben. Über die Tiere in fr... Wie schreibt man ›fremden‹?«

Aber bevor Tess antworten konnte, ließ er verzweifelt den Kopf sinken. »Egal«, sagte er. »Es wird bestimmt ein Mädchen.«

Als der Frühling in den Sommer überging, entfaltete William eine hektische Aktivität. Er baute das Hühnergehege, säuberte ein ganzes Stück Wildwuchs und brachte Hühner mit – zwei Zwerghühner und einen dazu passenden Hahn.

Beim Essen blickte er in die Runde und fragte: »Wer wird sich nun um die Hühner kümmern?«

»Nein!« rief Tess und fuchtelte so heftig mit dem Arm, daß sie ein Glas umwarf. »Ich mache das. Das hast du mir versprochen, als wir eingezogen sind.«

»Schon gut, beruhige dich.« Er rang sich ein Lächeln ab. Eigentlich hatte er vorgehabt, die Arbeit in viele kleine Portionen aufzuteilen. »Angenommen, du übernimmst die Aufgabe, dann mußt du alles machen. Zweimal täglich füttern, abends schön zuschließen, wenn du nicht willst, daß der Fuchs sie holt, und jedes Wochenende muß der Stall ausgemistet werden.«

»Wer darf die Eier einsammeln?« fragte Doon.

William zögerte, und die ganze Tischrunde wartete auf seine Antwort. »Ich denke, wir sollten sie brüten lassen. Zwerghühner sind gute Brüter. Dann haben wir bald eine kleine Hühnerschar.«

Francine lächelte ihn an. Neuerdings hatte sie etwas Verschwörerisches an sich, und er war noch immer verdutzt, wenn sie ganz selbstverständlich die Treppe hinaufstieg und sich in seinem Zimmer niederließ.

Henrietta, die klügere der beiden Hennen, wurde zum Brüten ausersehen. Aber sie durfte nicht ihre eigenen Eier bebrüten, sondern ein Gelege aus drei gefleckten Rhodeländer-Eiern, die William auf der Biofarm gekauft hatte. Rhodeländer legten besser, waren größer und kräftiger. Tess hatte ein bißchen Mitleid mit Henrietta, weil sie mit ihrem kleinen Körper die drei übergroßen Eier warmhalten mußte, während ihre Schwester Rebekka und Chanticleer, der Hahn, fröhlich pikkend durchs Gelände streifen durften.

»Müssen wir eigentlich noch Miete zahlen?« fragte Jake. »Jetzt, wo Mum, na, du weißt schon.« Seine Stimme wurde zum Flüstern, »nach oben geht?«

»Miete zahlen?« fragte Tess zurück. Hatten sie denn Miete bezahlt? Es kam ihr seltsam vor, daß William noch mehr Geld brauchte, wo er sich doch ein Federballnetz leisten und jeden Sonnabend ein Segelboot mieten konnte. Aber William hatte oft erklärt, daß sie eigentlich arme Leute waren. Sie waren die Arbeiter, die wirklichen Besteller des Landes. Die Lehrer, die Köche, die Gärtner. Beim letzten Wort zwinkerte er Francine zu, denn da sie nun ein Baby bekam, mußte sie die Ausbildung zur Kindergärtnerin abbrechen. Vom Geruch der Korridore wurde ihr schlecht, und sie wollte nur noch an die frische Luft. Und dann war da noch der Unterhalt für Felicity. Williams Gesicht erstarrte, wenn er davon sprach. »Eigentlich müßte sie für mich zahlen«, hatte er gesagt.

»Wenn es eine Revolution gibt, gehören wir zu den Rebellen«, hatte er später verkündet und die Faust zu einem kernigen Rotarmistengruß erhoben. Tess ahmte ihn nach und lachte. Sie stellte sich Revolutionäre vor, die in Scharen über die Viehsperre rannten und in langen Mänteln durch das Rhododendrondickicht streiften.

»Aber woher wissen sie das?« hatte sie gefragt. »Woher wissen sie, daß wir Rebellen sind?« Sie malte sich aus, wie sie die Darlbys vom Kutschenhaus erschossen und die Bajonette gegen Peter und Prue richteten, die mit ihrem Jagdhund über den Ställen wohnten. Aber wenn die Revolutionäre nach Wildland kamen und die Garage und das Gewächshaus sahen – woran sollten sie erkennen, daß die Bewohner ebenfalls Rebellen waren?

»Ich glaube nicht, daß wir Miete zahlen müssen«, sagte sie zu Jake. »Deshalb kriegen wir doch eine neue Mieterin.«

Jake dachte darüber nach. »Kann sein«, meinte er. »Vielleicht war das mit dem Baby nur ein Trick, damit wir ein Zimmer mehr kriegen.«

Tess sagte nichts dazu.

»Noch mehr Geld für das Bleichgesicht. Er spart für eine Segelfahrt zum Nordpol. Hast du das gewußt? Er will rauskriegen, ob es am Nordpol wirklich kälter ist als auf dem Stausee.«

Tess stieg ins Bett und rollte sich zusammen. Die Plastikfolie knisterte unter ihr und zog Falten. Jetzt waren es schon sieben Tage, seit sie – beim Zählen schlug ihr das Herz höher. Vielleicht ist es vorbei, dachte sie. Vielleicht ist das alles Vergangenheit. Ja, ich habe ins Bett gemacht, aber jetzt, wo ich zehn bin, passiert mir das nicht mehr.

»Ich verstehe nur nicht«, sagte Jake von oben, »warum auch die Mieterin ein Mädchen sein muß.«

Die Mieterin stammte aus Amerika, war kräftig gebaut, hatte blaßrotes Kraushaar und war aus einer Sekte gerettet worden. In der Sekte waren alle weiß gekleidet, und die schönsten Frauen durften, wenn sie Glück hatten, im weißen Rolls-Royce des Sektenführers mitfahren. Die Mieterin hieß mit ihrem richtigen Namen Melody, aber von der Sekte war sie Perpetual Love getauft worden – ewige Liebe.

Melody war siebzehn und ging in die elfte Klasse. »Wie bist du da rausgekommen?« fragten Tess und Doon und himmelten sie mit großen Augen an. »Wie bist du geflüchtet?« Sie verfolgten sie bis in ihr Zimmer und kletterten auf Francines verlassenes Bett.

»Ich bin nicht geflüchtet«, antwortete Melody mit ihrem breiten amerikanischen Akzent. »Ich wurde entführt.«

Tess und Doon stockte der Atem. »Von wem?«

Melody zog die Schultern hoch. »Von meiner Mutter.«

»Heißt das, du willst zurück?« fragten sie entsetzt.

»Irgendwann gehe ich zurück.« Sie musterte die beiden mit einem Blick, der gewaltige Erfahrung verriet. »Wenn ich meinen Schulabschluß habe.«

Die Kinder sollten nichts über die Sekte erfahren, aber Jake hatte William belauscht, als er im Kamin saß und die Gitarre stimmte. »In ihrem Alter ist sie wie Wachs«, hatte er zu Francine gesagt. »Man muß sie eine Weile vor der Welt schützen. Ewige Liebe – daß ich nicht lache!« William schnaufte verächtlich. »So hat der Obermacker wohl alle seine Häschen genannt.«

»Vielleicht sollten wir Spotless in Perpetual Love umtaufen«, schlug Jake vor, als sie den Hund auf einen Spaziergang zum Golfplatz mitnahmen.

»Perpetual Love«, wiederholte Honour und wurde knallrot. Der Stock, den sie warf, blieb in den Ästen hängen. »Perpetual!« rief sie, aber statt zu gehorchen, drehte sich der Hund wie besessen im Kreis und jagte durch das Farnkraut, bis Honour mit scharfer Stimme »Spotless!« rief. Er kam sofort angeschossen.

Jake zog sein Taschenmesser und schnitzte einen Stock. »Vorwärts, Marsch!« kommandierte er und führte die vier Mädchen zur grünen Kuppe des Golfplatzes, von der man eine weite Aussicht hatte über Waldwiesen, Birkenwäldchen, Lärchenschonungen und Farnkrautfelder, deren Grün das Braun des Vorjahrs allmählich überdeckte. Und in der Senke lag, wie eine Insel, Mr. Jenkinshaws Anwesen. Sie konnten sogar beobachten, wie er im Garten arbeitete und Unkraut zwischen den Kohlpflanzen zupfte. Sie hörten die Glocken von Twelve Ashes schlagen und sahen den Kirchturm, der über einer Baumgruppe spitz in den Himmel ragte. Jake zog Schuhe und Socken aus und preßte die Füße ins grüne Gras. Es war kühl, federnd und sattglänzend, und wenn man mit der Hand darüberfuhr, fühlte es sich an wie frisch geschnittenes Kopfhaar. Jake legte sich auf die Seite, streckte die Arme über den Kopf und rollte den Abhang hinab. Tess zog ebenfalls Schuhe und Strümpfe aus und machte es ihm nach. Der Boden federte wie eine Matratze, und während sie nach unten kullerte, kitzelten ihr die Grashalme in der Nase.

»Guckt mal alle her!« schrie Sandy und versuchte sich im Radschlagen, doch sie kippte über und landete auf dem Rükken. In der Ferne bewegten sich Golfer auf sie zu, gelb wie Ginster in ihrer gemusterten Kluft.

»Kommt, wir suchen Golfbälle«, schlug Doon vor, und die Geldgier glitzerte ihr in den Augen.

Aber Jake lachte nur. »Ich weiß was!« Er sprang auf, rannte zur Flagge, riß sie heraus und warf sie wie einen Speer ins Gelände. »Helft mir«, rief er den Mädchen zu, und eilig sammelten sie Zweige und Farnwedel, um die Flagge zu verstecken. »Jetzt laufen die den ganzen Nachmittag wie die Schafe über den Rasen und suchen das achtzehnte Loch«, sagte Jake lachend und hielt Ausschau nach den Golfern, die sich bereits in eine andere Richtung fortbewegten.

»Wir sind die Roten, wir haun euch auf die Pfoten und spucken auf die Toten. Pow Wow!« Die Kinder rannten den Abhang hinab, über Bodenwellen und Wiesenpfade und sogen die milde Frühlingsluft ein. Den Duft der ersten Mahd, der schlanken Silberpappeln, der Farnkrautschößlinge, die wie grüne Raupen aus dem Boden krochen.

»Wir gehen nie mehr zurück, nie mehr zurück!« Jake breitete die Arme aus.

Als dann die Sonne hinter den Hügeln versank und der Rasen kalt wurde, fing Sandy an zu quengeln. »Ich hab Hunger«, klagte sie.

»Such dir Beeren«, sagte Jake, aber Doon meinte, ihre Meerschweinchen würden sich langsam Sorgen um sie machen, und wollte auch nach Hause.

»Kommt her.« Honour versammelte ihre Schwestern um sich. »Spotless, du auch. Ab nach Hause.« Sie blickte Tess abwartend an, die sich Kletten aus dem Haar zupfte.

»Ich hab auch Hunger, Jake«, sagte Tess und ließ ihn entscheiden. Mit dem Stock auf die Hecken einschlagend, drückte er sich an ihr vorbei, und Tess folgte ihm.

William war stolz, daß er auf Melody aufpassen durfte, daß man ihn für diese Aufgabe ausgewählt hatte. Melody brauchte einen reifen, gefestigten Menschen, der zudem Verständnis für die Jugend aufbrachte. Er zog seine engsten Hosen und das Jackett mit dem Aufnäher auf dem Ärmel an, und zur Feier des Tages fuhr er extra nach East Grinstead und kaufte drei verschiedene Sorten Käse, Weißwein und ein Baguette für ein Käsefondue.

»Ich bin makrobiotisch«, sagte Melody, als sich die Kinder auf die Bänke knieten und kleine Brotwürfel in den flüssigen Käse tunkten.

William schluckte. »Makro was?« Natürlich wußte er, was sie meinte, nur die Details waren ihm entfallen.

»Makrobiotisch ist Ernährung im Einklang mit der Natur. Man ißt nur das Obst und Gemüse der Saison.« Sie warf einen Blick auf das weiche Weißbrot. »Ich esse ausschließlich Vollkornbrot.«

»Oh.« William wirkte aufrichtig enttäuscht. »Normalerweise essen wir, was bei uns im Garten wächst. Wir haben unsere eigenen Kartoffeln, Zwiebeln, Mohrrüben. Bald haben wir auch Eier.«

»Eier sind out«, bemerkte Melody.

»Heute gibt es nur Fondue.« Williams Stimme klang fast weinerlich. »Es sollte etwas Besonderes werden.«

Jake ließ einen langen Käsefaden an seiner Gabel baumeln und warf einen prüfenden Blick auf William, der in Trübsinn versunken war.

Jetzt wird ihm William leid tun, dachte Tess hoffnungsvoll, doch Jakes Gesicht verzog sich zu einem Grinsen.

Mitte Juni brütete Henrietta die Eier aus. Drei winzige, flaumige Küken. Tess kam zum Frühstück in die Küche gestürmt und verkündete übersprudelnd: »Sie sind ausgeschlüpft! Sie sind ausgeschlüpft.«

William hatte die Hände zum Gebet gefaltet.

Der Bauer sät das Korn,
der Müller mahlt das Mehl.
Die Sonne, die Erde, den Regen, das Korn,
all das verdanken wir Gott.

»Jetzt.« William drehte sich zu ihr um, und ihr war, als würde sie unter seinem Blick erblühen. »Jede gute Hühnerzüchterin führt ein Tagebuch über die Entwicklung des Geflügels«, sagte er und reichte ihr ein kleines Notizbuch mit einer seitlich angebrachten Schlaufe, in der ein Bleistift steckte. »Und zwar täglich«, ergänzte er, bevor er schweigend sein Müsli löffelte.

1. Tag: Küken ausgekrochen.
2. Tag: Den Küken geht es gut.
3. Tag: Die Küken fressen normal.

Nach einer Woche begriff selbst Tess, wie langweilig das Tagebuch war, aber sie machte brav weiter. *Den Küken geht es gut. Den Küken geht es immer noch gut. Die Küken picken Körner aus der Hand.*

Aus den Küken würden Hennen werden, soweit man das voraussagen konnte, und einige Tage lang drehte sich die Unterhaltung um die Frage, welchen Namen sie bekommen sollten. Dafür bot sich die Liste der Namen an, die sie für das Baby aufgestellt hatten. Moses, Joshua, Pip, Skye, Mordecai, Rupert. Die halbe Seite war zwar für die Mädchennamen reserviert, aber dort war noch so viel Platz, daß Thomas, Elias und Orlando hinübergerutscht waren. Die Namensliste für das Baby hing hinter der Tür, direkt über dem Dienstplan, und wenn niemand in der Küche war, benutzte Jake sie als Zielscheibe für seine Darts. Er kniff ein Auge zu und warf die Pfeile mit einer solchen Präzision, daß bald alle Namen mit Löchern gespickt waren. »Hör auf damit«, flehte Tess ihn an. Aber Jake warf den nächsten Pfeil mit solcher Wucht, daß der ganze Moses in dem Loch verschwand.

Die Küken fressen gut und sind gesund.
Die Küken sind die Auffahrt runtergehüpft.
Die Küken sind die Auffahrt hochgehüpft!

Lieber Dad,
das kleinste Küken hat sich das Bein gebrochen. William meint, es wird überleben. Es steht auf einem Bein und piepst. Es kann die Auffahrt runterhüpfen, aber dann muß ich es ins Nest zurücktragen. Es heißt Eliza. Mum war ein bißchen sauer, weil sie den Namen für das Baby aufheben wollte, falls es ein Mädchen wird. Weißt Du schon, daß sie ein Baby bekommt? Jedenfalls, wenn es ein Mädchen wird, kriegt sie den Namen zurück, und ich taufe das Küken in Esmeralda um. Wie geht es ~~Geor~~ Wie geht es Min? Odin geht es super. Wenn Du sehen könntest, wie er aus dem Gemüsebeet in die Höhe springt und Vögel fängt! Er angelt sie direkt aus der Luft, und dann reißt er ihnen den Kopf ab. Neulich habe ich eine Kralle und einen Schnabel unter meinem Bett gefunden.

Deine Tess

Jake sollte das Tischgebet sprechen. »Er braucht nur ein bißchen Beachtung«, meinte William, »mehr ist nicht nötig.« Er goß Milch über sein Müsli und sah die Post durch. Rechnungen, rotumrandete Mahnungen und ein vielversprechender

Briefumschlag aus cremefarbenem Büttenpapier mit elegant geschwungenem Saum. Er öffnete ihn mit dem Messer.

Du Oberwichser, dir sind wohl die Hosen zu eng.

William spürte, wie er bleich wurde. Seine Hände zitterten, als er die Tintenschrift auf dem Umschlag studierte, das unterstrichene »Wildland« und den Londoner Poststempel über der blaßgrünen Queen.

»Komm, Herr Jesus, sei unser Gast, und segne, was du uns bescheret hast«, nuschelte Jake.

»Was Interessantes?« Francine fing Williams Blick ab, als er aufschaute. Er schüttelte lächelnd den Kopf, steckte den Brief in den Umschlag zurück und schob ihn unter seine Müslischale.

»So, Jake«, kam er auf sein Vorhaben zurück. »Welche Stunden hast du heute?«

»Sport, Metallarbeit, Zeichnen – das Übliche.« Jake starrte ihn so wütend an, daß er vor lauter Verwirrung die Hand an sein taubes Ohr hielt. »Sport, sagtest du? Was macht Mr. Bindley dieses Jahr mit euch?«

»Für den Fußballpokal wird er uns wohl kaum angemeldet haben.«

William blickte in seine Schale und rang sich ein Lachen ab.

»Warum darf man in George House nicht Fußball spielen?« fragte Doon.

»Was ist Fußball?« Sandy ließ ihren Löffel fallen und mußte unter den Tisch kriechen, um ihn dem Hund zu entreißen.

»Fußball...«, begann William und verschränkte die Arme, »ist eine hochaggressive Sportart. Die Füße sind zum Laufen da. Wenn man ermutigt wird, die Füße zum Treten zu benutzen, tritt man nicht nur Bälle, sondern auch andere Rundungen.« William grinste, und die Mädchen, die nicht genau begriffen, was daran lustig war, lachten.

»Haha, so ein Blödsinn«, sagte Jake, und Francine mußte sich ein Lächeln verkneifen.

William kam wieder auf sein Thema zurück. »Jake, ich habe über deine musikalische Ausbildung nachgedacht. Wie wär's, wenn du Geige lernen würdest, so wie Honour?«

»Ich will aber lieber Trompete spielen«, sagte Jake.

»Natürlich«, erwiderte William und hielt die Hand an sein taubes Ohr.

»Er muß die Hand in die Hosentasche stecken, wenn er vor der Klasse steht.« Jake beugte sich zu Tess hinunter. »Aber die Hose ist so eng, daß er nicht mal die Hand reinkriegt.«

»Ja.« Tess dachte an die vergangene Nacht. Da war sie aufgewacht, war durch den kalten, dunklen Flur gelaufen, hatte sich auf die schwarze Toilettenbrille gesetzt und es unter sich plätschern hören. Es lief ihr heiß über die Beine, und dann wachte sie wirklich auf, in ihrem nassen, stinkenden Bett. Sie schloß die Augen und betete. Bitte, bitte, lieber Gott ... Aber da rannte sie schon über einen gewaltigen Felsvorsprung, und unter ihr klafften wieder die Risse. Sie weiteten sich zu Abgründen, unter ihren Füßen bröckelten die Kanten weg, bis sie nur noch auf einem schmalen Grat stand. Ich falle! Ich falle! schrie sie, umklammerte ihr Kissen und sank in einen bleiernen Schlaf.

Als Tess aus der Schule kam, stand ihr Vater in der Küche. Diesmal trug er keinen schicken Anzug, sondern sah zerknautscht aus, als wäre er direkt aus dem Bett in sein Auto gestiegen. Sie war durch die Haustür hereingekommen und sah ihn vom Flur aus.

»Das ist doch lächerlich. Wie kannst du so was machen?« sagte Victor gerade. Er klammerte sich an das Chromrohr, das den Herd einrahmte, sein Gesicht spiegelte sich in der Abzugshaube.

Tess hörte ihre Mutter fassungslos nach Luft schnappen.

»Der Typ ist doch falsch.«

Tess stand starr. Sie sollten nicht merken, daß sie gelauscht hatte.

»Ein Fanatiker und ein Heuchler.«

»Du kennst ihn nicht.« Francine schüttelte den Kopf und wandte ihm den Rücken zu, raspelte weiter Käse zu einer großen gelben Pyramide.

Tess drückte sich seitlich in die Küche. Von hinten sah ihre Mutter schon rundlich aus, das Baby weitete ihre schlanke Taille.

»Wenn ich doch nur was tun könnte!« Victors Stimme hörte sich klagend an.

»Das kannst du.« Francine lächelte, aber ihr Blick war abwesend und kalt. »Du könntest Jakes Musikunterricht bezahlen. Hast du gehört, daß er Trompete lernen will?«

»Um Gottes willen, der Junge kann nicht mal richtig schreiben, und dann Trompete. Wozu soll das gut sein?«

Es entstand ein bedrohliches Schweigen, und Tess überlegte, ob sie sich genauso unauffällig verdrücken und noch einmal richtig hereinkommen sollte.

»Weißt du, was ich nicht verstehe?« begann Victor schließlich. »Warum du dir solche Mühe gibst, aus der Steinzeit rauszukommen, wenn du trotzdem so tust, als wärst du mittendrin.« Er steckte die Hände in die Taschen und wandte sich zur Tür.

»Willst du nicht bleiben?«

»Ich fahr lieber wieder. Gibst du das den Kindern?«

Tess drückte sich an die Wand und wartete. Sie hörte das Rascheln und Knistern neuer Geldscheine.

Lieber Dad,
die Götter der nordischen Sagen machen lauter ekelhafte Sachen. Besonders Loki, der Syf das Haar abgeschnitten hat, und dafür haben ihm die Zwerge den Mund zugenäht. Er hat die Naht einfach aufgerissen. Kannst Du Dir das vorstellen? Jake spielt jetzt Trompete. Er übt in der Küche, und immer, wenn er loslegt, geht William raus und repariert seinen Lieferwagen.

Deine Tess

William brauchte ständig Beschäftigung. Er stockte die Garage auf und holte sich Leute, die ihm halfen, das Dach zu decken. Der Raum sollte eine Werkstatt für die Kinder werden. Er befestigte Turnringe und eine Schaukel an der Decke, schleppte einen riesigen Batzen Ton herbei und legte Bretter zum Schneiden, Kneten, Formen aus. »Jetzt können sie basteln, bildhauern, schaukeln, singen und mit ihren Puppen spielen.« Und eine leise Stimme in seinem Kopf fügte hinzu: Hauptsache, sie verschwinden aus dem Haus.

Francine stand in der Werkstattür und schaute ihm zu. »Die Kinder können sich freuen«, sagte sie lächelnd. William blickte auf, er sah sie in der Tür lehnen, von der Sonne bestrahlt, und brach in Schweiß aus. Noch ein Kind. Er hobelte ein langes Kiefernbrett. Die weißen Späne ringelten sich aus dem Hobel und fielen zu Boden.

»William?« Er schien sie nicht mehr wahrzunehmen. »William, heute ist doch Sonntag ...« Francine lockte mit den Augen. »Willst du nicht mal Pause machen?«

»Ja«, sagte er und hobelte weiter. Er baute das Untergestell für ein Bett, das in der Ecke stehen sollte. Mehr Platz, mehr Betten, mehr Bewohner. Die Arbeit mußte getan werden.

Sie stand in der Tür und strich über die noch kaum sichtbare Wölbung ihres Bauches. Sie hatte rosige Wangen, in ihren Augen war ein neuer Glanz. »Ich dachte, wir könnten mal spazierenfahren oder auch nur zum Golfplatz hochgehen, nur wir zwei.«

»Natürlich«, sagte er. »Gern. Bin gleich fertig.« Aber er wurde nicht fertig.

Honour, Doon und Sandy sollten gleich zu Beginn der Sommerferien nach Schottland fahren. William wollte sie bringen, doch zuvor mußte er den Motor des Lieferwagens auseinandernehmen, um zu sehen, ob er noch zu reparieren war. Er öffnete die Motorhaube des Ersatzwagens und ließ sie offenstehen, damit er jederzeit Teile entnehmen konnte.

Er beugte sich über die Motoren und war so vertieft in seine Arbeit, daß er Honour nicht bemerkte, als sie nach Hause kam, obwohl sie wie verwandelt war. Sie setzte sich mit schüchternem Grinsen an den Abendbrottisch, und ihre Brille steckte ordentlich zusammengeklappt im Etui. »Daddy«, begann sie, als er sich die Hände mit Waschpaste geschrubbt hatte. »Daddy?« Aber statt sie anzuschauen, ließ er den Blick in die Runde schweifen. Sechs gesenkte Mädchenköpfe, alle mit langem Haar, nur Melody mit ihrem rotblonden Krauskopf machte eine Ausnahme.

»Miss Glot hat gesagt, ich muß die Brille nicht mehr tragen.« Honour blickte ihm ins Gesicht, und zum ersten Mal sah er die goldenen Pünktchen in ihren Augen. Goldene Pünktchen anstelle der Brillengläser.

»Mummy wird dich nicht wiedererkennen«, sagte Doon.

»Pssst!« William blickte sie böse an, aber schon vorher war Honour vor Schreck zusammengezuckt.

Doon biß sich auf die Lippe. »Entschuldige.« Doch Honour war schon aufgestanden, die Treppe hochgestapft, hatte sich aufs Bett geworfen und die Decke über den Kopf gezogen.

William schloß die Augen, aber fand keinen Schlaf. Er sah den endlos weiten Himmel über Cammothmore. Das war noch immer sein Dorf, noch immer stand sein Name unter der Eigentumsurkunde des Hauses, und die Hälfte aller Kosten wurde mit seinem Geld bezahlt. Dabei hatte er gar nicht dortbleiben wollen. Der Ort hatte seinen Vater geformt, so urwüchsig, so rauh und wild – die weite, offene Heidelandschaft, der kalte Wind und der Tanggeruch vom Strand. Zu seiner Überraschung verliebte sich Felicity in diese Gegend, nachdem er sie gezwungen hatte, zu ihm in den Norden zu ziehen. Sie verliebte sich in die Landschaft, die hohen Gräser und das Meer aus Heidekraut, das sich bis unter die Fenster erstreckte. Manchmal lag sie im Garten zwischen den Kräutern und breitete die Arme aus. Ihn hatten die Stille und die Weite der Landschaft beunruhigt. Felicity konnte sein Auto schon über Meilen hinweg sehen, wenn er auf der schnurgeraden Straße von der Arbeit zurückkehrte.

Bin viel zu jung, bin viel zu jung,
bin viel zu jung zum Freien noch;
bin viel zu jung, laßt mich in Ruh,
bleib lieber bei der Mutter…

Er zitierte die Verse von Burns, um Schlaf zu finden, und wußte doch, daß es zwecklos war. Schließlich stand er auf und lief im Haus umher. Er hörte die nächtlichen Geräusche, das Summen des Boilers, das Tropfen des undichten Wasserhahns, hin und wieder das Geräusch eines vorbeifahrenden Autos. Er öffnete die Tür und ging hinaus in den Garten. Die Hühner waren in ihren Stall gesperrt, die Meerschweinchen, alle elf, schliefen selig in ihren Boxen. Selbst Spotless war zur Ruhe gekommen und lag zusammengerollt vor dem Herd. »Bin viel zu jung«, summte er und blickte in den Sternenhimmel hinauf, als Odin auf ihn losging. Der Kater sprang gegen Jakes Fensterscheibe und fauchte so laut, daß er es durch das Glas hörte. Beinahe hätte er aufgeschrien. Dieses Mistvieh! Er drohte ihm mit der Faust, und als der Schreck vorüber war, flüsterte er »Katzensuppe«, obwohl er wußte, daß es albern war, sich über eine Katze aufzuregen. Odin zeigte sein Katzengrinsen, zog den Schwanz ein und trat den Rückzug an.

»Mummy! Mummy! Mummy!« Der Bann gegen Felicity war gebrochen. Die Strachan-Mädchen fuhren nach Schottland, zurück in das Haus ihrer Geburt. Zum ersten Mal würden sie ihren kleinen Bruder sehen.

Williams Gesicht war ölverschmiert. »Wirst du lange wegbleiben?« fragte Francine. Er zog eine Schraube fest und sagte, er würde die Kinder nur absetzen und sofort zurückfahren.

»Das geht aber nicht. Bis dorthin sind es Hunderte von Meilen.«

William schob den Ärmel hoch und ließ die Muskeln spielen. »Doch«, sagte er, dann gab er zu, daß er unterwegs übernachten würde. »Ich schlafe im Auto. Aber so weit weg vom Haus, wie es nur geht.«

Henrietta ist sehr glücklich, die Küken werden immer dicker.
Das Küken mit dem gebrochenen Bein stellt sich manchmal auf beide Füße.
Henrietta schläft nicht mehr bei den Küken.
Die Küken versuchen zu fliegen.

Ohne die Strachans war Wildland wie ausgestorben. So leblos und still. Tess lief durch das Haus und schaute sich mit schlechtem Gewissen in den leeren Zimmern um. Sie kramte in Honours Bücherregal und fischte ein Mandarinkostüm aus Doons und Sandys Kleiderkiste. Dann schlich sie auf Zehenspitzen zu Melodys Tür und lauschte, ob auch sie verschwunden war. »Komm rein, Tess«, rief Melody mit matter Stimme. Tess fühlte sich ertappt und öffnete verlegen die Tür. »Du wärst ein lausiger Detektiv. Man hört dich ja bis nach L.A.«

Melody packte. Tess versuchte zu sehen, ob sie viele weiße Sachen hatte. »Und wenn du nie mehr zurückkommst?« fragte Tess.

»Ich komme zurück.« In einer gesonderten Tüte steckte die dunkle Vollkornpastete, die sie selber zubereitet hatte.

»Und wenn nicht, sollen wir dann kommen und dich retten?«

»Keine Angst.« Melody lächelte. »Wozu brauche ich einen Oberguru, wenn ich einen Wilden Willy im Haus hab?«

Tess verstand nicht, was sie meinte. Aber sie wußte, daß William böse wurde, wenn man ihn Willy nannte. Will oder Bill gingen ihm genauso gegen den Strich. Manchmal versuchte es ihr Bruder wie aus Versehen mit »Billy«, worauf William sofort rot anlief, und Jake es lieber sein ließ. Oft sagte er ganz leise »Willy der Holzbock« – aber nur, wenn er auf Williams tauber Seite stand.

Zur Feier des Tages bereitete Jake Käsetoasts zu. Für jeden zwei Scheiben mit extra viel Käse und Essig. Ohne Mikrowelle war das gar nicht einfach. Er mußte die Toastscheiben auf ein Kuchenblech legen und in den Backofen schieben. »Abendbrot ist fertig«, rief er laut, obwohl Tess und Francine wartend am Tisch saßen. Der Tisch war riesig und wirkte kahl und leer. Tess rutschte näher an Francine heran, damit sie nicht so allein saß.

»Komm Herr Jesus, sei unser Gast, und segne, was du uns geschissen hast«, sagte Jake feierlich und schaute hoch, ob Francine lachte. »Heute will ich hier sitzen«, sagte er, nahm seinen Teller und setzte sich auf Williams Stuhl. »O ja, das ist super.« Er grinste triumphierend, legte Messer und Gabel weg und aß den Toast mit den Fingern.

In aller Frühe ließ Tess die Hühner aus dem Stall und setzte die Meerschweinchen ins Freigehege, dann ging sie mit Jake in den Wald hinauf. Der weiche Waldboden duftete, und überall im Gras entfalteten die Gänseblümchen ihre rosaweißen Blüten. Spotless tollte umher und scharrte Löcher in den Boden.

»Laß das!« schimpfte Tess, aber Jake lachte und feuerte ihn an.

»Wir bauen uns eine Höhle und bleiben den ganzen Tag.« Jake zog eine kleine Axt aus der Tasche und hackte einen Busch ab. Er lehnte den Busch an einen anderen, so daß ein Hohlraum entstand. Die Lücken verstopfte er mit Farnkraut. »Als Teppich brauchen wir Heu«, sagte er zu Tess. Sie streifte durch das Gestrüpp, schleppte Berge von trockenem Gras herbei, schob es in die Öffnung und trampelte es fest. Als der Teppich fertig war, krochen sie in das grüne Dämmerlicht und machten es sich im Heu bequem. »Ich bin Häuptling Kluger Adler«, sagte Jake, »und du darfst meine Squaw sein.«

Tess blinzelte in einen Sonnenstrahl, der durch das Blätterdach drang, und sang:

Tief zwischen Fels und Bergeswänden,
mit Tosen und mit wilder Wucht,
ein Wasserfall schoß einst zu Tale,
wohl durch die finstre Geisterschlucht.

»Das ist ein Lied der Weißen, du Dummkopf«, sagte Jake. Aber der Melodie konnte er nicht widerstehen.

Der Mutter raubten sie die Kinder
und lachten über ihre Not,
den Fels hinab ward sie gestoßen
und stürzt' sich jämmerlich zu Tod.

Jake stimmte in den grausamen Refrain ein, und beide fühlten sich wie Pioniere im tiefsten Indianerland.

Vergeltung war es, was sie wollten,
Vergeltung heimtückisch und roh.
Die Kinder wurden totgeschlagen,
die Hütte brannte lichterloh.

»Pst!« Jake streckte den Kopf aus dem Schlupfloch: Golfer in kurzärmligen, buntgemusterten Hemden näherten sich.

»Mein Gott, wo ist Spotless?« Tess kroch auf allen vieren hinaus. Spotless lag auf dem Golfrasen, an eine Flagge gelehnt, und schlief den Schlaf des Gerechten. Offenbar hatte er nach Knochen gewühlt – um ihn herum sah man mehrere Häufchen aufgeworfener Erde.

Jake pfiff auf den Fingern, und ehe die Golfer etwas merkten, kam Spotless auf ihn zugerannt. Sie ließen ihre Behausung im Stich und flohen, sprangen über Gräben, kämpften sich durchs hohe Gras und lachten über das Geschimpfe der Golfer, bis sie stolpernd und keuchend den Weg erreichten, der am Laden endete.

Aus Gewohnheit machte Jake an der Telefonzelle halt. Er zog die schwere Tür auf und wählte. Er ließ es lange klingeln, aber niemand nahm ab.

Tess nahm ihr Heft mit zum Golfplatz, während Jake eine neue Höhle baute. Als Ferienaufgabe sollte sie die Geschichte von Thors Hammer illustrieren. Mr. Paul hatte sie am letzten Schultag erzählt, und weil es der letzte Tag war, hatte Mr. Paul mit ihnen im Kreis auf der Wiese gesessen.

Tess öffnete die Blechschachtel mit den Buntstiften, mit einem Ruck sprang der Deckel auf, und die Stifte fielen ins Gras. Sie sammelte sie ein und sortierte sie der Reihe nach, jeden in seine Rille, so daß die Farben zueinander paßten. Für Thrym wählte sie Grün. Thrym war der Eisriese, der Freyja heiraten wollte, und deshalb hatte Thor ihm mit dem Hammer den Schädel eingeschlagen. Der arme Thrym. Sie wollte sein Entsetzen zeigen, den Moment, da der Brautschleier gelüftet wurde und er anstelle Freyjas die glutroten Augen Thors erblickte. Sie nahm noch einen grauen Stift dazu. In der Sonnenhitze wurden die Farben weich und schmierig.

Mr. Paul, wo steckst du, dachte sie, für die grauen Haare brauche ich deine Hilfe. Aber Mr. Paul war mit seiner Tochter nach Cornwall gefahren, und nach den Ferien würde er ihnen von den Prinzessinnen, den Zauberern und den Rittern der runden Tafel erzählen, an der König Artus saß. Sie verpaßte dem Eisriesen gelbe und rote Augen, er ragte fast bis in den

Himmel. Dann fiel ihr ein, daß sie die ganzen Sommerferien hatte, um das Bild fertigzumalen. Wenn sie jetzt nicht aufhörte, gab es später nichts mehr für sie zu tun. Sie legte sich ins warme trockene Gras und schaute einem Golfer zu, der langsam näher kam, sich bückte, den Schläger ansetzte und seinen Schlag ausführte.

Am dritten Tag war William noch immer nicht zurück. Jake saß auf Williams Stuhl und verunstaltete das Tischgebet, Francine erlaubte ihnen Toast mit Hefeextrakt zum Abendbrot. Danach stellten sie sich an den Herd und kochten Karamelbonbons aus Zucker und Butter.

»Gebt mir was ab«, sagte Francine und streckte die Hand aus. Tess sah, daß sogar ihre Arme dicker wurden.

Jake seufzte. »Vielleicht kommen sie nie wieder zurück.« Er breitete die Arme aus, als wollte er den neu gewonnenen Platz auskosten.

»Jake, hör auf.« Francine schluckte, in ihren Augen standen Tränen. »Jetzt wohnen wir hier schon ein ganzes Jahr.«

Überrascht schauten sie sich an, dann sagte Jake fröhlich: »Also wird es Zeit zum Umziehen.«

»Odin!« rief Tess, denn der Kater war der Grund ihres letzten Umzugs gewesen. Sie rannte in den Garten und fand ihn auf dem Baum über dem Hühnergehege, wo er bedrohlich auf der Lauer lag. »Odin!« Er ließ sich von ihr in den Arm nehmen und zog vertraulich die Krallen ein. »Dir gefällt es hier, stimmt's?« Er schloß die Augen und rieb das Kinn an ihrer Wange. Da wußte Tess, daß er sie verstand.

Als Jake den Kater bekam, hatten sie bei einer anderen Familie gegenüber der Schule gewohnt. Die Familie lag in Scheidung, und die Frau wollte sich mit Menschen umgeben, damit sie die Leere nicht zu spüren bekam. Sie hatte eine auffallend niedliche Tochter, einen Garten, in dem Löwenmaul blühte, die Hecke war voller Wicken. Eine Weile lang sah es so aus, als hätten sie eine dauerhafte Bleibe gefunden. Doch dann entdeckte die Frau zu ihrem Schrecken, daß sie schwanger war, und in der allgemeinen Aufregung beschloß Francine, daß es besser war, wegzuziehen und den Mann bei seiner Frau zu lassen. Ein paar Monate bewohnten sie zwei Zimmer über einem Lebensmittelladen, aber dann behauptete der Besitzer, Jake habe Büchsen mit Spaghetti gestohlen und sie mit seinem alten Schraubenzieher zu öffnen versucht. »Niemals würde er das tun«, verteidigte ihn Francine. »Er weiß nicht mal, was Büchsenspaghetti sind.« Trotzdem mußten sie ausziehen.

Die nächste Wohnung lag in einer Gemeindesiedlung oberhalb von Twelve Ashes. Die Häuser waren breit und flach, und sie teilten das ihre mit einem zweiundachtzigjährigen Mann. Sein Bad war in der Küche, und die Toilette bestand aus einem wackligen Verschlag im Hof. Die Bretter waren voller Astknoten, und Jake bohrte so lange an ihnen herum, bis ein Stück herausfiel und ein Loch entstand. Zuerst war es ganz nett, auf der kalten Brille zu sitzen und in den Garten hinauszulinsen, aber dann kam der Winter, und ein eisiger Luftzug strich ihm über den nackten Hintern, wenn er zum Pinkeln die Hose herunterließ. Der alte Mann, Mr. Parish, brauchte jemanden, der ihm Tee brachte und nach ihm sah, wenn er vor dem Gasfeuer einnickte. Aber als Francine eines Nachts nach Hause kam, war die Haustür von innen verriegelt. Sie klopfte, rief seinen Namen und warf schließlich einen Kieselstein an sein Fenster. »Mr. Parish!« rief sie, die Kinder hielten sich im Halbschlaf an ihr fest. »Mr. Parish, machen Sie auf!«

»Kommt nicht in Frage.« Er streckte den Kopf aus dem Fenster und beschimpfte sie als dreckige Hure.

»Wir waren nur zum Dorftanz.« Francine mußte unwillkürlich lachen, und überall in der Straße gingen die Lichter an.

»Dorftanz, Dorftanz am Arsch! Um diese Zeit gehören Kinder ins Bett.«

Tess klammerte sich an Francines Hand. Sie wollte nicht mit Mr. Parish allein im Haus sein. Einmal mußte sie ihn küssen und bekam dafür ein Hufeisen aus Glas. Seine Wange war rauh und faltig, mit winzigen Borsten, und sie roch alt und harzig.

»Machen Sie sofort auf!« befahl Francine so energisch, daß er sich vom Fenster zurückzog, und bald hörten sie ihn im Hausflur rumoren. »Entschuldigen Sie«, sagte er, seine blassen Augen blinzelten. »Entschuldigen Sie«, wiederholte er und zerrte an ihrem Kleid. Am nächsten Morgen packte Francine die Sachen und zog aus.

Als William schließlich aus Cammothmore zurückkam, hatte er einen Wohnwagen im Schlepptau. Es war ein alter Zigeunerwagen auf Holzrädern. William zeigte auf den blätternden Lack. »Ein Sommerprojekt für Jake und Tess«, sagte er. Er zog den Wagen in die hinterste Ecke und stellte ihn unter den Bäumen ab. »Ich zeige euch, wie ihr diesen Wohnwagen renoviert, von Grund auf. Also, was ist das?« Er zog zwei Bogen Sandpapier aus der Tasche, als wären es Süßigkeiten. »Sehr gut«, rief er, bevor sie auch nur ein Wort gesagt hatten. »Jetzt geht's an die Arbeit. Ich helfe euch ein bißchen, aber das meiste müßt ihr selber machen.«

»Wirklich?« Tess hüpfte begeistert auf der Stelle, und Jake blätterte in einer Farbtabelle, um die passenden Farben auszusuchen. Der Wohnwagen war einst rot und grün angestrichen, mit orangefarbenen Blütenmustern über der Tür.

»Nein, nein, nein.« William riß Jake die Tabelle aus der Hand. »Das ist noch lange nicht dran, das kommt ganz zuletzt. Als Belohnung für fleißige Arbeit.«

Jake ließ entmutigt den Kopf hängen.

»Ist schon gut, Jake«, tröstete ihn Tess. »Stell dir einfach vor, wie schön er aussieht, wenn er fertig ist. Dann können wir drin spielen. Partys feiern und Höhlen bauen. Das wird unsere Winterhöhle.« Sie wollte ihm schon erlauben, seine Poster an die grünen Holzwände zu hängen, als sich William einschaltete.

»Der Wagen wird mein Arbeitszimmer, deshalb müssen wir bis zum Ferienende fertig sein.« Und er ließ sie mit dem Sandpapier allein.

William saß an seinem Schreibtisch und arbeitete am Lehrstoff des nächsten Jahres. Er wollte mit seiner Klasse die ganze Theatergeschichte durcharbeiten – von der griechischen Antike bis in die Gegenwart. Insbesondere baute er dabei auf Alison. Sie war leichtfüßig und grazil und hatte seine moderne Fassung des *Ödipus* mit samtener Stimme vorgetragen. Sie mußte sich nur noch intensiver in ihre Rolle hineinversetzen, um sie mit wirklichem Leben zu füllen. Was ihr fehlte, war Erfahrung, etwas Einblick in die Abgründe des Daseins.

Ab und zu warf er einen prüfenden Blick aus dem Fenster. Die Kinder schliffen eifrig Farbe ab, Francine saß auf den Stufen des Wohnwagens und leistete ihnen Gesellschaft. Sie werden es mir danken, dachte er, als er ihre gesenkten Köpfe sah. Wenn sie erst mal die Regale aufstellen und den Fußboden abschleifen, werden sie mir danken und nicht ihrem Vater, der ihnen höchstens das Rauchen beibringen kann.

Francine hatte einen blauen Overall übergezogen und

kratzte alten Kitt aus den Fensterrahmen. Fast konnte er sie schwitzen sehen. Er schob das Fenster hoch, um ein bißchen Luft hereinzulassen. Am liebsten hätte er da draußen mitgemacht, das Hemd ausgezogen, den Spachtel gepackt und den scharfen Geruch des Abbeizers in seine Nase steigen lassen. Genüßlich malte er sich aus, wie die alte Farbe Blasen warf und er mit dem scharfen Spachtel über das Holz fuhr. Aber er war ja an den Schreibtisch verbannt und mußte sich zum Arbeiten zwingen. Jake war natürlich zu jung für den Umgang mit ätzenden Chemikalien. Für einen Zwölfjährigen war das viel zu gefährlich, und außerdem hatte er sich mit dem Sandpapier zufriedengegeben. William sah, wie er sich abmühte, wie die alte Farbe in kleinen Stücken nach unten rieselte. Er ist jung und kräftig, er wird es schon schaffen, dachte William, vertiefte sich wieder in seine Papiere und spürte, wie der Schweiß sein Hemd durchnäßte.

Jeden Vormittag arbeiteten Tess und Jake am Wohnwagen, die Nachmittage verbrachten sie oben im Wald bei ihrer Höhle. Jake nahm die Axt mit und tobte sich im dichten Gestrüpp aus. Manchmal trieben sie sich an der Telefonzelle herum, malten Muster auf die staubigen Scheiben, und einmal schrieb Jake über drei Felder hinweg: WILLIAM IS 'NE BUMME SAU. Tess änderte das B noch schnell in ein D um, dann rannten sie los, um Spotless auf die Golfer zu hetzen. »Spotless! Spotless!« riefen sie, ließen ihn von der Leine und sahen ihn im Galopp zwischen den Farnen verschwinden. Gleich darauf hörten sie lautes Knurren, dann einen entsetzten Aufschrei. Sie rannten durchs Unterholz, bis sie zum Rasen kamen. Und da sahen sie den Caddie, der sich angstvoll an einen Baum preßte. Der Caddie war ein Junge, etwa so groß wie Jake.

»Kriegst du Geld dafür?« fragte ihn Jake, als er Spotless beim Halsband nahm.

»Ja«, sagte der Junge und schnappte nach Luft. Er zeigte ihnen die Hand, auf der ein kleiner blauer Fleck zu sehen war. »Er hat mich gebissen, euer Köter. Man muß ihn erschießen.«

»Paß auf, daß wir dich nicht erschießen«, meinte Jake, und sie schauten beide zu, wie der Caddie die Tasche mit den klappernden Schlägern griff und den Berg hinaufschleppte, wo ein riesig großer Mann im kurzärmligen Hemd wartete. Sein Gesicht war dunkelrot vor Hitze.

Lieber Dad und liebe Min,
diesen Sommer geht es uns wirklich super. Wir malen einen Wohnwagen an. Jake zieht die alten Nägel raus, und ich schleife alles mit Sandpapier ab. Wenn wir mal in eine Revolution reingeraten, kommen wir schon zurecht.

Eure Tess

Als sie wieder an der Telefonzelle vorbeikamen, fing es an zu klingeln. Jake machte einen Satz, und Tess spürte, wie ihr die Haare zu Berge standen. »Dad!« Beide rannten sie los, um den Hörer abzunehmen.

»Hallo?« Jake strahlte übers ganze Gesicht. »Hallo?« Sein Gesicht verfinsterte sich. »Nichts«, sagte er. »Falsch verbunden.« Er hielt den Hörer in der Hand und brüllte »Falsch verbunden!« Dann blickte er Tess an. »Du blöde Kuh!« zischte er haßerfüllt.

Tess erschrak. »Jake!« Sie strich ihm über den Arm. Aber den ganzen Nachmittag, während sie durch den Wald streiften, auf dem Golfplatz nach Bällen suchten und sich im Heu wälzten, hielt er einen weiten Abstand zu ihr und blieb unnahbar.

Niemand war in der Küche, und der Brief lag schon den ganzen Vormittag unbemerkt auf der Fußmatte. Tess hob ihn auf. Er war an sie und Jake adressiert, in der Handschrift ihres Vaters. Seine Schrift war sauber und wunderbar klar, sie rankte sich wie ein Blütenmuster über das Papier. Jake kam herein, kniete sich auf die Bank und breitete die Farbtabelle auf dem Tisch aus. Endlich war es so weit, seine Hände waren mit Vorstreichfarbe beschmiert, sein Haar weiß verstaubt, und die hölzerne Hülle des Wohnwagens schien bereit für den letzten Anstrich. »Welche Farbe sollen wir nehmen?« fragte er, in seinen Augen zeigte sich ein Anflug von Freude. »Fahren wir nach East Grinstead und suchen die Farbe dort aus.« Er strich mit den Fingern über die bunten Vierecke.

William stand in der Tür. »Noch ein Letztes mußt du beachten. Wie kannst du Farbe kaufen, wenn du nicht weißt, wieviel du brauchst?« Er neigte erwartungsvoll den Kopf zur Seite, als würde es Jake Spaß machen, den Bedarf zu errechnen. Tess faltete den Brief zusammen und schob ihn in die Hosentasche. »Also, wer will das Bandmaß haben?«

Tess und Jake maßen jeden Winkel des Wohnwagens aus und schrieben die Zahlen auf die Rückseite der Farbtabelle. Sie zogen die Fenster ab, rechneten den Fußboden dazu und versuchten vergeblich, die Flächenmaße in Farbmengen zu übertragen. Solche komplizierten Sachen hatten sie in der Schule nicht gelernt.

»Wo ist Mum?« fragte Tess. Nicht, weil sie Hilfe von ihr erwartete, sondern nur, damit das endlose Addieren ein Ende hatte.

»Weißt du doch.« Jake gähnte. Francine war ins Krankenhaus gefahren. Das Baby wurde zwar erst in viereinhalb Monaten erwartet, aber alle wunderten sich, warum ihr Bauch jetzt schon so dick war.

»Vielleicht werden es Zwillinge«, hatte Tess vermutet, worauf William und auch Jake erschrocken hochfuhren. Francines Gelenke schwollen an, ihre Finger wurden dick, ihre Schuhe zu klein. Sie zog Gummistiefel an, und wenn es zu heiß wurde, lief sie einfach barfuß durch den Garten.

»Na, was habt ihr ausgerechnet?« riß William sie aus ihren Überlegungen.

»1,8 Liter für innen und 3,75 Liter für außen«, sagte Jake aufs Geratewohl und zerknüllte das Rechenpapier.

William sog den öligen Werkstattgeruch des Heimwerkerladens ein. Er ließ den Blick über Schrauben, Ketten, Werkzeuge und die vieltönige Galerie der Farben schweifen. Jakes Zahlen hatte er vergessen, was genauso beschämend war wie der Umstand, daß Tess nicht einmal wußte, wie man aus Längenmaßen eine Fläche errechnete. »Ich möchte zwei große Büchsen Grün«, sagte er. »Und eine kleine Büchse Orange.« Die Farbe hatte Jake ausgesucht. Tess stieß William sanft in die Seite. »Und noch eine kleine Büchse Rot«, fiel ihm wieder ein. Jetzt hatte keiner mehr Grund, sich zu beklagen. Aber als sie die Büchsen hinaustrugen, sah er Jake schmollen.

»Große Büchse, kleine Büchse«, murmelte Jake vor sich hin. »Wozu habe ich denn bis auf die dritte Stelle hinter dem Komma gerechnet?«

Mein Gott, hat das nie ein Ende? dachte William. Und dann, mitten auf der Straße, schrie Tess auf und griff sich an die Seite. William fuhr herum und ließ eine Büchse fallen. Der Deckel platzte auf, und dicke rote Farbe lief über den Asphalt. »Der Brief!« jammerte Tess. »Ich hab den Brief vergessen!« Sie steckte die Hand in die Hosentasche und zog einen cremefarbenen Umschlag heraus.

»Tess!« brüllte William und sah auch schon die wohlbekannte Tintenschrift. Er bückte sich nach der Büchse, als ein Auto ihm laut ins Ohr hupte. »Rüber!« schrie er den Kindern zu. »Von der Straße runter!« Aber Jake hatte den Brief schon geschnappt und zerrte am Umschlag, um ihn zu öffnen. »Steck das weg!« brüllte William. Die Leute schauten herüber, und er sah, daß seine Schuhe rot bekleckert waren. »Steck das weg und steig ein!«

»Lieber Jake, liebe Tess...«

Der Brief, den Victor adressiert hatte, war von Min geschrieben worden. Sie rutschten ein Stück von William weg, der neben ihnen am Steuer saß, und Tess las leise vor. »Wollt Ihr uns in den Ferien besuchen? Da V. und ich eine Schiffsreise machen, müßte es dieses Wochenende sein, danach sind wir in Irland. Bitte sagt ja!« Darunter hatte sie zwei Kinder mit Strubbelhaaren gemalt. Aus ihren Mündern kamen Sprechblasen, und in den Sprechblasen stand »Ja!«

Tess und Jake lachten. Wenn es nach ihnen gegangen wäre, hätte dort auch »Hurra!« stehen können.

William spürte ihre fragenden Blicke. Tess schaute ihn mit geweiteten Augen an, und Jake war blaß vor Erwartung. »Dürfen wir?«

Williams Laune war auf dem Nullpunkt. Auf seinem rechten Schuh trocknete die Farbe – es waren seine Segelschuhe, die konnte er nun wegwerfen. Und ständig sah er Felicity mit dem neugeborenen Baby vor sich, dicht umringt von seinen Töchtern. »Nein«, sagte er entschlossen. »Am Wochenende muß der Wohnwagen fertig werden.«

»Aber...«

»Nein!« übertönte er das Schluchzen und Klagen neben

sich. Er umklammerte das Lenkrad. »Wenn ihr eine Aufgabe übernehmt, müßt ihr sie auch ordentlich zu Ende bringen.« In die lastende Stille hinein sagte er: »Und jetzt kein Wort mehr!«

Francine lag auf dem Sofa, als sie zurückkamen. Der Arzt im Krankenhaus hatte ihr Schonung verordnet. Ihr Blutdruck war zu hoch, und es bestand die Gefahr einer Präeklampsie. William befahl den Kindern, sie in Ruhe zu lassen. »Spielt lieber draußen«, sagte er. »Oder schreibt dieser Nin, sie kann nicht einfach so nach Island verschwinden.«

Tess brach in Kichern aus, sie konnte sich nicht bremsen. Sie krümmte sich und hielt sich den Mund zu. Jake war bleich vor Wut. Er stürmte in sein Zimmer und suchte etwas, woran er sich austoben konnte. »Verdammt!« Er warf den Kopf in den Nacken, riß den Mund auf und brummte wie ein Bär. Die Tiere an der Wand starrten ihn verblüfft an, als hätte er ihnen die Sprache geraubt.

»Jake...« Tess wußte nicht, was sie sagen sollte. Sie wollte ihn trösten, ihm beistehen, aber gleichzeitig wollte sie, daß der Wohnwagen fertig wurde.

»Ich möchte am liebsten ein Cello aus Glas zertrampeln«, knirschte Jake. Er warf sich hin und schlug die Stirn gegen die Dielen.

Tess setzte sich aufs Bett. Sie hustete, um das Knistern der Plastikunterlage zu übertönen. »Aber hinterher mußt du die Scherben aufsammeln. Überleg's dir lieber.«

Jake lag da wie gelähmt. »Wir hauen ab«, sagte er unvermittelt.

»Nach Schottland?« fragte Tess. Sie hatte gerade an Felicity gedacht und an ihr langes blondes Haar. An das Zimmer mit dem Fenster aus Stein und an Sandys einzigartige Gruselsammlung. Es gäbe auch ein Karatezimmer, hatte Doon gesagt, und einen Meditationsraum auf dem Dachboden, wo man alle Gedanken abschalten konnte. Jake hörte sie nicht. »Wir kratzen alles Geld zusammen, das wir auftreiben können... ich meine nicht Klauen, sondern eher Sparen. Dann laufen wir zu Fuß nach East Grinstead und steigen in den Zug.«

»Gut«, sagte Tess. Ihr Herz klopfte wie wild. »Aber müssen wir nicht vorher den Wohnwagen fertig haben?«

Sie brauchten zwei Wochen, um das Geld zusammenzukratzen. Als erstes wurde Tess' Sparschwein geschlachtet, dann suchten sie ein langes Messer und gingen hinauf in Honours Zimmer. Ihr Sparhäuschen war hinter den Büchern versteckt. Es war aus Ton und hatte einen schmalen Schlitz im Dach.

»Wie holt man das Geld raus?« fragte Tess.

»Man muß es kaputtmachen, wenn es voll ist«, sagte Jake. Er hielt das Häuschen ans Ohr und schüttelte es. Er hörte Münzen klimpern, aber auch das betörende Rascheln von Papier. Er schob das Messer in den Schlitz und drehte das Häuschen um. Zwei Pence fielen auf den Fußboden. Er stocherte weiter mit dem Messer und schielte durch den Schlitz. Dann stellte er das Häuschen auf den Kopf und schüttelte so lange, bis ein Fünfzigpencestück herausfiel.

Von den drei Mädchen erbeuteten sie ein Pfund. Sandys Sparbüchse enthielt vor allem schwärzliche Zweipencestücke, und bei Doon hätten sie fast einen Geldschein erwischt. Er ragte ein wenig durch den Schlitz, aber als sie ihn angeln wollten, rutschte er zurück. Am Ende war das Messer verbogen, und sie mußten in die Werkstatt gehen, um es wieder geradezuklopfen.

So einen heißen Sommer hatte noch keiner erlebt. Tess konnte die Hitze förmlich riechen, wenn sie aufwachte. Draußen flimmerte die Luft, und die Steine glühten.

»So ein Pech«, sagte Francine. Sie stand am Waschbecken und bespritzte sich mit Wasser – Gesicht, Schultern, die geschwollenen Brüste, die Arme. »Ausgerechnet diesen Sommer.« Und sie fächelte sich mit einem Bastuntersetzer Kühlung zu.

Aber wenigstens war der Wohnwagen fertig. Selbst Jake war beeindruckt von seinem Anblick. Er glänzte und war grün wie Klee, die Fensterrahmen waren rot, die Stufen orange gestreift. Und Jake hatte einen springenden Leoparden über die Tür gemalt.

»Der sieht ja prächtig aus.« Francine kam heraus und legte die Arme um Tess und Jake. »Da habt ihr eine Menge gelernt«, sagte sie und warf William einen dankbaren Blick zu.

William hatte sich etwas Besonderes einfallen lassen, heute sollte es Lasagne geben. Er räumte die Küche auf, krempelte die Ärmel hoch und rührte die Sauce an. Er hatte Tess versprochen, daß sie ihm helfen durfte. Er holte die Pastastreifen aus dem kochenden Wasser und legte sie überall zum Abtropfen aus. Er würfelte Mozzarella, rieb Cheddarkäse und rührte Spinat statt Fleisch in die Sauce. »Tess, wo steckst du?« Normalerweise umschwärmte sie ihn, drängte ihren plumpen, schmierigen Körper nahe an seinen. »Tess!« Er stellte sich in die Hoftür und wischte die Hände an der Schürze ab. Er konnte die Lasagne auch selbst einfüllen, er hatte die beste Ausrede, ohne Tess weiterzumachen. Eine Schicht Sauce, eine Schicht Käse, ein Gitter aus Nudeln, aber statt dessen ging er hinaus ins Freie. Er wunderte sich, daß die Hühner nicht draußen waren. Es war fast Mittag, und sie krakeelten im Stall und kratzten an der Tür. Er öffnete den Riegel und entließ sie ins Tageslicht. Die Zwerghühner glänzten gepflegt, Chanticleer spreizte sein schwarzblaues Federkleid, die braunfleckigen Küken plusterten sich auf und wirkten wohlgenährt. Keine Frage, Tess hatte ihre Sache gut gemacht. Der Hühnerstall war sauber und mit frischem Stroh versorgt.

»Tess! Jake!« Der Wald warf das Echo seiner Stimme zurück, dann war es wieder still. Nur Spotless jaulte hinter seinem aufgestockten Drahtzaun. »Odin?« rief er, ohne zu wissen, warum. Die Hühner scharten sich um ihn, so daß er hineingehen und Futter holen mußte. Er streute die Körner im Bogen über die ausgetrocknete Erde. Glucksend und piepsend machten sie sich über die Mahlzeit her.

Die Kinder waren nicht im Haus, auch nicht in der Werkstatt oder im Wohnwagen, und wenn sie in den Wald gingen, nahmen sie Spotless mit. Francine saß im Garten, ein Lehrbuch aufgeschlagen im Schoß, obwohl es für ihn ausgemachte Sache war, daß sie nicht weiterstudieren würde. Sie sah so zufrieden aus. Sie schwitzte nicht, sie schnappte nicht nach Luft, sie klagte nicht über Rückenschmerzen. »Ich muß noch was einkaufen«, rief er ihr zu und rannte zum Auto.

»Komm schon, komm schon!« Das verdammte Vehikel wollte nicht anspringen, er mußte es zur Ausfahrt schieben und hielt von außen das Lenkrad fest, bis die Karosserie in Fahrt kam. In letzter Sekunde hechtete er auf den Fahrersitz und warf den Gang ein. Was machen nur die Leute, die keine Kinder haben, fragte er sich, als er über die Viehsperre ratterte. Er schob den Choke rein und trat das Gaspedal durch. Mrs. Newland bog gerade in ihr Grundstück ein. Im Heck, wo sonst die Hunde saßen, stapelten sich die Einkaufstüten. Er erschreckte sie mit der Lichthupe und ignorierte ihren haßerfüllten Blick, als ihm auffiel, daß er immer noch die Küchenschürze trug.

William fuhr schnell, er spähte über die Hecken und suchte mit den Augen die Felder ab, an Einmündungen wurde er nur unmerklich langsamer. Als er in Twelve Ashes war, kam er sich wie ein Idiot vor. Tess und Jake waren bestimmt zu Hause, sie schrieben Briefe an Cyril Littlewood und machten Vorschläge, wie man Geld für die Rettung der Elefantenstoßzähne beschaffen konnte, oder sie fädelten Perlen auf, um Armbänder zu verkaufen. Jedenfalls hätten sie den ganzen Vormittag gebraucht, wenn sie so weit gelaufen wären. Aber er fuhr weiter, ließ das Dorf hinter sich und wurde langsamer, um eine Stelle zum Wenden zu suchen. Und da sah er sie. Sie liefen hintereinander, Tess mit gesenktem Kopf und eifrigem Schritt, Jake marschierte voraus, reckte das Kinn in die Höhe und sang. William fuhr an ihnen vorbei und hielt am Straßenrand. Im Rückspiegel studierte er Jakes Gesicht, als dieser begriff, daß die Flucht zu Ende war.

William öffnete die Tür und beugte sich hinaus. »Wollt ihr mit?« fragte er. Erst da schaute Tess auf – erleichtert. Wortlos stiegen sie ein. Jake blieb neben der Tür sitzen, Tess mußte über ihn hinwegsteigen und den mittleren Platz nehmen. William wendete an der nächsten Einfahrt. Schweigend kehrten sie nach Wildland zurück.

Am Tag, als die drei Strachan-Mädchen wiederkamen, regnete es. Begonnen hatte der Tag mit einem strahlend blauen Himmel, Tess hatte barfuß auf dem Rasen gestanden und den Federball in die Höhe geschlagen. »Spiel mit mir, Jake«, rief sie, aber Jake hatte gehört, daß sich die Pferdehalter der Umgebung vor dem Pub trafen, um zur Fuchsjagd auszureiten. Er stand am Herd und löste Anisbonbons in heißem Wasser auf. Da Anis genauso roch wie die Füchse, wollte er Anisbrühe verspritzen, um die Füchse zu retten. Tess schaute ihm beim Umrühren zu und stellte sich vor, wie die stolzen Jäger mit der roten Kluft in die falsche Richtung galoppierten. »Paß bloß auf«, sagte Tess. Sie hatte Angst, daß Jake etwas auf dem Herd verschüttete und daß die ganze Kavalkade direkt durch die Küche brausen würde.

Dann verdunkelte sich der Himmel, dicke Wolken schoben sich vor die Sonne. Tess rannte hinaus, um zu sehen, wie es anfing, William streckte die Hand aus. »Ja!« brüllte er, als ihn der erste dicke Tropfen auf die Stirn traf, und warf den Kopf in den Nacken, um den weichen Regen mit der Zunge aufzufangen. In der Ferne grollte Donner, und plötzlich riß ein Blitz den Himmel auf.

»Dad! Daaad! Daddy!« Honour, Sandy und Doon kamen die Auffahrt hochgerannt, der Regen traf sie schräg von der Seite und machte ihre Bewegungen unbeholfen – wie in einem Stummfilm. »Wir sind wieder da!« schrien sie und flogen William in die Arme. Sie hatten neue Kleider an, Gesichter und Arme waren mit goldenen Sommersprossen übersät. Felicity stand hinter ihnen und hielt das Baby im Arm. »Hallo«, sagte sie, in ihrem Haar glitzerten winzige Tröpfchen.

»Ist das nicht herrlich?« rief Francine, breitete die Arme aus und ließ sich vom Regen durchnässen. »Er kommt wie gerufen.«

William warf einen Blick auf Felicity und begann, sich auszuziehen. Mit einem flinken Handgriff streifte er sein T-Shirt ab, die Shorts flogen in die Blumenrabatte. Die schwarze Unterhose klebte ihm am Leib, und er mußte sie seitlich abrollen, um sie herunterzuziehen. Francine lachte und blickte weg, aber Felicity starrte ihn unverwandt an. »O Gott«, sagte sie.

Sandy zog ihr Kleid aus. »Darf ich auch im Regen tanzen?«

»Vorwärts, marsch!« brüllte William, und alle fuhren zusammen, als ein weiterer Donner grollte. Er riß die Knie in die Höhe und marschierte los. Bald war auch Doon nackt, mager wie ein Strich hüpfte und tanzte sie hinter ihrer Schwester her und warf die Beine hoch, um möglichst viel vom Regen abzubekommen.

Tess wollte nicht abseits stehen. Sie war größer und dicker als die anderen beiden, und ihre Haut zeigte braune Streifen, dort, wo die Sonne hingekommen war. Flink zog sie ihre Bluse aus und kickte die Shorts beiseite. Windböen peitschten sie, der warme Regen prasselte ihr gegen die Brust, prickelte auf der Haut und floß an ihren Beinen hinab. »Jake!« rief sie armefuchtelnd. »Jake!« Aber der stand immer noch in der Küche und rührte in seiner Anissuppe. Plötzlich durstig, streckte sie die Zunge heraus, sie wollte sich das Wasser in den Mund, in die Ohren, in die Augen strömen lassen.

»Na los, Honour, du auch!« schrie William, und Honour legte behutsam ihre Kleider ab. Sie schauten zu ihr herüber, während sie singend durch den Regen marschierten und ihrem Anführer folgten, wo immer er sich hinwandte. Honour kniff verschämt die langen Beine zusammen und breitete die Arme über ihre knospenden Brüste. Zweimal umrundeten sie unter Gejuchze und Gekreisch die Wiese, dann führte William die Prozession durch den Gemüsegarten, um ihnen zu zeigen, wie die welken Pflanzen ihre Blätter wieder ausbreiteten. »Paßt auf, daß euch die Hühner nicht picken«, rief er und stieß die Pforte in der alten Mauer auf, die zum Hühnergehege führte. Dort lagen Späne und Zweige herum, sie mußten vorsichtig auftreten und bückten sich, noch immer mit Geschrei, unter den tief hängenden Ästen. Dann ging es um das Haus herum nach vorn. Als sie am Fenster vorbeikamen, sprangen sie in die Höhe, um Jake am Herd schwitzen zu sehen. »Komm raus!« rief William, aber Jake tat, als würde er nichts hören. Am Nachbarzaun duckte sich Tess für den Fall, daß Major Darlby und seine Frau im Vorgarten standen und die Sekunden zählten, die zwischen Blitz und Donner vergingen.

Als sie zur Wiese zurückkamen, standen Francine und Felicity in der Werkstattür und plauderten wie gute alte Bekannte.

»Mitmachen, die Damen!« rief William und fing ein neues Lied an, aber die beiden ließen sich nicht stören. »Dublin ist 'ne feine Stadt, die viele schöne Weiber hat«, brüllte die Prozession im Regen, der jetzt noch heftiger prasselte und langsam kälter wurde. Tess vermied es, auf das rosafarbene Etwas und das krause Haar zwischen Williams Beinen zu schauen.

»Daddy!« Doon und Sandy begannen zu frieren und kämpften sich zitternd durch den Regen. William marschierte ihnen ins Badezimmer voraus, ließ Wasser in die Wanne, und alle durften einsteigen. Kletten und Grashalme schwammen in der Wanne, Sandy, Doon und Honour schmiegten sich zappelnd an Williams Knie und erzählten gleichzeitig, was sie in den Ferien erlebt hatten. Für Tess war kein Platz mehr, dabei waren auch ihre Beine voller Gras, und an den Schultern begann sie zu frieren. Sie setzte sich auf den Rand und quetschte die Beine hinter Doons Rücken ins Wasser. Niemand nahm Notiz von ihr, und nach einer Weile kletterte sie wieder hinaus.

»So.« William hatte sich wieder angezogen, Francine und Felicity waren hereingekommen. »Willst du noch eine Weile bleiben?«

Felicity schlug erschrocken die Hand vor den Mund. »Pete wartet an der Viehsperre – ich hab ihm gesagt, ich bleibe nur fünf Minuten.« William machte ein böses Gesicht, und sie blickte ihn scharf an. »Nun hör auf! Du weißt doch, daß ich nicht fahren kann.«

»Aber wir haben ganz leckeren Gemüsestrudel.« Er blickte hinüber zu der Backform aus Steingut, in der die zwei fertig vorbereiteten Teigrollen lagen. »Nein!« Spotless hatte sich darüber hergemacht, die Rollen waren aufgerissen, Mais, Tomaten, Paprika lagen zerkaut über die Anrichte verstreut. »Jake, du warst den ganzen Nachmittag hier – Jake?«

Die Mädchen waren William tropfend in ihren Handtüchern gefolgt, als sie sein wutrotes Gesicht sahen, blieben sie erschrocken stehen.

»Dieser Mistköter!« Er drehte sich zu Honour um, sah ihr Gesicht, die hochgezogenen Schultern, und drückte sie an sich. »Es sollte was Besonderes werden«, erklärte er ihr. Sie war der einzige Mensch, der ihn wirklich verstand.

»Mummy! Mummy!« Doon und Sandy sprangen an Felicity hoch und wollten sie am Gehen hindern, und als sich William zu ihnen umdrehte, sah er, wie klein sie waren. Ihr Haar war im Sommer geblichen, und mit ihren hellblonden Köpfen und den Handtüchern um die Schultern sahen sie aus wie buttergelbe Gänseblümchen.

»Na, kommt, ihr Kleinen.« Er bückte sich und wollte sie auf den Arm nehmen. »Laßt euch ansehen.« Aber Doon hielt sich an Felicity fest und ließ nicht los.

»Ich nehme an, die Fuchsjagd ist ins Wasser gefallen.« Jake knallte den Topf auf die Anrichte, die Anissuppe schwappte über und durchtränkte die traurigen Reste des Gemüsestrudels. Was im Topf geblieben war, kippte er in ein leeres Glas.

Im neuen Schuljahr würde Tess in das blaue Klassenzimmer umziehen. Es war ein leuchtendes Blau wie aus dem Tuschkasten, das sie über die Maßen beeindruckt hatte, als Jake in der fünften Klasse war. Jakes wechselte nun von Purpur zu Rosa, eine beruhigende Farbe, die er später eventuell gegen die neutralen Räume der Oberstufe eintauschen würde. Sandy ging mit ihren knapp sechs Jahren noch immer in den Kindergarten. »Alle meine Freundinnen in Cammothmore können schon lesen und schreiben«, rief sie beim Essen und trat gegen die Bank. William erklärte ihr, daß man nur Geduld haben mußte, dann fiel einem das Wissen von selbst in den Schoß. »Aber wie ist das mit...« – Sie schaute zu Jake hinüber, und der warf ihr einen so vernichtenden Blick zu, daß sie erschauderte.

Im Kindergarten malten sie mit kantigen Wachsstiften in allen Farben außer Schwarz. Manchmal fragte sie Tess, was mit den ganzen Schwarzstiften passierte. Vielleicht türmten die Lehrer einen großen Wachsberg auf, oder schlossen die Stifte in den Wandschrank des Lehrerzimmers ein, bis man vierzehn war. Mit vierzehn kam man in die Oberstufe und konnte malen, wie man wollte. Mit Wasserfarben war es anders. Da fing man in der ersten Klasse mit Gelb an. Man bekam ein Blatt Papier, das ins Wasser getaucht und auf ein Brett gepappt wurde. Und wenn man das Gelb auftupfte, verschwamm und verfloß es zu allen möglichen Mustern und Schattierungen. Solange das Blatt feucht war, glänzte und leuchtete es wie ein See in der Sonne, doch wenn es trocknete, wurde es matt und körnig. Manchmal malte man mehrere Wochen an einem Bild. Es trocknete, wurde wieder in Wasser getaucht und übermalt, und es war ein richtiger Schock, als im nächsten Schuljahr das Blau dazukam. Die ersten blau-gelben Bilder wurden an den Wänden aufgehängt und sahen aus wie eine Doppelreihe von Spiegeleiern, die im Meer schwammen.

Jake gefiel diese Art des Malens überhaupt nicht. Zu Hause hatte er einen Geheimvorrat Filzstifte in grellen Farben, mit denen er die Raubtiere aus seinen Tiermagazinen abzeichnete.

Tess bewunderte die detaillierten Zeichnungen mit den harten, klaren Linien. Aber selbst wenn sie versuchte, es genauso zu machen, landete sie sofort wieder bei ihren fleckigen Himmeln und flimmernden Grünflächen, bei ihren wolkig verschwommenen Gestalten mit viel zu dicken Gliedern. Wenn sie Details malen wollte, Haare, Gras oder Blätter, mußte sie Mr. Paul rufen, der sich über sie beugte und das Bild mit seinem Pinsel in Form brachte. Er saugte die überschüssige Farbe auf, feuchtete das Papier an, um die Kanten zu runden, und beugte sich immer tiefer über das Blatt, bis er schließlich neben ihr auf der Bank saß. Sie lehnte sich an ihn, sog den frischen Geruch seines gebügelten Hemds ein, seines sanft gewellten und sorgfältig gescheitelten Haars und seines Atems, der ganz ruhig und bedeutsam ging, während er in seine Arbeit versunken war.

Am Ende des Jahres nahm sie die Bilder mit nach Hause, und da lagen sie, eins wie das andere, lauter ruhige, lichterfüllte Landschaften, von Mr. Pauls geübter Hand vollendet.

»William … ich meine, Mr. Paul?« Er zeichnete sich kantig gegen den blauen Hintergrund ab und schaute mit ernstem Blick auf, als sie hereinkam. Sie wollte ihm von dem Wohnwagen erzählen, was sie alles gemacht hatten, damit er wieder glänzte wie neu. Aber irgend etwas hielt sie zurück, als ihr einfiel, daß Jake wütend gegen die Räder getreten hatte.

»War es schön in Cornwall?« fragte sie statt dessen, und Mr. Paul lachte. »Ja, danke.« Er drehte sich zur Tafel. Ein kleines Stück von der verdeckten Hälfte war zu sehen, und Tess erkannte bleiche Knochen.

»Kommt jetzt Ragnarök?« fragte sie.

»Du wirst schon sehen.« Mr. Paul lächelte.

»Ist es bald so weit?« Sie reckte sich auf die Zehenspitzen.

»Nur Geduld.« sagte er und schickte sie zu ihrem Platz.

Mr. Paul erzählte von Cornwall, von den Klippen und den Buchten, vom Dickrahm, den es dort gab, den Pastetchen und den Wellen. »Und was ist mit König Artus?« fragte Tess. Sie wollte von den Ruinen der Burg hören, in der Ginevra gelebt hatte.

»Ja, wir waren in Tintagel«, sagte Mr. Paul. Aber Tess konnte sich schon denken, daß er noch ein Jahr warten würde, bis er ihnen das erzählte, was seine Tochter schon wußte. »Wie seid ihr mit eurer Hausaufgabe zurechtgekommen?« begann er statt dessen. Und zwanzig Kinder klappten die Zeichenblöcke auf, um die Bilder von Thor und dem Eisriesen zu zeigen, der Freyja zur Frau haben wollte.

Mr. Paul krempelte die Ärmel hoch. »Thor zog gen Osten nach Utgard«, flüsterte er, um die Aufmerksamkeit auf sich zu lenken. »Dort wollte er seine Kräfte an den Riesen erproben. ›Mögen es auch wenige sein, es sind allemal zu viele‹, sagte sich Thor.«

Tess sah draußen die Apfelbäume voller roter Äpfel und spürte förmlich die trockene Baumrinde, die in Placken abriß, wenn man sich am Stamm festkrallte. Loki begleitete Thor nach Utgard. Mr. Paul hatte recht, er konnte keinem Abenteuer widerstehen, und als sie bei einem Bauern Rast machten, schlachtete Thor seine eigenen Ziegen und briet sie über dem Feuer.

»Seht zu, daß ihr die Knochen nicht zerbrecht«, bat er die Familie des Bauern, aber der Bauernsohn war so hungrig, daß er, als Thor wegschaute, einen Knochen entzweibrach, um das Mark auszusaugen. Am nächsten Morgen schwenkte Thor seinen Hammer über den abgenagten Knochen der Ziegen und rief sie ins Leben zurück. Aber eine der Ziegen hinkte.

»Wer hat einen Knochen zerbrochen?« fragte er und erhob den Hammer gegen die ganze Familie des Bauern.

Tess riß den Blick von den Apfelbäumen los. Mr. Paul sah bleich aus. »Laß uns leben«, flehte er. Mr. Paul hatte sich in den Bauern verwandelt. »Verschone uns!« Und Thors Zorn legte sich allmählich. Statt die ganze Familie zu töten, machte er Sohn und Tochter zu seinen Dienern. Und als er mit Loki auf den Ziegen davonritt, begleiteten sie ihn ins Unbekannte.

Weil William darauf bestand, kochte Francine Brennesselsuppe. Sie nahm ihre Gartenhandschuhe, einen Korb und eine Schere und ging zu Jakes Beet, das dick mit staubigen Brennesseln bewachsen war. Tess begleitete sie. Sie hielt den Korb, während Francine die Handschuhe überzog. Unkraut und Brennesseln wucherten unter der Hecke und drangen immer weiter in den Garten vor. Dort wuchsen auch Löwenzahn und Hahnenfuß und dicke Stauden Natternkopf, die mit ihren sternförmigen Blüten Schönheit vortäuschten, aber sie waren schnell verwelkt und durchzogen mit ihren langen Wurzeln den ganzen Garten. Von allen fünf Kindern hatte nur Tess ihr Beet einigermaßen gepflegt. Bei ihr wuchsen Radieschen, Mohrrüben und Kapuzinerkresse, die sich wunderschön und fast über Nacht entfaltet hatte, auch Ringelblumen, die die Blattläuse von der blauen Rose fernhalten sollten. Aber als die blaue Rose blühte, zeigte sich eine enttäuschende Malvenfarbe. Tess schickte ein Blütenblatt an ihren Vater, und er schrieb zurück, daß er Malven nie sonderlich gemocht hatte. »Mein herzliches Beileid, auch im Namen von Min.«

Francine zog an einer Brennessel. Die Wurzeln waren lang und verknotet, sie wollten sich nicht lösen, also hockte sie sich hin, die Knie neben dem runden Bauch, und zog mit ganzer

Kraft. Als die Blätter ihre Handgelenke streiften, zuckte sie und hielt inne. Tess rannte los, pflückte Sauerampfer und preßte die Blätter auf die geröteten Stellen, damit sie zu jukken aufhörten. Francine schüttelte die Handgelenke und pustete, dann ignorierte sie das unangenehme Brennen und machte weiter. Tess schnitt die zarten Spitzen ab und warf sie in den Korb. Als der Berg fast den Griff berührte, brachten sie den Korb vorsichtig in die Küche. Francine tat Öl und Kartoffeln in den Topf, auch ein wenig Milch, um die Nesseln zu neutralisieren, und als Tess den Deckel hob, hatten sich die gefährlichen Zackenblätter in eine harmlose Suppe verwandelt.

Segne diese mag'ren Brocken,
Segne diesen kargen Fraß,
auch wenn dich der Hunger beißt,
Vater, Sohn und heil'ger Geist.

Melody war wieder da und hatte ein neues Tischgebet mitgebracht. »Es ist aus Schottland«, sagte sie zu William, dieweil die anderen lachten.

»Schön, daß du wieder da bist, Melody«, erwiderte er. Francine tat die Suppe auf.

»Oh, vielen Dank.« Melody hatte sich im Lauf das Sommers sehr verändert, und immer, wenn William sie ansah, kamen ihm wirre Bilder in den Sinn – Strände, nackte Schenkel, Bikinis, Sex.

»Wie war dein Sommer?« fragte er, um nicht dauernd rot zu werden.

»Einfach super!« sagte sie und nippte vorsichtig an der Löffelspitze.

»Wir dachten schon, du bist zurück zur Sekte gegangen«, meinte Doon und kniete sich auf die Bank.

»Als hätte ich nichts Besseres zu tun.« Melody grinste anzüglich.

William bekam panische Angst, daß sie ins Detail gehen würde. Vielleicht glaubte sie ja, daß man sich in diesem Hause für derartige Dinge interessierte. Melody leckte am Löffel. Ihre Zunge war auffallend rosa. »Was ist das eigentlich für eine Suppe?«

»Das ist, das ist...« William streute Salz in seine Suppe, um den Geschmack besser hervorzulocken.

»Das ist Brennesselsuppe«, antwortete Jake für ihn. »Aber ohne Brenn.«

Alle lachten, nur William blieb ernst.

»Das war Williams Idee«, sagte Francine schulterzuckend. »Damit du dich wieder makrobiotisch ernähren kannst.«

»Mmmm, lecker.« Melody lächelte. »Aber makrobiotisch habe ich aufgegeben. Ist mir zu viel Streß.« Sie zwinkerte William mitleidig zu. »Jetzt machen mir andere Sachen Spaß«, erklärte sie und schob den Teller weg.

Jake wollte die Mädchen zu Jagdsaboteurinnen ausbilden. Er nahm das Glas mit der Anissuppe, die dick und zähflüssig war, und tropfte ab und zu etwas davon auf den Weg. Er zeigte ihnen die Reitwege und die Hufspuren der Pferde, dann bog er zum Golfplatz ab. »Die Füchse rennen sowieso nicht über den offenen Rasen«, belehrte ihn Honour, doch Jake verkleckerte die dicken gelben Tropfen um jedes Loch herum, und auch an den Flaggenstangen ließ er die klebrige Flüssigkeit herunterrinnen.

Heute war der Golfplatz menschenleer, die Farne welkten und wurden rot. Pilze wuchsen an den Wegrändern, rund und knollig, als wären sie auf geheimnisvolle Weise aus dem Morgennebel gewachsen. Manche reckten ihre braunen und gelben Hüte mit den zarten Lamellen schräg in die Höhe, andere waren fest und glitschig und drückten sich an den Boden. Direkt an der Einmündung des Weges stand ein großer Fliegenpilz, der sie lockte wie die Hexe bei Hänsel und Gretel. »Den darf man nicht essen«, sagte Jake, aber auch er ging ganz nahe an ihn heran.

Als sie ihre Lieblingsstelle erreicht hatten, wo der Golfrasen besonders weich war, streckte Doon die Arme aus und machte einen Handstand. Sandy tat es ihr nach, ihre dünnen Beinchen wirbelten in die Höhe, ihr Haar hing zerzaust nach unten. Tess versuchte es mit Radschlagen und warf die Beine hoch, der ganze Himmel kippte weg, und sie drehte Runde um Runde, bis sie Honour bemerkte, die mit gekreuzten Beinen dasaß und sich Halme ins Haar flocht.

Sandy kicherte und rief: »Honour hat 'nen Stinketampon!« Tess sah einen schmalen Blutfleck an der Mittelnaht ihrer Shorts. Honour wurde rot und schloß ihre Oberschenkel.

»Komm schon, Tess«, drängte Jake. Aber Tess wollte nahe bei Honour sitzen und lernen, wie man sich Gras ins Haar flocht. »Dann eben nicht«, knurrte er, und da ihm nichts Besseres einfiel, packte er Sandy an den Knöcheln und spielte Schubkarre mit ihr.

Tess hörte Honour flüstern. »Wie lange geht das?« Honour war bei Melody im Zimmer und stellte ihr Fragen.

»Deine Tage? Moment mal, laß mich nachdenken ... Bis du etwa fünfundvierzig bist.«

»Wirklich?« Honour stockte der Atem. »Das hab ich nicht gewußt.«

»Du mußt das hier nehmen. Das ist eine Monatsbinde und das ist ein Tampon.«

Tess hörte die Tür gehen. »Aber nicht beides gleichzeitig.« Melody lachte.

»Hab verstanden.« Honour ging in ihr Zimmer zurück. Mit hochgezogenen Schultern und gesenktem Kopf lief sie wie blind an Tess vorbei.

»Gute Nacht!« rief ihr Tess zu, und Jake in seinem Bett krümmte sich vor Verlegenheit.

Spotless hatte gelernt, über den hohen Zaun zu springen. Es war kaum zu glauben, aber mit einem gewaltigen Satz katapultierte er seinen glänzenden Leib über den Maschendraht, drehte sich in der Luft und landete mit hilflos rudernden Pfoten auf dem Rücken. Sofort war er wieder auf den Beinen und schoß über den Rasen davon, über die Beete der Kinder und hinaus auf die Straße. Ab und zu kamen böse Briefe von den Nachbarn. »Ihr Hund hat sich wieder auf unserem Rasen herumgetrieben. Bitte passen Sie besser auf das Tier auf«, schrieb Mrs. Newland in ihrer winzigen Handschrift. Aber meistens streunte er durch die Felder und stöberte unter den Hecken, bis er eine Schafherde aufgespürt hatte. Dann streckte er die Vorderläufe, legte den Kopf flach und zog entzückt die gelben Flecken nach oben, die wie Augenbrauen auf seiner Stirn saßen. Fröhlich bellend, stob er davon und umrundete die armen Tiere, bis sie rasend vor Angst ausbrachen. Einmal sah Tess die ganze Herde über das Feld fliehen, doch Spotless überholte sie und bellte die Tiere an, als sie in die entgegengesetzte Richtung fliehen wollten. »Er tut ihnen nichts«, versicherte Honour, bald aber klopften die Bauern und dann auch ein Polizist an die Haustür.

»Sie hassen uns«, sagte William und schaufelte sich Reis in den Mund. »Und nur, weil ihnen unser Lieferwagen zu schäbig ist. Wenn wir einen Volvo hätten, würden sie uns zum Sherry einladen. Wetten?« Aber er warnte Honour, daß es wegen Spotless tatsächlich Ärger geben konnte. »So sind hier die Gesetze«, erklärte er ihr. »Ein Hund, der die Schafe hetzt, wird getötet.«

Jeden Tag nach der Schule gingen sie mit Spotless hinaus, um ihm Bewegung zu verschaffen. Sie nahmen eine Tasche mit und pflückten Gras für die Meerschweinchen. Manchmal blieb Jake an der Telefonzelle stehen und schrieb mit Kreide an die Scheiben. In jedes Feld ein Wort. ES LEBEN DIE WALE. In die anderen Felder schrieb er PISSE UND HASS!

William kam laut aufstampfend vom Elternabend zurück. »Jake!« rief er schon in der Tür. Er nahm den Scheuereimer mit dem Lappen und drehte den Wasserhahn auf. »Geh sofort runter und wasch das ab.« Tess sah, daß er sich nur mit Mühe beherrschen konnte.

»Ich dachte, du bist ein Revolutionär«, sagte Jake, und Tess hielt den Atem an.

William ging auf ihn zu.

»Tess!« Francine streckte den Arm über den Tisch, wo sie alle saßen und auf das Tischgebet warteten. »Tess, geh mit und hilf Jake.«

»Aber macht es ordentlich!« rief William ihnen hinterher und trat nach den Wasserspritzern auf dem Fußboden.

»Nur eins verstehe ich nicht«, sagte Jake, als sie den Berg zur Telefonzelle hinunterliefen. »Woher wußte er, daß ich es war?«

Am nächsten Tag hatte Tess Bauchschmerzen. Sie fingen in der Stunde an, als sie die Geschichte von der Katze des Riesenkönigs malten. Thor wollte die Katze hochheben, um mit ihr zu drohen, und sie krümmte den Buckel so sehr, daß sie einen Regenbogen über seinem Kopf bildete. Der Schmerz saß tief drinnen und bohrte. Schließlich bat sie Mr. Paul, zu Miss Glot gehen zu dürfen.

»Komm rein, Tess«, rief Miss Glot. Es waren schon zwei andere da – ein Junge mit Zahnschmerzen und ein Mädchen in Eurythmieschuhen, das geduldig auf den Kupferstab wartete. »Ach, Tess«, rief Miss Glot über die Schulter, während sie nach einem Stück Nelke für den Zahn suchte. Tess ging neugierig auf sie zu. »Was ich dich fragen wollte: Machst du immer noch ins Bett?«

Tess erstarrte. Dann lachte sie laut auf und preßte ein »Nein« hervor. Sie sah die überraschten und fragenden Blicke der beiden anderen Kinder und machte sofort kehrt. Sie hatte keine Bauchschmerzen mehr. Sie brauchte Miss Glot nicht. Sie rannte über den Spielplatz zurück. Sie war erfüllt von kalter Wut.

»Alles in Ordnung?« fragte Mr. Paul, als sie auf ihren Platz zurückschlich. Aber sie mochte ihn nicht ansehen, es konnte ja sein, daß er Bescheid wußte.

Vorm Schlafengehen setzte sich Tess dreimal auf die kalte Klosettbrille. Sie starrte die gekalkte Wand an und versuchte, die letzten Tropfen aus sich herauszupressen. Trotzdem war am Morgen ihr Bett naß – Flecken, die von anderen Flecken überlagert wurden und aussahen wie die Jahresringe eines Baums.

»Nicht weinen.« Jake sprang von seinem Bett herunter. Odin miaute beunruhigt und rieb sein Gesicht an ihrer Wange. Nicht weinen, nicht weinen, schien er zu sagen, er stupste sie mit der Nase an und kitzelte sie mit seinen Schnurrhaaren am Kinn. Tess umarmte und drückte ihn so fest, daß ihm die

Luft wegblieb, aber er duldete es und schmiegte sich willenlos an sie.

»Dein Porridge wird kalt, dann schmeckt er noch besser«, sagte Jake und nahm ihr den Kater aus dem Arm. Tess ließ ihn widerstrebend los und zog das nasse Nachthemd aus.

»Muß es denn der erste Freitag des Schuljahrs sein?« Francine ließ sich auf Williams Matratze nieder, die Göttin auf der indischen Tagesdecke umfing sie mit ihren blaßblauen Armen.

William seufzte. »Ich fürchte, ja.« Er fuhr mit seiner Theatergruppe nach London. Sie war geschrumpft und bestand nur noch aus zehn Mitgliedern, seit Alison, Williams große Hoffnung, in den hektischen Tagen vor den großen Ferien bei einer Freiluftaufführung ihren Text vergessen hatte. Aber dafür war Melody in die Gruppe eingetreten, und er fuhr mit allen zur Aufführung eines Passionsspiels, in dem ein Glatzkopf aus Yorkshire den lieben Gott spielte.

Francine schlüpfte wortlos unter die Decke, und William griff über sie hinweg nach seinem Buch. »Wird schon gutgehen«, sagte er, und sie schwieg.

Kaum saß William im Zug, machte er sich bereits Sorgen. Wenn nun das Baby sechs Wochen zu früh kam? Dann saß Francine da, ohne Telefon, ohne Fahrer. Er wurde von Zärtlichkeit für sie ergriffen und nahm sich fest vor, morgen mit allen fünf Kindern segeln zu gehen.

»Mr. Strachan?« fragte Simon, der die Füße auf den Sitz gelegt hatte.

»William«, korrigierte er, und die Mädchen einschließlich Melody kicherten. »Was ist denn los?« fragte William, der auch lachen wollte. Melody zeigte auf seinen Hosenstall, dessen Reißverschluß ein wenig offenstand.

Melody änderte sich mit jedem Tag. Sie hatte Mittel und Wege gefunden, ihr rotes Haar zu glätten. Statt wild gekräuselt, hing es ihr nun glatt und seidig über beide Ohren. Und wenn sie lachte, schaukelte es hin und her – dann strich sie es mit beiden Händen nach hinten, um ihren schlanken Hals zu zeigen. Seit sie ihre Gesundheitsdiät aufgegeben hatte, ernährte sie sich nur noch von Sandwiches mit Erdnußbutter und Honig, die sie in Mengen zur Schule mitnahm. Sie schienen ihr nicht schlecht zu bekommen. Von ihrer pummligen Figur war nichts geblieben, und sie strahlte eine träge, laszive Sinnlichkeit aus. »Wenn der Oberguru sie jetzt sehen würde«, hatte William vor kurzem gestaunt. Francine hatte mit ihm gelacht, aber ihr Blick verriet Argwohn.

»Mr. Strachan? Mr. Strachan? Wohin jetzt, Mr. Strachan?«

Sie standen am Leicester Square im Gedränge, wurden gestoßen und gequetscht. William atmete tief den Dunst aus Abgasen und Schmutz ein, neben ihm brüllte ein Zeitungsverkäufer einen langgezogenen, unverständlichen Namen.

William blickte verwirrt umher. Er war schon lange nicht mehr hiergewesen. »Mal sehen. Gehen wir da lang.« Er führte seine Schüler durch eine enge Straße voller chinesischer Restaurants, in den Fenstern hingen dichtgedrängt die Pekingenten. Aus den Gemüseläden quollen die Auslagen bis auf die Straße, in den Geschäften türmten sich blaßrosa Packungen und glitzernde Küchengeräte.

»William, wohin jetzt?« fragte ein Mädchen und schob sich bedenklich nahe an ihn heran.

»Äh ...« Er legte ihr die Hand auf den Arm, um die

Richtung zu weisen, aber erst mal mußte er Zeit gewinnen. »Hier lang«, sagte er und bog in eine düstere Seitengasse ein, vorbei an einem Betrunkenen, der sich in eine Nische drückte und im Stehen schlief. »Nein, lieber nicht.« Er machte kehrt und sah, daß sich die Mädchen, die ihm gefolgt waren, untergehakt hatten. Kann nicht schaden, wenn sie ein bißchen was zu sehen kriegen, dachte er, und einmal aus ihrer behüteten Umgebung herauskommen. Aber auch er geriet ein wenig ins Zittern, als sie die Shaftesbury Avenue überquerten und dicht hinter ihnen eine Feuerwehr vorbeibrauste.

Im Vorbeigehen warfen sie einen Blick in die Theater – rote Plüschfoyers, riesige Leuchtreklamen über den Portalen. »Hier bin ich dringewesen, als ich so alt war wie ihr!« prahlte er und dachte an den schrecklichen Moment, als er, mit Felicity aus Aberdeen kommend, auf der Treppe mit ihren Eltern bekanntgemacht wurde. Das Programmheft hatte er aufbewahrt, und wenn er es sah, fiel ihm ein, wie Felicity es über ihren Bauch gebreitet hatte, um die verdächtige Rundung zu verbergen. Danach hatten sie in einem Restaurant Fisch gegessen, und das schmackhafte, feste, weiße Fleisch hatte ihn begeistert. »O ja!« Sein Brustkorb blähte sich auf. »Hier in Soho kenne ich mich aus«, rief er und kramte in der Tasche nach der Adresse einer kleinen Pizzeria, die er aus dem *Guardian* abgeschrieben hatte.

»Mr. Strachan, Mr. Strachan!« Simon zog an seinem Arm. »Ich glaube, wir haben Hilary verloren.«

»Was?« Und während er sich erschrocken im Kreis drehte, erblickte er Victor. »Simon, geh sie suchen«, befahl er mit gedämpfter Stimme. Ohne zu wissen warum, drückte er sich an eine Mauer, um sich unsichtbar zu machen. Victor saß mit ausgestreckten Beinen an einem Tisch, den Arm um die

Schultern eines jungen Mädchens gelegt. Sie saßen draußen auf der Straße und tranken Kaffee aus winzigen Tassen, obwohl es November war.

»Wir haben sie, wir haben sie«, riefen seine Schüler im Chor und benahmen sich mit ihrem Geschrei wie eine Horde aufgescheuchter Touristen. William trieb sie auf die andere Straßenseite, wo sich die Pizzeria befand. Durch das Fenster hatte er einen guten Blick auf Victor, dessen Schultern sich geräuschlos auf und ab bewegten. Beide lachten fortwährend. Sie war jung, wahrscheinlich nicht viel älter als seine Schülerinnen, und hatte kurzes hellblondes Strubbelhaar. Als sie aufstand, sah er, daß sie groß und kräftig gebaut war und sich mit selbstsicherer Grazie bewegte, ihr Bauch leuchtete in seiner Vorstellung blaßblau und in einem pfirsichartigen Rosaschimmer.

Der *Guardian* hatte recht. Die Pizzas waren erstklassig, aus hauchdünnem italienischem Teig gemacht. Er saß seitlich am Ende des Tisches und behielt Victor im Auge. Warum hockt er nicht an seinem Schreibtisch und schreibt? dachte er und wünschte sich, er könnte ihn bei irgendeinem Vorgesetzten anschwärzen. Vielleicht stellt er Milieustudien an, dachte er mit Sarkasmus und versuchte, das Alter des Mädchens zu erraten.

»Mr. Strachan – äh, William –, fängt das Theater nicht bald an?«

William stand hastig auf, und gleichzeitig schob auch Victor seinen Stuhl zurück. Er hielt das Mädchen am Ellbogen fest, sie riß sich los und trat nach ihm. Kapierst du nicht? dachte William. Sie will nicht mit dir mitkommen. Doch da drehte sich das Mädchen um und küßte ihn ohne Vorwarnung direkt auf den Mund.

»Na dann.« William zahlte die Rechnung, faltete sie sorgfältig zusammen und steckte sie weg. Er trieb seine Schützlinge, die sich kreischend und kichernd untergehakt hatten und den Verkehr behinderten, zur Eile. Sie liefen nach Charing Cross hinunter, dann über die Brücke zum National Theatre. Er schob sich zwischen sie, behielt alle zehn im Blick und zeigte ihnen im Vorbeilaufen die Sehenswürdigkeiten. Der Trafalgar Square war kurz hinter den Bussen zu sehen, dann das von Big Ben überragte Parlament. Es wirkte schön, prachtvoll – direkt am Ufer des ölig glänzenden Flusses, der von Brücken mit märchenhafter Beleuchtung überspannt wurde. Und dann, wuchtig wie ein massiver Granitblock, das National Theatre. Er hatte beschlossen, es zu mögen, doch nun regten sich Zweifel. Es sah aus wie ein gewaltiges Parkhaus, und nach einem Jahr Schuldienst in George House hatten sich seine Augen an die weichen Linien und Bögen der Schularchitektur angepaßt. »Jede Betonfläche zeigt den Abdruck der Holzverschalung«, erklärte er seinen Schülern, die noch nie eine solche Masse aus grauem Beton gesehen hatten. Schließlich entdeckten auch sie die blassen Abdrücke der Holzmaserung mit ihren Rillen, Knoten und Wirbeln.

»Suchen wir lieber unsere Plätze.« Er scheuchte sie durch das Foyer in den Saal, aber da es eine moderne und innovative Aufführung war, gab es keine Sitze. Die Zuschauer standen im leeren Theater, folgten dem Geschehen auf der Bühne und bildeten gleichzeitig die Menschenmenge auf dem antiken Marktplatz, die Jesus Christus verhöhnen sollte, als er das schwere Kreuz schulterte.

»Ist das nicht phantastisch?« William drehte sich zu Melody um und merkte zu spät, daß sich alle seine Schützlinge den zwanglosen Rahmen der Aufführung zunutze gemacht hatten, um zum Rauchen in die Toiletten zu verschwinden.

»Keine Sitzplätze!« William schüttelte den Kopf, als sie wieder im Zug nach Sussex saßen, und malte sich die schockierten Gesichter während der Lehrerkonferenz aus.

Diesmal war William Weihnachten an der Reihe.

»Aber du hattest die Kinder doch schon letztes Jahr!« rief Felicity fassungslos.

»Nein.« Auf diesen Einwurf war er vorbereitet. »*Du* hattest sie letztes Jahr. Und ich habe dir mein Haus zur Verfügung gestellt. Denk mal drüber nach.«

»Denk du lieber an die Kinder.« Ihre Stimme war kalt wie Eis. »Wie wird ihnen zumute sein?«

Beide schwiegen sie, und in das Schweigen hinein piepste die Zahlungsaufforderung des Fernsprechers. William schob Münzen nach. »Du hast sie schließlich verlassen, nicht ich«, warf er ein, als das Piepsen verstummt war. »Wie war ihnen da zumute?«

»Ich habe sie nie verlassen. Nur dich habe ich verlassen!« schrie Felicity. »Ich war nur ein Wochenende weg. Nicht länger.«

Beide schwiegen, aber sie legten nicht auf.

»Du kannst sie zu Ostern haben. Zehn Tage.« Jetzt klang er ein wenig versöhnlicher, und Felicity fing an zu schluchzen. William drückte den Hörer ans Ohr, um ihr Unglück auszukosten.

»Aber kommen sie denn damit zurecht?« Sie war geschlagen. »Wenn sie so lange auf ihre Mutter verzichten müssen?«

»Sie kommen prima zurecht. Wir kriegen das glänzend hin, Francine und ich.«

»Ich schicke ihnen Geschenke«, sagte sie mit versagender Stimme.

»Wenn du sie öfter haben willst, kannst du dich jederzeit an die Gerichte wenden«, gab William drauf.

Sie verstummten, hörten sich gegenseitig atmen und konnten nicht glauben, daß sie jahrelang alles miteinander geteilt hatten. Dann legte Felicity wortlos auf.

Francine lag schon im Bett. »Aber wär es nicht schön«, wandte sie ein, »wenn wir ein bißchen Zeit für uns hätten? Nur ein kleines ...« Sie brach ab, als er sich zu ihr umdrehte.

»Wir wäre *dir* denn zumute?« William stand über ihr. »Wie wäre *dir* zumute, wenn du am Weihnachtsmorgen allein aufwachen würdest?«

»Aber du wärst doch nicht allein. Du hättest doch... du hättest Tess und Jake!« Sie blickte auf die straff gewölbte Haut ihres Bauches. »Und mich.«

»Ja.« William kniete sich aufs Bett und legte die Hand auf die Rundung. Ihre Haut fühlte sich heiß an, und er spürte einen Tritt des Babys.

»Hast du gemerkt?« Francine lachte, und das Baby trat noch einmal.

»Es haßt mich schon jetzt.« William tastete nach dem Fuß, um noch einmal den winzigen Stoß zu fühlen, der ein neues Leben anzeigte. »Vorbei«, sagte er. »Jetzt ist es vorbei.« Und er sank erschöpft neben sie.

Noch nie hatte Tess so viele Geschenke gesehen. Sie stapelten sich zu Bergen unter dem Weihnachtsbaum. Verstohlen las sie die Aufschriften. »Für Honour mit Küßchen von Mummy.« Die Küßchen schlängelten sich über die ganze Karte. »Für Doon mit Küßchen von Mummy.« – »Für Sandy.« Da lag etwas Kleines und Weiches, das sich anfühlte wie eine Puppe. »Für die dicke Mummy – vom dicken Dad.« Jake zog eine angewiderte Grimasse, als er es sah. »Das arme Kind«, sagte er, verdrückte sich in sein Zimmer und holte den *Spiderman*-Comic aus dem Versteck im Wäschefach hervor.

Comics verstießen gegen den Geist von George House. Jede Sorte Comics, ob als Fernsehserie oder als Leseheft. Sie verdarben die Phantasie und hielten die Kinder vom selbständigen Denken ab. Es gab wahrscheinlich noch mehr verbotene Dinge, aber Tess wußte nicht, welche das sein mochten. Einmal, drei Monate lang, hatten sie in einem Haus gewohnt, wo man fernsehen konnte. Der Apparat stand bei den Vermietern auf einem runden Tischchen und war mit einem Tuch zugedeckt. Jede Woche einmal wurde die Blumenvase heruntergenommen, und sie durften das Kinderprogramm sehen, wenn sie versprachen, nicht nach anderen Sendungen zu betteln. Aber das Kinderprogramm war nicht besonders spannend, auch nicht die Basteltips, und sie sahen nicht ein, warum sie Puppen aus Toilettenpapierrollen anfertigen sollten, wenn man auch Holz oder Wolle oder Ton nehmen konnte.

»Weihnachten ist total zum Kotzen«, sagte Jake und zwang Tess mitzukommen auf das Gelände jenseits der Straße, wo er sich auf einen Baumstumpf setzte und tat, als müßte er sich übergeben.

»Jake, hör auf«, sagte Tess.

William hatte verfügt, daß sie die Geschenke in der Reihenfolge ihres Alters zu öffnen hatten. Ein Päckchen nach dem anderen wurde zum Kamin gebracht, und alle reckten die Hälse, um zu sehen, was sich unter dem Geschenkpapier verbarg. Die erste Runde war noch lustig, auch der Beginn der zweiten, als sich Williams mit Sandys Geschenk überschnitt, aber dann bekam Tess vor lauter Erwartung und Ungeduld schlechte Laune. Felicitys Geschenke wurden geflissentlich übersehen, doch irgendwann mußten auch sie unter dem Baum hervorgeholt werden. Honour setzte eine abschätzige Miene auf, als sie das Geschenk ihrer Mutter auspackte, und Sandy übertrumpfte sie noch, indem sie die Stirn in Falten legte, als sie an der Reihe war. William belohnte beide mit einem nachsichtigen Schmunzeln. Nur Doon konnte sich nicht verstellen. »Seht mal! Wie schön!« rief sie mit Tränen in den Augen und zog eine spinnwebenzarte Weste aus gehäkelter Seide hervor. »Das ziehe ich gleich an«, sagte sie und streifte sie über ihr handgesticktes Samtkleid.

Und dann war kein Geschenk mehr für Jake da. »O Jakey«, rief Francine und biß sich auf die Lippe. »Das tut mir ja so schrecklich leid.« Und Tess sah, wie sie William mit Blicken bat, mit dem Geschenkeverteilen aufzuhören. Aber William kroch unter dem Baum herum und angelte mit seinen langen Armen immer noch mehr Päckchen hervor, bis seine Töchter in einem Meer aus Papier versanken und vor lauter Schwelgerei kaum noch Luft bekamen.

Jake zog Tess an der Hand über das Feld, das Gras durchnäßte sie bis zu den Knien und verwandelte ihre Schuhe in feuchte dunkle Klumpen. Sie krochen durch eine Hecke und kamen direkt am Wartehäuschen der Bushaltestelle heraus. Setzte man sich in das Häuschen, sah man den Bus erst, wenn er vorüberfuhr. Dann mußte man aufspringen und ihm nachbrüllen, aber bis dahin war er längst an der Kirche vorbei und um die Ecke gebogen. Das Häuschen war zum Gedenken an ein Kind errichtet worden, eine kleine Tafel an der Wand brachte sie jedesmal von neuem zum Lachen. ZUM GEDENKEN AN UNSERE GELIEBTE TOCHTER GAYNOR POGLIN.

Selbst jetzt mußten sich Tess und Jake den Mund zuhalten. 1958–1969.

Draußen war es dunkel, und das Wissen, daß kein Bus zu erwarten war, hatte etwas Beruhigendes. »Gehen wir zum Golfplatz«, sagte Jake. Tess hakte sich bei ihm ein, als er losging. Sie liefen den Weg am Bach entlang, hörten das Wasser über die Kiesel plätschern und sogen den Modergeruch ein, mit dem sich der Frühling ankündigte. Der Himmel war bewölkt und ohne Sterne, nur im Haus von Mr. Jenkinshaw brannte Licht. Jake hielt den Zeigefinger vor den Mund, dann kletterte er über den Zaun. Ein Hund fing an zu bellen, aber Jake ignorierte ihn.

»Jake, nicht!« Tess wurde übel vor Angst. »Was machst du da?« Jake pirschte sich durch den Gemüsegarten und drückte das Gesicht an die Fensterscheibe. Der Hund hatte sich beruhigt und knurrte nur noch. Jake schaute weiter durch das Fenster. Tess wartete und bangte. Plötzlich ertönte ein Schrei. Es war ein spitzer Entsetzensschrei, und Jake rannte los, war mit einem Satz über den Zaun, packte Tess am Arm und zog sie hinter einen Busch.

Eine Sekunde später kam Mr. Jenkinshaw aus dem Haus. Er hielt etwas in der Hand, und als er damit herumfuchtelte, sahen sie, daß es eine Flinte mit matt schimmerndem Lauf war. Mr. Jenkinshaw legte an, drehte sich langsam und zielte genau auf sie. Hinter dem Lauf sahen sie das Loch anstelle seiner Nase.

Tess hielt den Atem an. Sie spürte, daß Jake steif war vor Schreck, und als sie zur Seite schaute, hatte er die Augen geschlossen. Tess machte es genauso. Die Zeit, die sie so verbrachten, kam ihnen wie eine Ewigkeit vor.

»Er hat eine Frau«, flüsterte Jake, als sie endlich die Tür zuschlagen hörten. »Sie saß im Schlafrock da und hatte die

Beine hochgelegt. Sie wollte gerade ein Stück Hackbraten nehmen, als sie mich sah.« Jake rollte sich auf den Rücken und streckte die Glieder. »Was meinst du, wann hat sie wohl zum letzten Mal eine Nase gesehen?«

»Pst!« Es war alles still um sie, und die letzten Lichter im Haus wurden gelöscht. »Können wir jetzt gehen?« fragte Tess. Sie war durchnäßt und zitterte vor Kälte.

»Ich fürchte, wir müssen.« Sie drückten sich durch die Büsche und rannten geduckt nach Hause, so schnell sie konnten.

»Tess, das ist nicht annähernd genug.« Sie mußte heute beim Abendessen helfen, und William hatte ihr aufgetragen, Möhren für den Salat zu reiben. Rohe Möhren brachten Energie und sollten möglichst zu jeder Mahlzeit gegessen werden. Francine deckte den Tisch, während Doon und Sandy Pfeffer und Salz in Eierbecher füllten. Honour fütterte Spotless, sie schnitt Würfel aus dem schwarzen Fleisch, das sie vom Schlachter bekommen hatten, und warf sie in seinen Napf.

»Mum, geht es dir gut?« fragte Tess, als sich Francine abwandte und den Mund zuhielt. Das Baby war nun genau eine Woche überfällig.

»Tess?« William piekste jede einzelne Backkartoffel an, seine Stimme klang streng. »Ich habe heute mit Miss Glot gesprochen, und ich begreife nicht, warum du ihr sagst, du würdest nicht mehr ins Bett machen, da doch jeder weiß, daß es nicht stimmt.«

Tess hatte sich gerade eine Sultanine in den Mund geschoben – dabei mochte sie keine Sultaninen. William hatte ihr befohlen, einige in den Salat zu tun. Er schaute sie abwartend an. »Tess?« Es wurde totenstill in der Küche. Die Sultanine in ihrem Mund schwoll immer mehr an, und als sie weiter Möhren rieb, raspelte sie ein Stück Haut von ihrer Fingerspitze. Erst war die Stelle weiß, doch gleich darauf quoll das Blut. Ihre Brust tat weh, der Schmerz stach wie ein Messer, und sie mußte die Luft anhalten. Aber sie rieb weiter, das Blut färbte die Mohrrübe scharlachrot, dann braun, während die Raspeln in die Schüssel fielen. Sie spürte Williams Blick auf sich ruhen und stellte sich vor, daß seine drei Töchter angeekelt das Gesicht verzogen. Und dann kam ihre Mutter auf sie zu. Tess ließ die Reibe fallen. Sie machte den Mund auf und schrie. Sie schrie und schrie – Tess konnte nicht anders – und rannte schreiend hinaus in den Flur. Sie stieß gegen die Mäntel, stolperte über Schuhe und den Fußabtreter und floh in die Waschküche. Draußen war es dunkel, und drinnen gab es kein Schlupfloch für sie. Sie schrie weiter und wagte nicht aufzuhören, aus Angst, daß ihr jemand folgte, daß ihr jemand ins Gesicht sehen wollte, dem Mädchen mit den gelben Pißflecken, das mit zehn Jahren noch immer ins Bett machte. Mehr als zehn. Zehneinhalb, fast elf. Ihr Herz flatterte, sie holte Luft, um weiterzuschreien, und lief ins Bad. Sie war in dieser Woche für das Badezimmer zuständig und sah den Schmutzrand in der Wanne. Die Seifenablage des Waschbeckens war verklebt, die Wasserhähne grau verschmiert. Sie setzte kurz mit dem Schreien aus, und in dieser Pause klopfte es an die Tür. Sie holte tief Luft und schrie in ihrer Panik direkt gegen die Tür an. Man konnte die Tür nicht abschließen, also hielt sie die Klinke fest und preßte sich an die Tür. Ihr Schrei stieg auf, hoch über ihren Kopf, und darunter hörte sie, wie das Leben mit seinen Geräuschen weiterging.

»Tess?« Es war Jake. »Was ist passiert?« Mit einem Seufzer der Erleichterung fiel ihr ein, daß Jake nicht in der Küche gewesen war. »Laß mich rein!« Jake rüttelte an der Tür, aber Tess konnte nicht mit Schreien aufhören. »Na gut«, hörte sie ihn sagen, »dann mach eben weiter«. Seine Schritte entfernten sich.

Das Badezimmer lag neben der Küche, direkt hinter der Wand war Williams Platz, und sie hörte seinen Stuhl scharren, als er sich setzte. Sollte er doch sehen. Tess wollte sich ihre Mutter vornehmen und ihr weh tun. Beim Gedanken daran packte sie erneut die Verzweiflung, und sie schrie weiter, während nebenan das Gemurmel des Tischgebets zu hören war. Dann ertönte Sandys Lachen. »Legt doch mal 'ne andere Platte auf«, rief sie, und Doon meldete sich ebenfalls: »Vielleicht hat die Platte einen Sprung.«

Tess wartete, ob ihre Mutter lachte, aber Francine lachte nicht, sie kam an die Badezimmertür. »Komm schon, Liebling«, hauchte sie besänftigend. »So schlimm ist es doch nicht.« Aus Angst, daß Francine die Tür mit Gewalt öffnen könnte, rannte Tess zum Waschbecken, füllte den Zahnputzbecher mit Wasser und hielt ihn bereit.

»Tess, bitte!« rief die Mutter.

Aber Tess brüllte »Hau ab!« – mit einer solchen Wut, daß sie Angst vor sich selber bekam. Dann war nichts mehr zu hören, und nach einer Weile ging Francine fort. Tess fing an zu weinen. »Nie wieder wird sie mir leid tun«, schluchzte sie. »Nie wieder.« Sie weinte und weinte, spritzte sich Wasser ins Gesicht, und als sie aufhörte, war es nebenan mucksmäuschenstill geworden. Sie stellte sich an die Wand und lauschte. Nichts. Dann machte sich jemand an der Tür zu schaffen. Sie öffnete sich einen Spalt breit, und ohne hinzuschauen, schüttete Tess das Wasser aus dem Zahnputzbecher in Richtung Tür.

»Huch!« Es war Honour, und Tess glaubte, gut getroffen zu haben.

»Laß mich in Ruhe«, brüllte sie energisch und füllte den

Becher nach, für den Fall, daß noch jemand versuchte, hereinzukommen. Aber keiner kam. Das Haus war still. Kein Gelächter in der Küche, kein Bänkeschieben. Ihre Stimme war vom Schreien heiser, also wickelte sie sich in die Badematte und legte sich auf den Fußboden.

Sie blieb lange dort liegen. Ins Bett konnte sie nicht gehen, aus Angst, wieder zu versagen. Sie lag still und lauschte. Sie war gespannt, was passierte, wenn Jake zum Zähneputzen kam, und einmal wurde sie von der Toilettenspülung des Obergeschosses aufgeschreckt, die durch das Abflußrohr rauschte. Stunde um Stunde verging, doch niemand kam, um sich Gesicht oder Hände zu waschen oder sich hingebungsvoll das Haar zu bürsten. Die Badematte wärmte nicht, die Fußbodenkacheln waren hart. Tess faltete ein Handtuch zusammen und legte es unter ihren Kopf. Eigentlich hatte sie jetzt Zeit, das Badezimmer zu putzen, aber sobald sie daran dachte, was alle von ihr wußten, wurde ihr Herz starr, und ihr Mund verbiß sich in einem Schluchzen. Sie lag reglos da, bis draußen in der Dunkelheit ein Vogel zu singen anfing. Er sang so laut und klar, er hörte sich an wie ein Flötenspieler, der auf seiner Flöte trillerte und tirilierte. Tess richtete sich auf. Ihre Beine waren steif, und ihre Hüfte schmerzte vom harten Fußboden. Sie öffnete vorsichtig die Tür, für den Fall, daß ein stummer Wächter davorstand, und als sie sah, daß keiner da war, schlich sie auf Zehenspitzen in ihr Zimmer und kroch ins Bett. Odin lag neben Jake, hielt ein Auge offen und wartete auf sie, als hätte er sich die halbe Nacht um sie gesorgt.

Sie mußte geschlafen haben, denn sie wurde von Sandy geweckt, die im Nachthemd und mit zerzaustem Haar durch das Zimmer lief. »Du solltest uns wecken!« brüllte sie Melody entgegen und stieß die Tür zum Nachbarzimmer auf. »Mrs. Beddoes ist da und will uns zur Schule bringen.« Hüpfend und tanzend verschwand sie wieder.

Jake hängte die Beine über die Bettkante. »He, Sandy«, rief er, »du kleines Biest.« Aber da war sie schon weg.

Melody steckte den Kopf durch die Tür. »Aufstehen, ihr zwei«, sagte sie gähnend. Ihr Nachthemd klaffte auf und enthüllte zwei vollkommen runde Brüste.

Jake zog ein Gesicht und sprang vom Bett.

»Wo ist Mum?« fragte Tess. Das Laken unter ihren Beinen war diesmal trocken, aber ihr taten die Glieder weh, und ihre Augen waren krustig verklebt.

Jake blieb mit dem Kopf im Hemd stecken. »Sie sind ins Krankenhaus gefahren«, sagte er und knöpfte das Hemd über dem Kopf auf. »Sie hat gerade die Bratäpfel gebracht, als ihr was passierte.«

»Das Baby?«

»Was denn sonst?« Jetzt hatte er den Kopf durch die Öffnung bekommen und blickte sie an. »Sie fing an, sich zu krümmen.«

»Aber ich wollte doch nicht ...«, begann sie, um den Eindruck zu verwischen, daß sie geglaubt hatte, Francine hätte sich ihretwegen gekrümmt. »Aber ich wollte doch nicht ...«

»Mrs. Beddoes wartet«, rief Honour ins Zimmer. »Wenn ihr noch frühstücken wollt, müßt ihr euch beeilen.« Sie sah Tess im Bett sitzen und nickte ihr auffordernd zu. Man merkte nichts mehr von dem Wasser, das sie abbekommen hatte. Kein nasses Gesicht oder Haar, auch keine Anzeichen von Rachsucht.

»Ist gut.« Tess zitterte vor Hoffnung. Tränen schossen ihr in die Augen. Sie hatten es alle vergessen. Sie hatten sie und ihr schmachvolles Geheimnis vergessen. Und wenn sie ganz still war und kaum atmete, konnte es vielleicht sein, daß niemand mehr davon sprach.

Mrs. Beddoes hatte einen Kombiwagen mit drei Sitzreihen. »Hopp, hopp«, rief sie. »Ihr wollt doch nicht zu spät kommen. Ausgerechnet heute!« Sie lächelte so breit, daß ihre Augen zwischen lauter Fältchen verschwanden.

»Ist es schon...?« Tess verschluckte ihre Frage, während Mrs. Beddoes gerade nach Sandys Socken suchte, nachschaute, ob Doon ihre Gymnastikschuhe eingepackt hatte und Jake fragte, warum er seine Trompete nicht mitnahm, wenn er Musik hatte.

»Tess, ist alles in Ordnung?« wandte sich Mrs. Beddoes überraschend an sie und schaute ihr prüfend ins Gesicht. »Du siehst ganz...«

Tess erstarrte, und auch die anderen schienen die Luft anzuhalten. »Alles in Ordnung«, sagte sie. Sie erwiderte Mrs. Beddoes' Blick und sandte ihr ein kurzes, aber entschiedenes Lächeln.

»Gut!« Mrs. Beddoes stieß einen erleichterten Seufzer aus, und alle fünf kletterten in ihr Auto.

Mrs. Beddoes war eine Kollegin von Miss Glot. Seit fünfundzwanzig Jahren unterrichtete sie Eurythmie in der Unterstufe. Eurythmie war eine Art Tanz, bei dem man nur mit den Zehenspitzen auftrat. Man hielt sich an den Rhythmus und klatschte in die Hände, und nach einigen Jahren lernte man, das ganze Alphabet mit den Füßen zu tanzen. Auch die Arme wurden bewegt. Das A war ein kräftiger Stoß, das B war ein weiter Bogen, der die Finger zusammenführte und an der Brust enden ließ. Das F flackerte von einem fort wie ein Feuer, und für das S mußte man mit dem Fuß nach hinten scharren. Niemand in George House mochte die Eurythmie so recht, und falls doch, gab es keiner zu. Tess vermutete, daß es an den Eurythmieschuhen lag. Die Eurythmieschuhe waren grau und dünn wie aus Schlangenleder, und die Füße sahen in ihnen ekelhaft und platt aus. Wären sie rosa oder schwarz gewesen, mit Bändern oder einer Schleife verziert, hätte niemand etwas gegen sie gehabt.

»Mmmmh.« Mrs. Beddoes summte leise vor sich hin und lächelte die ganze Fahrt über. Geschmeidig schaltete sie in den dritten Gang.

»Haben Sie was von Dad gehört?« fragte Honour.

»Hat Daddy was vom Kreischsaal erzählt?« fragte Sandy.

Mrs. Beddoes lachte. »Ja, ja. Es gibt keinen Grund zur Sorge.« Sie zog ihr Kinn ein und drückte die Brust heraus.

»Aber ich meinte...« Honour wurde plötzlich ganz blaß. »Ich verstehe nicht...«

Ein Auto überholte sie und erntete einen strengen Blick von Mrs. Beddoes. »So etwas kann dauern«, besänftigte sie die Kinder. »Als euer Daddy, euer...« – sie drehte sich zu Tess und Jake um – »euer William anrief, gab es noch keine Neuigkeiten.«

»Kriegt denn Francine das Baby nicht mehr?« fragte Sandy, und Mrs. Beddoes tätschelte ihr den Kopf. »Geduld, Geduld. Es wird sich alles zeigen.«

Jake warf ein Papierkügelchen nach hinten. »Ich wette um fünfzig Pence, daß es ein Mädchen wird.«

»Aber Jake!« Mrs. Beddoes brauchte eine Weile, um ihr Lächeln wiederzufinden. »Wie ich schon sagte, es gibt keinen Grund zur Besorgnis.« Im Auto herrschte Schweigen, als sie an der Kirche nach links abbog und die letzte Steigung zur Schule hinauffuhr.

Mr. Paul sprach ganz langsam und ruhig und lächelte auf die gesenkten Köpfe der Schüler herab. Mit seiner tiefen Stimme versuchte er, die Kinder in seinen Bann zu ziehen. Aber die Geschichte war viel zu schrecklich – so schrecklich, daß Tess gar nicht hören wollte, wie Loki in eine Lade gesperrt wurde. Er hatte sich als Falke verkleidet, ohne jeden Grund; er war gefangen und in eine Lade gesteckt worden. Der Riese, in dessen Gewalt er geraten war, ließ ihn drei ganze Monate in der Lade schmoren. Er hatte nichts zu essen und nichts zu trinken und lag in seinem eigenen Schmutz, und als ihn der Riese endlich herausholte, war er zu schwach, um zu sprechen.

»Was ist mit dir, Tess?« Mr. Paul beugte sich über ihre Bank. »Fehlt dir was, meine Kleine?« Er gab ihr sein eigenes Taschentuch, damit sie sich die Tränen abwischen konnte. Bald darauf klingelte es, und sie wankte auf den Schulhof hinaus. Sie versuchte, nicht daran zu denken, wie sich ihre Mutter zusammenkrümmte, den Servierlöffel für die Bratäpfel noch in der Hand. Wollte sie sich mit Gewalt ablenken, fiel ihr nur Loki ein, der bleich und abgemagert in seiner Lade vor sich hin stank. Von jetzt an werde ich nicht mehr schlafen, nahm sie sich vor. Das passiert mir nicht noch einmal. Und sie wußte, daß sie keine andere Wahl hatte.

Tess ging hinaus, um die Hühner einzuschließen. Wenn es dunkel wurde, kamen die Füchse aus dem Wald. Ein Fuchs konnte so ein Huhn spielend zerreißen und nur zum Spaß in die Luft werfen. William hatte von einem Fuchs in Schottland erzählt, dem ein ganzer Hühnerstall zum Opfer gefallen war. »Er hat sie nicht einmal gefressen«, hatte er voller Abscheu gesagt. »Er hat nur aus reiner Mordlust getötet.«

Tess zog die Stiefel an. »Rebecca?« Jetzt bekam sie Angst. »Henrietta?« Die Hühner eilten auf sie zu, sie hockte sich hin, schnipste mit den Fingern und machte putt-putt-putt, um die Nachzügler anzulocken. Als letzter kam Chanticleer anstolziert, mit ausladenden, gemessenen Schritten stakste er durch das Laub. »Na, komm schon.« Aber Chanticleer war ein echter, geschniegelter Gentleman, sein blauschwarzes Gefieder glänzte, seine Brust war gewölbt wie ein Schiffsbug, und es gab nichts, was ihn zur Eile treiben konnte. Selbst sein Schnabel glänzte, und der hellrote, wackelnde Hahnenkamm war gezackt wie eine Krone. Die Rhodeländerküken waren rund und fett geworden und hatten ein braunfleckiges Federkleid bekommen, sie verloren graue Flaumfedern und badeten im Staub. Sie waren nicht so schlank und anmutig wie die Zwerghühner, und Tess fand sie bei weitem nicht so liebenswert. Händeweise Körner ausstreuend, lockte sie die Hühner in den Stall. Sie wartete gebückt und hielt den Atem an, um dem beißenden Gestank zu entgehen, während sich die Hühner pickend und scharrend in den Stall begaben.

»Zum Abendbrot könnt ihr haben, was ihr wollt«, verkündete Melody. William und Francine waren noch immer nicht zurückgekommen. Sandy und Doon umtanzten Melody und verlangten lautstark nach Pfannkuchen mit Ahornsirup. Sie hatte ihnen gerade von dem Tag erzählt, als ihre Mutter sie aus der Sekte entführt hatte. Abschließend waren sie direkt in den nächsten Imbiß gefahren und hatten Wurst und Schinken bestellt – und Pfannkuchen, die nur so von Sirup troffen.

Als alle saßen, faltete Sandy feierlich die Hände.

Die einen haben Fleisch und können's nicht beißen,
die anderen können's beißen und haben nichts.
Doch wir haben Fleisch, und wir können's beißen,
Und dafür sei gedankt dem Herrn des Lichts.

Alle klatschten, statt Amen zu sagen, und Sandy blickte stolz in die Runde. »Ich hab es für Daddy gelernt«, sagte sie und war plötzlich enttäuscht, als ihr wieder einfiel, daß William nicht da war.

Melody verteilte die Pfannkuchen, träufelte Zitronensaft darüber, bestreute sie mit Puderzucker, und Jake durfte seinen mit goldenem Sirup begießen. Beim Essen saß Odin neben Tess auf der Bank, Tess drückte ihn fest an sich, doch er miaute und versuchte, sich zu befreien. »Ich darf nicht einschlafen«, flüsterte sie in sein weiches Fell und bestaunte seine Haare, die aus verschiedenfarbigen Abschnitten bestanden. Doch dann entkam er ihr mit Gewalt, er fuhr die Krallen aus und hinterließ einen Kratzer auf ihrem Arm. Tess schnappte nach Luft vor Schmerz, und Odin warf ihr einen vorwurfsvollen Blick zu, der besagte: Selber schuld, daß du mich zu lange gestreichelt hast.

»Na, warte!« Sie wollte ihn am Nacken packen, aber er machte sich schlank und verschwand durch die Katzenklappe hinaus ins Dunkle. Ich darf nicht einschlafen, schärfte sie sich ein. Sie wickelte ein Geschirrtuch um ihren Arm und dachte daran, wie der Geruch des Klassenzimmers, die Wärme des durchfeuchteten Aquarellpapiers einschläfernd auf sie gewirkt hatte. »Möchtest du zu Miss Glot gehen?« hatte Mr. Paul sie aufgeschreckt. Und als sie verneinte, beugte er sich über sie und nahm ihr den Pinsel aus der Hand. Er tunkte ihn ins Wasser, so daß sich die Borsten glätteten und die Spitze ganz fein wurde. Sie malte an einem Falken, doch ihr Falke sah verschmiert aus, das Gefieder glich eher einem Pelz, bis Mr.

Paul ihn überarbeitet hatte: Jede Feder war jetzt einzeln zu erkennen, und die Federn überlappten sich wie die Schuppen eines Tannenzapfens.

»Entspannen!« mahnte William. Francine klammerte sich ans Bettgestell. »Bitte entspann dich, meine Kleine!« Er kniete neben ihr auf dem Boden und legte ihr die Hand auf den Arm.

»Geh weg.« Sie schlug nach ihm, er stand auf und wandte sich zur Tür, dann kehrte er um und wünschte sich sehnlichst, draußen auf dem Flur warten zu können. Sein Vater hätte ihn ausgelacht. »Du Idiot«, hätte er gesagt. »Wenn man Vater wird, setzt man sich in die Kneipe und raucht eine Zigarre.« Gab es nicht doch eine Möglichkeit, irgendwie zu verschwinden? Eine Schwester kam herein und schloß einen Monitor an. In einer kurzen Ruhephase zwischen den Wehen hörten sie den Herzschlag des Kindes, ein Rauschen und Sprudeln aus einer Unterwasserwelt. Dann wurde Francine kreideweiß, sie preßte die Augen zusammen und griff nach Williams Hand. Die Wehen waren wie das Meer, die Wogen rollten an und verebbten wieder, und er wünschte, sie würden über ihnen zusammenschlagen und sie fortspülen. Nicht einmal ein zweites Bett gab es, einen Ruheplatz für ihn, und als Francine, betäubt von Lachgas und Sauerstoff, kurz einnickte, war er fast neidisch auf sie, weil sie endlich für einen Moment zur Ruhe kam.

Die Stunden verrannen zäh, bis es wieder Nacht wurde. Er hielt ihr die Hand und lächelte ihr zu. »Na, komm«, flüsterte er. »Bring's hinter dich.« Er biß vor Ungeduld die Zähne zusammen, aber Francine wälzte sich unaufhörlich in Schmerzen. Felicity war kämpferisch gewesen. Nach der Entbindung von Doon hatte sie einen Karatekurs belegt. Doon, so winzig und zerbrechlich, wie sie war, hatte sie fast umgebracht, das winzige, faltige Etwas hatte einen Blutschwall ausgelöst, der jeden Hauch von Farbe aus Felicitys Gesicht verschwinden ließ. William hatte zugesehen, wie ihr die Schwestern die neugeborene Doon in den Arm legten, und mit Schrecken erlebt, wie sich Mutter und Kind aneinanderklammerten, als würden sie beide, verbunden durch ihre Liebe und den Blutverlust, miteinander sterben. Verlor er sie, verlor er alles. Sobald sich Felicity erholt hatte, lernte sie Karate, und gleich am ersten Abend traf sie Pete. Als William sie zusammen sah, waren sie in einen Kampf vertieft, trugen den roten und den gelben Gürtel, und als Sandy geboren wurde, hatte sich Felicity in ein durchtrainiertes Wesen verwandelt, das sich einfach auf die Unterlage kauerte und weder Hebamme noch Schwester brauchte. Inzwischen, dachte er, hat sie bestimmt den schwarzen Gürtel, und er stellte sich vor, daß sie wie eine Cherokee-Frau hinter einem Busch gehockt hatte, um Abraham zu gebären.

Francine begann zu weinen.

»Ich bin da, ich bin da.« William drückte ihre Hand.

Tränen liefen ihr übers Gesicht, und sie erzählte ihm, wie allein sie bei der Geburt von Tess gewesen war. »Victor war unterwegs, ich wußte nicht mal, wo, und ich habe gewartet und gewartet bis zur letzten Minute. Ich mußte mit dem Taxi ins Krankenhaus fahren, und als ich dort ankam, brüllte mich die Hebamme an, weil ich Jake mitgebracht hatte.« Sie hechelte, schwitzte, schlug mit der Faust gegen die Wand. »Was sollte ich denn machen? Und dann endlich…, als alles vorbei war, tauchte Victor wieder auf.« Sie preßte den Kopf ins Kissen, weil ein neuer Wehenschub einsetzte. »Wie ich ihn dafür hassen wollte!«

»Aber *ich* bin doch hier, Francine, siehst du nicht?« Es schien sie nicht zu beeindrucken. Sie nahm ihn nicht mehr wahr. »Ich muß mal raus...« Er gab der Hebamme ein Zeichen und ging hinaus auf den Flur. Der Flur war friedlich, schön sogar in seinen klaren Linien. Natürlich, dachte er und lehnte sich an die Wand, natürlich, ich kann jederzeit gehen. Er lief zum Telefon am anderen Ende des Flurs und bat Mrs. Beddoes, die Kinder ein weiteres Mal zur Schule zu bringen. Als er zurückkam, war Francine von weißbekittelten Pflegerinnen umgeben. Ihre Waden ruhten auf den Beinhaltern, Blut tropfte auf den Boden. Er schloß die Tür so leise wie möglich, aber Francine sah ihn und wandte den Kopf zur Seite. »Ist schon gut.« William nahm ihre Hand, und sie blickten sich fest an, als der Arzt eine silberglänzende Zange in sie einführte. William wollte sich zum Wegschauen zwingen. Er kam sich hinterlistig und falsch vor, aber das viele Blut faszinierte ihn auf seltsame Weise. »Nicht jede ist eine japanische Kriegerin«, hörte er sich sagen, und unter Francines gequältem Lachen wurde das Kind herausgezogen.

»Es ist...« Der Arzt tupfte und setzte eine Injektion, während die Hebamme das Baby hochhielt. »Sie haben ein Mädchen bekommen.«

»Ein Mädchen.« William traf es wie ein Schlag auf den Hinterkopf. »Ein Mädchen!« Er versuchte zu lachen. »Wir haben ein Mädchen gemacht.«

Das Baby schrie nicht. Es war in ein weißes Handtuch gewickelt und schien nur darauf zu warten, daß es zum Wiegen gebracht wurde. William ließ es sich in den Arm legen und spürte, wie leicht es war, ganz fleckig und faltig, die dunklen Augen schwammen in dem winzigen Gesicht, und William wurde plötzlich von Panik ergriffen, als würde ihn dieses hilflose, kleine Wesen endgültig überfordern.

Aber Francine wurde unruhig, sie versuchte, sich aufzurichten. »Wo ist sie?« Ihr Blick besänftigte sich, ihre Schultern waren breit und abfallend und schienen bereit, ihre schwer gewordenen Brüste zu halten. »Wo ist sie?« Ein zerrissenes Lächeln überzog ihr Gesicht. »Gib sie mir.« Sie streckte die Arme aus.

»Ich geh dann mal telefonieren.« William zog es fort. »Ich rufe die Schule an.« Er mußte mit Honour sprechen. Er mußte ihre klare, ernste Stimme hören. Er brauchte die Gewißheit, daß er sie aus dem Unterricht herausholen konnte, daß sie um die Rhododendroninsel herum zum Telefon im Lehrerzimmer rennen würde.

»Nein.« Francine hielt ihn am Arm fest. »Geh nicht weg.« Sie zwang ihn, dem Baby ins Gesicht zu sehen. »Sie sieht aus wie du. Eine Indianerin – mit calvinistischem Einschlag.«

William schnaubte. Das Baby war häßlich wie die Sünde. »Warum sehen meine Kinder immer aus wie ich? Die armen Biester.« Er zog die Mundwinkel nach unten.

»Bleib noch ein bißchen bei uns.« Francine ließ ihn nicht los. »Tu uns den Gefallen.« Und William hätte am liebsten zu heulen angefangen.

Tess hielt sich wach, indem sie sich kniff und bufft e. Als sie trotzdem einzuschlafen drohte, kroch sie aus dem Bett und ging ins Badezimmer. Sie betrachtete die vielen Zahnbürsten, Williams war ganz abgenutzt und borstig, die ihrer Mutter sah blaßviolett und seidig aus, und das Bündel der kleineren Zahnbürsten war mit Zahnpasta verschmiert, Rosmarin und Fenchel, sie mußten dringend gesäubert werden. Nur Melodys Zahnbürste war buntgestreift und neu. Vielleicht blieb jetzt Zeit, das Fensterbrett abzuwischen und das Waschbecken zu putzen. Aber statt mit der Arbeit zu beginnen, wickelte sich Tess in ein Handtuch und setzte sich auf den Fußboden.

»Tess, was soll denn das?« Jake stand über ihr, sein Gesicht war zerknautscht vom Schlaf.

»Ist es schon Morgen?«

»Nein«, sagte er und tappte zurück ins Bett.

Ihre Kniegelenke knirschten, als sie aufstand, um in der Küche auf die Uhr zu schauen. »Geh ruhig und gelassen durch Lärm und Hast, gedenke des Friedens, der in der Stille liegt.« Die *Desiderata* hingen noch über dem Herd, das Papier war wellig und gebräunt. Tess ließ den Blick über die vertrauten Zeilen wandern und las die letzte: »Laß Vorsicht walten und strebe nach deinem Glück.« Sie atmete tief durch. Es war erst halb drei Uhr morgens. Sie zog den Mantel über und öffnete die Tür zum Hof. Der Nachtfrost hatte den Garten mit Reif überzogen, der Vollmond tauchte ganz Wildland in ein gespenstisches Licht. Tess fragte sich, ob ihre Mutter es aushalten würde, wenn sie sich weigerte, ihr ins Gesicht zu sehen. Da sah sie Odin auf Lupins Käfig balancieren. Mit dem Schwanz hielt er das Gleichgewicht, und als er sich zu ihr umdrehte, war sein Maul mit Blut verschmiert. »Odin!« rief sie und preßte die Hand vor den Mund. Odin schob den Kopf durch einen Spalt und holte ein Meerschweinchen heraus. Der Bauch des Meerschweinchens war bis zur Kehle aufgerissen. Odin warf ihr einen Blick aus gelbleuchtenden Augen zu, ließ Lupin fallen und lief hinkend davon.

Als Tess aufwachte, hörte sie Doon draußen vor dem Fenster weinen, aber im Moment war am wichtigsten, daß das Laken trocken geblieben war. »Es war bestimmt der Fuchs«, hörte sie Honour sagen. »Er hat nur vier umgebracht, da haben wir noch Glück gehabt.« Während Honour ihre Schwester zu trösten versuchte, zählte Sandy immer wieder nach, wie viele Meerschweinchen noch am Leben waren.

Doon weinte den ganzen Weg zur Schule. »Hast du vergessen, den Käfig zu schließen?« fragte Mrs. Beddoes einfühlsam. Doon senkte den Kopf auf die Knie und schluchzte.

»Das muß ja ein echt bösartiges Vieh gewesen sein«, sagte Jake mit Häme. »Eine Art Meerschweinchenvampir.« Tess hielt den Atem an. »Reißt ihnen die Herzen aus und trinkt ihr Blut.«

»Hör auf«, versuchte ihn Tess zu bremsen. »Bitte, Jake!« Sie blickte ihn mit großen Augen an, um ihn zu warnen. Bis Mrs. Beddoes dramatisch seufzte und sagte: »Jetzt ist's genug, Jake.«

William hatte den Lieferwagen neben der Wunschpforte geparkt, und die Kinder sahen ihn warten, als sie den Schulhof durch die Pforte verließen. Tess wünschte sich immer dasselbe, sie blieb kurz stehen, kniff die Augen zusammen und murmelte leise ihren Wunsch. William winkte den Kindern zu.

»Mach schon«, drängte Honour hinter ihr. »Laß mich durch.«

»Wo ist Mum?« fragte Jake und schob Honour vor sich her. Tess wußte, daß sie eigentlich Angst haben mußte. Wo war Francine, und warum stand William so still?

»Daddy!« Doon und Sandy rannten auf ihn zu, zerrten an ihm und umschlangen seine Beine. Aber er blickte über sie hinweg, hielt Ausschau nach Honour und breitete die Arme nach seiner ältesten Tochter aus.

»Du hast ein Schwesterchen bekommen«, sagte er zu ihr, doch es hörte sich an, als wollte er sich dafür entschuldigen.

Tess ging in die Luft vor Freude. Sie hatte eine Schwester. Eine eigene Schwester. »Das hab ich mir immer gewünscht.« Sie wollte William in die Arme fliegen, ihm zeigen, wie sehr sie sich freute, aber er war schon von seinen eigenen Kindern umlagert.

»Wir haben sie Eve genannt.«

Für einen Moment wurde es still. Von Eve war nie die Rede gewesen, aber so konnte Tess den Namen Eliza wenigstens behalten.

»Das war die erste Frau«, sagte Honour.

»Klar«, sagte Jake und warf William einen eiskalten Blick zu. »Und hoffentlich die letzte.« Er öffnete die Hecktür des Lieferwagens und sagte beim Hineinklettern: »Honour, du schuldest mir fünfzig Pence.«

Als sie nach Hause kamen, war Francine nicht da. »Sie muß noch ein paar Tage im Krankenhaus bleiben.« William strich ihren Namen vom Dienstplan. »Jake«, sagte er. »Du hilfst heute beim Abendessen.«

Jake stand auf der Schwelle und rief Odin. Er schwenkte eine Dose Katzenfutter, aber Odin ließ sich nicht blicken.

William stand vor dem Dienstplan. Er hatte die Hände in die Hüften gestützt und sah aus, als wüßte er nicht weiter. »Jake«, begann er schließlich und holte tief Luft.

Jake drehte sich zu ihm um, die geöffnete Dose in der Hand.

»Es ist – nur...« William suchte nach den passenden Worten für das, was er zu sagen hatte. »Ich glaube, es ist das beste, wenn Odin verschwindet.«

»Nein«, sagte Jake.

»Was heißt nein? Kapierst du nicht? Ich dachte, es wäre das beste für alle, für die anderen Tiere und für die Kinder, wenn ein so bösartiges Tier wie dein Kater von hier verschwindet.«

»Ich lasse ihn nicht weg.« Jake umklammerte die Dose mit Katzenfutter und drückte den schartigen Deckel an die Brust.

William stieß einen genervten Seufzer aus. »Ich hab ihn heute nachmittag auf eine Farm gebracht. Dort wird er sich wohl fühlen. Das ist für alle das beste.« Er wandte sich ab und ging zur Speisekammer, um zu sehen, was zum Abendessen da war.

Jake stand erstarrt in der Tür, von draußen wehte die Kälte herein. »Das kannst du nicht machen«, sagte er. »Odin gehört mir.«

William antwortete nicht. Man sah nur seine Beine und seinen gebeugten Rücken. »Mach die Tür zu, Jake. Es zieht fürchterlich.«

Jake stand wie angewurzelt. Tess sah, wie es in ihm arbeitete, sie empfand das lähmende Gefühl seiner Ohnmacht, sie konnte sein Entsetzen nachfühlen – so sehr, daß sie unfähig war, ihm die Dose mit dem Katzenfutter aus der Hand zu nehmen. Jake ging an den Tisch, stellte die Dose ab und verließ auf leisen Sohlen die Küche. William hatte Odin umbringen lassen. Tess wußte es genausogut wie Jake. Auch der letzte Idiot hätte sofort begriffen, daß die Farm nicht existierte.

William nahm zwei Büchsen mit Erbsen und eine Packung Reis aus dem Regal und drehte sich um. »Eines Tages«, sagte er mit strahlendem Lächeln, »besuchen wir Odin und werden sehen, wie glücklich er in seiner neuen Heimat ist.« Er hatte nicht bemerkt, daß Jake verschwunden war. Niemand schaute ihn an, und Doon, die geduckt am Herd stand, blickte angespannt zu Boden.

Tess zog das Tischdecken so lange hin wie nur möglich. Penibel richtete sie die Messer und Gabeln aus, die Löffel plazierte sie quer dazu. Sie füllte den Wasserkrug und polierte die Gläser mit dem Ärmel. Als es absolut nichts mehr zu tun gab, ging sie zu ihrem Zimmer und öffnete die Tür. »Jake?« Erst dachte sie, er wäre nicht da, dann sah sie ihn im Bett liegen, die

Decke bis zum Kinn hochgezogen. Dort, wo Odin sonst lag, war eine Kuhle. Jake blickte mit weit geöffneten Augen ins Leere.

»Ich bringe ihn um«, sagte er. Dann verzog sich sein Mund, er warf sich auf den Bauch und begann zu schluchzen.

Tess versuchte, ihn zu trösten. Sie stellte sich auf die Leiter und strich ihm übers Haar. »Hau ab!« brüllte er und schlug um sich.

Jake kam nicht zum Essen, und niemand fragte nach ihm. Die Kinder aßen schweigend, Doon würgte an einem Happen Reis. »Du sollst den Reis hundertmal kauen«, wurde sie von William ermahnt.

Melody legte die Gabel hin. »Was ist denn mit euch los?« Sie wußte nichts von Odin und der Farm. Sie stieß William an und lächelte anzüglich. »Es heißt, nur die potentesten Männer kriegen so viele Töchter.«

William schlug ihr vor, mit einem Glas Wein auf das Ereignis anzustoßen. »Ich bin so erschöpft«, meinte er, und nach dem ersten kräftigen Schluck ließ er theatralisch den Kopf auf die Brust sinken.

»Unser Obermacker«, rief Melody. »Komm, das wird dich munter machen.« Sie griff zur Flasche und goß sein Glas voll bis an den Rand.

Tess wußte, daß Jake wach lag. »Gute Nacht«, flüsterte sie. Er war auffällig still und sprang plötzlich mit einem Satz aus dem Bett. »Komm«, sagte er.

Sie freute sich, daß es einen Grund zum Wachbleiben gab. »Wohin?« flüsterte sie, als Jake sich hastig anzog.

Jake öffnete die knarrende Hoftür. Er warf keinen einzigen Blick auf die Meerschweinchen, die alle siebzehn sicher in ihrem Käfig verwahrt waren. Tess beeilte sich, ebenfalls mit gesenktem Kopf, und blieb dicht hinter ihm. Er führte sie am Hühnergehege vorbei, durch den Wildwuchs und hinaus auf die Straße.

»Jake...« Sie versuchte, ihn zurückzuhalten. Es war kalt, und der Himmel war schwarz wie Tinte.

»Komm!« Er streckte die Hand aus, und schweigend liefen sie bergab, an der Telefonzelle vorbei, dann am Bach entlang. Sie durchquerten den Schatten der Eibe, deren knorriger Stamm im Dunkeln noch gespenstischer wirkte, und beeilten sich, zum Golfplatz zu gelangen. Dort schien es nicht ganz so finster zu sein, der Rasen glitzerte wie ein Fluß, eingerahmt vom Ufer aus Farnkraut. Die Farnblätter waren eingerollt und mit Laub bedeckt, unter den faulenden Stengeln warteten schon die grünen Triebe. Tess warf einen Blick in die Senke mit dem schwarzen Umriß des Jenkinshaw-Hauses. Jake steuerte direkt darauf zu, er watete durch den Farn und hinterließ eine Trittspur, in der ihm Tess nachfolgte. Als er die Klinke des Tors berührte, schlug der Hund an. Tess zog Jake am Ärmel, und er trat einen Schritt zurück. Der Hund knurrte ein letztes Mal, dann war es wieder still. Sie standen und schauten hinauf in die glitzernden Sterne. Tess fragte sich, warum sie nicht jede Nacht hierher kamen. »Wetten, daß ich mich traue?« flüsterte Jake und las einen Stein auf. »Nein!« Tess wollte ihn bremsen, aber er hatte ihn schon geworfen, über den Zaun und in das Fenster neben der Tür. Das Fenster zerkrachte mit einem solchen Knall, daß selbst der Hund erschrak und eine ganze Weile brauchte, bis er zu bellen anfing.

Jake packte Tess bei der Hand und rannte los. Sie rannten blindlings durch das Unterholz, stolperten über Stubben und Wurzeln, und als sie endlich an der Telefonzelle zum Stehen kamen, waren ihre Hosenbeine steif und durchnäßt. Stumm hasteten sie den Berg hinauf, stumm zogen sie sich aus und kletterten ins Bett zurück.

Als Tess am Morgen aufwachte, schlug ihr das Herz bis zum Hals. Und als sie aus dem Bett stieg, um ihr Laken zu begutachten, sah sie, daß Jake seine Decke zu einem katzenähnlichen Knäuel gefaltet und an die Brust gedrückt hatte.

Ich wander, ich wander, ein Kind in der Nacht
Und bringt eine Kerze, die dich sehend macht.

Unter Gesang führte William die Kinder in die Küche zur Begrüßung von Eve. Francine saß auf dem Stuhl, das Baby im Arm, und lächelte stolz und zufrieden.

»Wer darf sie zuerst im Arm halten?« fragte William, und Francine suchte unter der Kinderschar nach Tess.

Tess richtete den Blick fest auf das Baby. Sie wollte es in den Arm nehmen, was nicht hieß, daß sie Francine verzieh. Tess mußte sich auf den Lehnstuhl setzen, nahe dem Herd bei der Wärme, und als sie bereit war, legte ihr Francine das Baby in den Arm. Eve war in eine flauschige Lammfelldecke gewickelt und trug ein winziges Häkelmützchen. Eves Gesicht sah aus wie eine Blume, und Tess erkannte sofort, daß sie eine von ihnen war. Sie hatte keine Ähnlichkeit mit William und auch nicht mit seinen Töchtern, und als Eve die Augen aufschlug, blickte sie genauso wie Francine.

Danach durfte Doon das Baby halten, dann Sandy und Honour. Schließlich nahm es Melody, legte es an ihre Schulter und schritt durch die Küche.

»Jake?« Francine wollte ihm Eve bringen, aber als er sie kommen sah, zog er sich auf den Flur zurück. »Ist was?« Francine schaute William fragend an.

William tätschelte ihr lächelnd die Schulter. »Er ist durcheinander. Das ist ganz normal. Ein bißchen angekratzt, weiter nichts.« Francine war dankbar für die einfache Erklärung und vertiefte sich wieder in Eves Anblick.

Neuerdings kletterte Jake nach der Schule sofort in sein Bett. Er lag flach auf dem Rücken und starrte an die Decke. Vielleicht hat William doch nicht gelogen und Odin wirklich auf eine Farm gebracht, dachte Tess. Aber mußte er nicht zugeben, daß er ihn umgebracht hatte, sobald sie auf dem versprochenen Besuch bestanden? Den Gedanken, daß er zu stottern anfing, nach einer Ausrede suchte, ertrug sie nicht. Denn dann würde zur Gewißheit, ein für allemal, daß Odin umgekommen war.

»Ach, Jake«, seufzte Tess. Aber ihr fiel nichts ein, was sie ihm sagen konnte. Statt dessen schrieb sie:

Lieber Dad,
Henrietta legt jetzt wieder Eier. Ob sie wirklich dachte, es wären ihre Küken gewesen, kann keiner wissen. Mum hat das Baby bekommen, und es hat den Namen Eve. Das ist ein Glück, weil ich den Namen Eliza sowieso nicht hergeben wollte. Danke für das Buch.

Deine Tess

P. S. Jake hat schlechte Laune. Kannst Du…

Aber ihr fiel nichts ein, womit man ihm helfen konnte, also strich sie die letzten zwei Wörter durch.

Victor hatte ihnen sein Buch geschickt. »Ja, wer hätte das gedacht?« rief William und konnte es kaum erwarten. »Der große Meister hat sich endlich zu Wort gemeldet.« Er langte über den Tisch, nahm es Jake aus der Hand, drehte es um, drückte mit dem Daumen den Rücken platt und begutachtete den glänzenden Umschlag mit dem graukörnigen Foto. Das Foto zeigte eine weibliche Taille. »Na, dann wollen wir mal das Beste hoffen.« Er schlug eine beliebige Seite auf und begann zu lesen. »›Seine Hoden waren picklig wie Hühnerhaut und schaukelten viel zu tief zwischen seinen Beinen.‹« William stockte der Atem, dennoch las er weiter. »›Ihnen fehlte jede Spannkraft, und plötzlich sehnte sich Cherry nach dem strammen Sack, dem dicken, seidig glatten Schwanz zurück, den sie aufgegeben hatte, als sie Kim verließ.‹« William klappte das Buch mit einem leisen Knall zu.

»Ein nettes Bild.« Francine beugte sich über seine Schulter, starrte angestrengt auf Victors Schwarzweißfoto und verbiß sich das Lachen. »William, du wirst ja rot!«

»Ich bin eben provinziell«, zischte er, nahm eine Scheibe Toast unter dem Handtuch hervor und bestrich sie mit Butter.

Francine beugte sich über Tess' Bett und roch am Laken. »Tess?« Sie richtete sich erschrocken auf und stieß sich mit dem Kopf an Jakes Bett. »Ich wollte nur wissen, ob du zurechtkommst.«

Tess blickte starr auf Melodys Tür. »Ich weiß nicht, was du meinst.« Aber in ihrer Brust nagte es.

Francine kam mit ausgebreiteten Armen auf sie zu.

»Ich muß nach den Hühnern sehen.« Tess wich ihr aus und rannte aus dem Zimmer.

Sie hockte sich zwischen die pickenden Hühner und versuchte, sie zu streicheln. Die Flügel sahen weich aus, in Wirklichkeit waren sie knochig, und die Hühner pickten Tess mit harten Schnäbeln in die Finger. Der Kloß in ihrem Hals wurde dicker und dicker, und obwohl sie sich dagegen wehrte, tropften Tränen auf die Erde. Francine hatte so erschrocken und verständnislos ausgesehen, und als Tess ihr auswich, war ihr der dicke Milchfleck auf der Bluse aufgefallen. Tess schnipste mit den Fingern und lockte Henrietta an. Henrietta war ihr hellbraunes Lieblingshuhn, und als sie es an sich drückte, mußte sie daran denken, wie anschmiegsam Odin gewesen war. Er konnte mit einem reden, er konnte einem sagen, was er dachte, und mochte es überhaupt nicht, wenn man weinte. Auf dem Bett hatte er sich an sie gekuschelt, er hatte miaut, geschnuppert und Haschen gespielt, und jetzt lagen sie und Jake allein da, jeder für sich, und mußten sich gegenseitig trösten.

Tess schlief wieder regelmäßig, so leicht, daß sie mehrmals in der Nacht hochschreckte. Sie fühlte sich ausgelaugt und abgehärtet zugleich, ihre gesamte Energie verwandte sie auf die Nacht. Nie wieder, schwor sie sich, nie wieder. Sie hatte kaum noch Zeit für Thor und Loki, und manchmal vergaß sie sogar Ragnarök. Sie trug Woche um Woche dasselbe Nachthemd, nur um es sich zu beweisen, und die Mutter blickte ihr traurig nach, wenn sie zum Singen nach oben ging.

Eve war kein bequemes Baby. Sie wurde den ganzen Tag gestillt, und in der Nacht schrie sie. »Hör mal«, sagte William zu Francine, als sie mit der schreienden Eve auf und ab ging. »Wird es leichter für dich, wenn ich dich vom Dienstplan streiche?«

Francine antwortete nicht. Eve schrie ihr viel zu laut ins Ohr.

»Ich übernehme ihre Arbeiten«, bot Melody lächelnd an. Tess fiel auf, daß sie eine neue Art hatte, sich das Haar zurückzustreichen. Sie half William bei der Theatergruppe, und für das Stück *Hiob* hatte er sie zu seiner Regieassistentin ernannt. »Warum ich, o Herr, warum gerad' ich?« riefen sie sich lachend zu, quer über den Tisch, und seine Töchter lachten mit, als wären sie in seine Witze eingeweiht. Francine schien verwirrt und versuchte zu lächeln. Liebend gerne hätte sie Tess getröstet, aber es war nicht möglich. Und Tess hätte sich ebenso gern zu ihr gesetzt, den Kopf in ihren Schoß gelegt. Doch da Francine nicht mehr auf ihrer Seite stand, konnte sie nichts für sie tun.

William organisierte wieder eine Fahrt nach London. »Diesmal wird alles besser geplant«, sagte er zu Francine. Sie hob das Hemd und stillte Eve. »Ich habe mir alles genau überlegt.« Die Fahrt sollte am letzten Tag vor den Osterferien stattfinden, er würde die drei Kinder mitnehmen und in den Zug nach Edinburgh setzen. Honour war inzwischen alt genug, um bis zur Ankunft in Edinburgh auf ihre jüngeren Schwestern aufzupassen, und dort konnten sie von Felicity in Empfang genommen werden. »Und noch etwas...« Jetzt kam sein Meisterstück. »Ich dachte, daß Victor vielleicht Tess und Jake nehmen könnte.«

»Victor? Du meinst über Nacht?«

»Du brauchst Erholung«, drängte er sanft. »Und die sollst du haben. Melody fährt mit mir, dann bist du ganz allein.«

»Ich will nicht ganz allein sein.« Plötzlich standen ihr dicke Tränen in den Augen. »Und überhaupt: Wollte Melody nicht zurück nach Amerika?«

»Nein, dieses Jahr noch nicht.« Er lächelte überlegen und ließ sich nicht von seiner Idee abbringen. »Na, komm schon! Du hast es dringend nötig. Du kannst dich ganz dem Baby widmen.« Er streckte nervös die Hand aus, um ihr über die Wange zu streichen, und als sie sich wegdrehte, verlor Eve die

Brustwarze. Eve schmatzte ins Leere, schluckte Luft und gab ein verzweifeltes Gurgeln von sich. Dann fing sie an zu schreien.

Victor und Min lehnten am Geländer, aßen Gummibärchen und ließen die Reisenden an sich vorbeiströmen. »He!« rief Victor und winkte. Jake rannte los, Tess hinter ihm her, an seinen Mantel geklammert. »Hallo!« sagte Victor und bot ihnen Gummibärchen an.

Noch nie hatte man Jake schüchtern gesehen. Doch heute saß er im Taxi und studierte verlegen seine Schuhe. »Wir dachten, wir fahren zu Min«, sagte Victor, und das Taxi kurvte und schlenkerte durch die Gassen, bis sie völlig durchgerüttelt waren.

Min wohnte in einem schmalen Haus, dessen Rückseite an einen Kanal grenzte. Das Wasser war dunkelbraun, schillernde Ölschlieren zogen sich über die leblose Oberfläche. In Mins Haus ging es durch mehrere Türen, und eine war so schmal, daß Victor die Schultern zur Seite drehen mußte, um durchzukommen. Das erste Zimmer war das Badezimmer, aber statt weiter die Treppe hochzusteigen, winkte Min alle hinein. »Wollt ihr meine Aale sehen?« Ihre blassen Augen glitzerten, und Tess und Jake folgten ihr ins Bad. Die Aale lagen auf dem Grund von Mins Badewanne, ineinander verschlungen wie glitschige Fahrradschläuche, dazwischen die schlanken Köpfe mit dem spitzen Mäulern. Das wenige Wasser war verdreckt und trübe, und an den Schmutzrändern sah man, daß es einmal höher gestanden hatte. »Sie könnten Wasser brauchen«, sagte Min und drehte den Kaltwasserhahn auf. Die Aale zuckten und machten Schlängelbewegungen, die vom Kopf bis zum Schwanz gingen, so daß Tess unwillkürlich zurückwich und ihrem Vater auf den Fuß trat. »Die sind ja lebendig!« rief Jake, und plötzlich sah Tess das Essen im Pie and Mash vor sich, als es Aal gegeben und Min an ihrem dicken Stück herumgesäbelt hatte.

Jake beugte sich tiefer über die Wanne. »Was machst du, wenn du baden willst?« fragte er, aber Min war schon auf dem nächsten Treppenabsatz, sie zwitscherte und machte leise Kußgeräusche. »Da bist du ja!« Sie nahm ein kleines behaartes Tier hoch und setzte es auf ihre Schulter, ein langer rosa Schwanz hing über ihre Brust.

»Ist das eine Ratte?« Jake war beeindruckt. »Darf ich sie mal nehmen?«

»Er heißt Sally«, sagte Min und reichte Jake die Ratte. »Ich dachte, er wäre ein Mädchen.«

»Wie konntest du nur?« rief Victor lachend. »Sieh doch mal die dicken Eier.«

»Da war er doch noch ein Baby!« Min blickte Victor so böse an, daß er zum Scherz den Kopf einzog.

Sally war weiß und schwarz gescheckt wie eine Kuh. Er hatte einen langen stachligen Schnurrbart, und seine Nase machte einen pfiffigen Eindruck. »Er ist sehr intelligent«, versicherte Min, »und absolut sauber.«

»Und wenn man ihn nicht früh um sieben füttert, rennt er einem über das Gesicht.«

»So?« Min warf Victor einen eiskalten Blick zu.

»Ich fände das toll«, sagte Jake.

Min schmierte Schinkenbrote und schenkte ihnen Pfirsichsaft ein, der dick wie Kartoffelsuppe war. Victor verfolgte jede ihrer Bewegungen mit verliebten Blicken, aber Min machte keine Anstalten, ihm zu vergeben, was immer er gesagt oder getan haben mochte. Ein paarmal trat sie ihn im Vorbeigehen, worauf er zwar zusammenzuckte, aber nichts erwiderte. Tess machte sich Sorgen um ihn. Für Georgina hatte er nicht so geschwärmt, dabei hatte sie ihn nie getreten oder ihm auch nur widersprochen. Aber dann hatte sie sein Auto beschädigt. Tess fragte sich, ob sie jedesmal, wenn das Auto frisch lackiert war, zurückkam und von neuem das schöne Metallicblau zerkratzte.

Sie gingen zusammen in eine riesige Zoohandlung. Der Besitzer nickte Min freundlich zu, und obwohl er klein und pockennarbig war und aussah wie eine Rennmaus, bedachte Victor ihn mit einem argwöhnischen Blick. Und während sie sich an Vögeln, Mäusen und Aquarien vorbeischoben, legte Victor die Hand auf Mins weißen Nacken. Min wies ihn zurück, schon sanfter, und als sie die Käfige mit den Ratten erreichten, griff sie nach seiner Hand. Die Ratten waren zumeist noch klein und durchweg schwarzweiß gescheckt. »Das sind Sallys Verwandte«, sagte Min, holte Sally unter dem Pullover hervor und ließ ihn schnurrbärtige Küsse mit seinen Anverwandten tauschen.

Die Nacht verbrachten sie auf den beiden zerschlissenen Sofas in Mins Wohnzimmer. Sie wickelten sich in die staubigen Decken und zogen sie bis zum Kinn. Über sich hörten sie das Knarren der Dielen und die tiefe, gedämpfte Stimme ihres Vaters, dann plötzlich Mins leise Schreie. Tess wachte in der unvertrauten Dunkelheit auf und hörte ihren Vater die Treppe hinabsteigen, dann mit den Türen klappen, die auf die Straße hinausführten.

»Wo ist Dad?« fragte Jake am Morgen.

Tess räkelte sich verschlafen und drehte sich noch einmal um. »Weg.«

Auch ohne ihn war es schön bei Min. Sie bekamen Saft ans Sofa gebracht und durften Sally mit Krümeln locken, von einem Sofa zum anderen zu springen. Min legte Platten auf, und sie amüsierten sich über die von alten rauchigen Stimmen gesungenen Lieder.

Say up in Harlem got a table for two
There were four of us. Me, your big feet and you.

Erst als Tess aufstand, um zu tanzen, fiel ihr mit einem Schreck das Bettnässen ein. Aber alles war warm und trocken, und ihr wurde so leicht und froh ums Herz, daß sie durchs Zimmer tanzte wie eine Verrückte.

Your feet's too big,
Don't want you 'cause your feet's too big,
Can't use you 'cause your feet's too big,
I really hate you 'cause your feet's too big.

»Yes, Sir!« Jake und Min jauchzten vor Vergnügen. Tess stampfte mit den Füßen und wirbelte im Kreis, daß sich ihr langes weißes Nachthemd bauschte wie ein Segel.

Als der Pfirsichsaft alle war, wuschen sie sich Gesicht und Hände am Waschbecken neben der Wanne mit den Aalen und gingen los, um Victor zu besuchen.

»Er arbeitet am liebsten nachts«, erklärte Min. Auf ihr Klingeln kam er die Treppe herunter; er wirkte verstört, als hätten sie ihn aus einem Trancezustand aufgeschreckt.

»Frühstück«, sagte Min und gab ihm einen zärtlichen Klaps. »Oder willst du, daß dir Sally übers Gesicht läuft?«

Victor zog Min an sich und drückte sie so fest, daß er wie unter Schmerzen die Augen schloß. Und Tess begriff, daß er die zärtlichen Momente schnell auskosten mußte, wenn er etwas davon abbekommen wollte.

»Wohin gehen wir?« fragte er und lockerte seinen Griff.

Weil Min Fleisch zum Frühstück mochte, setzten sie sich in ein leeres Café und aßen Kebab auf Reis. »William braucht es ja nicht zu wissen«, flüsterte Jake zu Tess hinüber, als sie ratlos auf das blutigrosa Fleisch starrte. Und ermutigt von Min und Victor biß sie zu.

Victor nahm sie mit in eine Buchhandlung. Da es Sonntag war, mußten sie laut an die Tür hämmern. »Ralph!« brüllte Min und formte die Hände zum Trichter.

»Er heißt Wilf, du Volltrottel!« rief Victor. Sie lehnten sich an die Tür, und ihre Schultern zuckten vor Lachen.

»Wilf!« riefen sie nun mit vereinten Kräften, nur Victor stellte sich vors Fenster und warf seine Zigarettenschachtel. Sie traf daneben, prallte von der Hauswand ab und flog zu ihm zurück.

Endlich ging die Ladentür auf. Tess trat ein paar Schritte zurück, sie rechnete damit, daß es Krach geben würde, aber Wilf war ein freundlicher Mann. »Was soll der Lärm?« fragte er. Er war dick, trug einen riesigen Schlabberpullover und Hosen, die ihm tief unter den Bauch gerutscht waren.

»Wir brauchen Bücher«, erklärte Victor, und sie traten alle ein.

Wilf beäugte Tess und Jake mißtrauisch. »Das sind doch nicht etwa seine Kinder?« fragte er Min.

Sie zuckte die Schultern und studierte weiter die Buchtitel in den Regalen, als wäre sie die Verschwiegenheit in Person.

Jake wollte einen Comic. *Spiderman* oder *Batman*. Tess wurde beklommen zumute, weil er damit zu verraten schien, daß er nicht lesen konnte. »Comics führen wir nicht«, sagte Wilf. »Aber weißt du was? Irgendwo hab ich noch welche rumliegen.« Er zwinkerte ihm zu. »Eine gute Wahl. Ein Mann mit Geschmack. Will mit diesem Literaturkram nichts zu schaffen haben«, sagte er und donnerte die Treppe hinauf.

Am Abend mußten sie zurück zum Zug. Min hatte ihnen Geschenke gekauft. Ein Buch für Tess, in dem ein Mädchen vorkam, das wirklich in der Wildnis aufwuchs. *Ein kleines Haus in der Prärie,* las sie und strich über den glatten Einband. Jake bekam eine Ratte. »Das ist Sallys Urenkel«, sagte sie. Er war ebenso gescheckt, hatte winzige Glitzeraugen, und es fühlte sich warm und krabbelig an, als er an Jakes Arm hinaufkletterte.

»Er soll Nin heißen«, sagte Jake und küßte ihn auf die Nase. »Können wir euch bald wieder besuchen?« Er stellte sich neben seinen Vater und maß sich an dessen Größe.

Victor scharrte mit dem Fuß. »Tja, ich weiß nicht. Ich fahre nämlich nach Amerika, reise viel rum, spreche über mein Buch, lese daraus.« Er sah bedrückt aus. »Das wird sicher ein Affentheater«, meinte er, und dieser Gedanke schien ihn aufzuheitern. »Im Moment weiß ich nicht, wie lange ich bleiben werde.«

Jake wirkte wie erstarrt. »Aha«, sagte er nur, und Tess glaubte, er würde anfangen zu weinen. Statt dessen sagte er nur »husch« zu Nin und schob ihn in die geschützte Höhle seines Ärmels. Ohne sich noch einmal umzudrehen, stieg er in den Zug.

»Fährst du auch mit?« Tess lehnte sich aus dem Fenster. Aber Min hob nur ihre sorgfältig gezupften Augenbrauen und trat Victor gegen das Schienbein. »Macht's gut!« rief Tess und winkte, als sich der Zug in Bewegung setzte. »Jake, was ist?« fragte sie nach hinten gewandt. Aber Jake hatte London schon den Rücken gekehrt. »Macht's gut!« rief sie noch einmal und winkte für zwei, bis Min und Victor verschwunden waren.

Wie sollen wir das aushalten, dachte Tess, wenn wir das nächste Mal nach London kommen, und Victor ist nicht da? Kein Pfirsichsaft, kein Tanz, weder Sally noch Min. Sie saß Jake gegenüber, blickte aus dem Fenster und wartete, daß die offene Landschaft begann. Nach Clapham Junction wurden die grauen Hoffassaden allmählich von grünen Gärten abgelöst, die Feuerleitern verschwanden, und an die Stelle der Drahtzäune traten Hecken.

»Na los«, sagte Jake und lümmelte sich ins Polster. »Erzähl mir noch 'ne Gruselgeschichte. Ich hab nichts dagegen.«

Tess schloß die Augen. Sie sah Mr. Paul vor der Klasse stehen, und schon befiel sie dieses seltsame Frösteln, das er mit seiner Erzählung von Loki in ihr ausgelöst hatte. Loki war so ruchlos und verschlagen, daß die Götter beschlossen, seinem Treiben ein Ende zu setzen. Sie fesselten ihn mit den Gedärmen seines eigenen Sohnes, verschleppten ihn in eine Höhle und setzten ihn unter eine giftige Schlange. Die Schlange ließ ihr Gift auf sein Gesicht tropfen, und jedesmal, wenn ihn ein Tropfen traf, wand er sich vor Schmerz. Aber sein treues Weib Sigyn ließ ihn nicht im Stich. Sie stellte sich neben ihn und fing das Gift in einer Schale auf, so daß es ihm nur dann das Gesicht verbrannte, wenn sie beiseite trat, um die Schale zu leeren. Loki und Sigyn warteten in der Höhle auf ihr Ende. Es gab nur ein Ende für sie, und das hieß Ragnarök.

Jake fand eine Erdnuß in seiner Tasche und fütterte Nin damit. Die Erdnuß hatte schon längere Zeit in seiner Tasche zugebracht, Nin benagte sie wie einen mächtigen Wackerstein, bis er allmählich einschlief. Jake bettete ihn in eine Falte seines Pullovers, hörte Tess beim Erzählen zu und betrachtete die winzigen Nasenlöcher der Ratte, die genüßlich bebten.

William saß in Soho in der Bar, vor der er Victor gesehen hatte. Die Stühle aus glänzendem Aluminium waren federleicht. Er saß Melody gegenüber und lächelte. Gar nicht so übel, auf dieser Seite der Straße zu sitzen, dachte er und blickte zu der tristen Pizzeria hinüber, an deren dunkelgrüne Außenwand eine barbusige Nixe gemalt war. Hier saß er auf der Sonnenseite und trank echten italienischen Kaffee aus winzigen, überteuerten Täßchen. Er rückte näher an Melody heran, ihre Stuhlbeine stießen mit einem klappernden Geräusch zusammen. Melody lächelte ihn schläfrig an. Am Abend zuvor hatte er den anderen Schülern verkündet, sie müßten allein zurückfahren, denn Melody wolle Freunde in Walton-on-the-Naze besuchen, und er müsse sie zum Bahnhof bringen.

»Denkst du, die haben das geglaubt?« Melody wedelte mit dem Unterarm, um zu zeigen, wie gleichgültig ihr das war.

»Nein, aber trotzdem.« Er hatte an der Sperre gestanden und seine Schüler durchgezählt, als sie zum Zug liefen. Sie waren schließlich alt genug, allein nach East Grinstead zurückzufahren. »Trotzdem sollten wir vorsichtig sein.«

»Du alter Trottel!« Sie lachte. »Die wissen es doch sowieso!«

William war irritiert. »Ich und alt?« Aber als ihm Melody in der Bahnhofshalle davonlief, rannte er ihr nach und packte sie um die Taille. Sie liefen durch die breiten Straßen von Pimlico, wo man immer ein Zimmer fand, wie er gehört hatte. Das Zimmer, das sie schließlich fanden, war klein, trist und muffig, und sie hatten zu lange suchen müssen. William war müde – müder, als er sich eingestehen wollte. Im Korridor flackerte eine Neonröhre, und man hörte die Toilettenspülung. »Dieses verdammte Flackern«, sagte er kopfschüttelnd. Melody stand am Fenster, schaute hinaus und sah aus wie in hellen Stein gemeißelt. Er mußte sich bissige Bemerkungen über die Tagesdecke verkneifen, ein ausgebleichtes Baumwolltuch, am Saum schlängelten sich Ziernähte wie winzige Würmer. Seine nackten Füße klebten am Teppich, und als er von der Toilette zurückkam, lag Melody schon im Bett. Er sah ihre alabasterweißen Schultern aus der Decke ragen und kniete sich verzagt auf den Fußboden. »Du hast bestimmt nicht gewußt, daß ich das kann«, sagte William. Er preßte die Hände flach auf den Boden, drückte seinen Körper in den Kopfstand und sah Melodys Gesicht verkehrt herum. »Und das!« Er streckte die Beine in die Höhe, überkreuzte die Knie und nahm die Lotosstellung ein. »Für Männer ist das fast unmöglich«, erklärte er – konnte sie aber vor lauter Schmerz nicht mehr sehen. Seine Füße waren unter die Schenkel geklemmt, seine Augen brannten, seine Gelenke standen kurz vorm Zerbersten. Er donnerte gegen den Schrank, als er sich wieder zu Boden lassen wollte. Um die verhakten Füße zu befreien, mußte er sich hinsetzen und die Hände zu Hilfe nehmen. »Ahhh«, massierte er stöhnend seine Beine. Sein Kopf schmerzte vom harten Fußboden, und als er sich zu Melody ins Bett legte, hatte sie sich zur Wand gedreht und war bereits eingeschlafen. O Gott, dachte er irritiert und erleichtert zugleich, jetzt müssen wir eine ganze Nacht miteinander verbringen. Und ihm fiel ein, daß das Zimmer bis acht Uhr morgens geräumt sein mußte.

Francine steuerte Williams Lieferwagen. Sie drehte eine Runde auf dem Bahnhofsvorplatz und hielt mit quietschenden Bremsen neben der Bushaltestelle. Eve lag im Tragegestell, das auf dem Beifahrersitz festgeschnallt war. Als Francine ausstieg, liefen ihr Tränen übers Gesicht. »Steigt ein«, rief sie den Kindern zu. Sie band Eve los und legte sie Tess in den Arm.

»Was ist los, Mum?« fragte Tess und vergaß, daß sie ihrer

Mutter böse war. Francine trug wieder ihre alten Sachen, den blassen Pullover und die Jeans. Tess setzte sich mit Eve nach vorn und nahm sie auf den Schoß. Sie küßte Eve auf den Wuschelkopf und spielte mit ihren kurzen Ärmchen Tanzen.

»Es ist wegen William.« Francine knallte die Tür. »Ich weiß nicht, wo er steckt. Die anderen sind gestern abend zurückgekommen. Als ich ihn vom Bahnhof abholen wollte, war er nicht da. Ich mußte so tun, als hätte ich's vergessen, als wäre mein Gehirn wegen des Babys zu Matsch geworden. Klar, er mußte doch Melody zum Zug bringen. Wie konnte ich das vergessen! Aber die Eltern von diesen gräßlichen Teenagern haben mich alle angeguckt, als wäre ich nicht ganz bei Trost.« Francine weinte. »Ich dachte, er wäre vielleicht mit euch mitgekommen.«

»Nein«, sagte Jake.

»Na gut.« Sie wischte sich die Nase und versuchte zu lächeln. »Habt ihr euch wenigstens gut amüsiert?«

»Ja«, sagten sie beide. Und Tess fand es schön, daß sie wieder Freunde waren.

Am nächsten Tag kam William mit einer großen Plastiktüte die Auffahrt hochgelaufen. Auf der Tüte stand Foyles, und als Francine ihn mit ihren Fragen bestürmen wollte, kippte er den Inhalt auf den Tisch. Ein ganzer Berg von Büchern rutschte auf den Tisch. Francine blickte sich um. »Wo ist Melody?«

»Melody? Die ist zu Freunden gefahren. Ich sagte doch, ich hab alles so arrangiert, daß du ein paar Tage für dich allein hattest.« Er pfiff ein albernes Lied und teilte die Bücher in drei Stapel auf.

Francine war bleich und kämpfte mit den Tränen. »Wie konntest du mir das antun?« Sie stellte sich neben ihn. »Nach allem, was du über das Vertrauen gesagt hast. Über Ehrlichkeit und Schuld.«

William musterte sie bestürzt. Seine Augenbrauen hoben sich wie die von Spotless. »Ich weiß, was ich hier für dich habe.« Er reichte ihr lächelnd ein Buch. Als sie es nehmen wollte, hielt er ihr Handgelenk fest. »Glaub mir, Francine. Bitte!«

»*Zen und die Kunst ein Motorrad zu warten*«, las Francine. Sie verkniff sich das Lachen und dicke Tränen rannen auf den Buchumschlag. »Du Schuft!« Sie lachte und weinte zugleich – und hielt das Buch fest umschlungen.

Jake baute einen Käfig für Nin. »Da drinnen bist du vor dem Bleichgesicht geschützt«, sagte er und versperrte die Tür mit einem Vorhängeschloß. Den Schlüssel hängte er an seinen Gürtel, und beim Schlafen steckte er ihn unters Kopfkissen. »Nur über meine Leiche kommt er an dich ran.« Aber meistens durfte Nin auf seiner Schulter sitzen oder wie in einer Hängematte in seinem Ärmel schlummern. »Wohin ziehen wir als nächstes, jetzt, wo die Sache mit dem hölzernen Willy und der ewigen Liebe aufgeflogen ist? Was meinst du?« Nin kletterte von einer Hand auf die andere, und Jake wechselte beide Hände schneller und schneller, so daß es aussah, als würde Nin eine Treppe hinaufsteigen.

Tess wußte es nicht. Was sollte aus den Hühnern werden, wenn sie umzogen? Was sollte aus ihnen werden ohne Federball, ohne die Kostüme in der Kleiderkiste und ohne Williams Lieder? »Ob er auch um Eve vor Gericht kämpfen wird?« fragte sie erschrocken. Jake lachte. Er lachte und lachte, mit weit offenem Mund, bis sich Tess abwandte, weil es ihr zu laut wurde. Ihr fiel ein, daß Francine einmal mit Mrs. Bremmer von der Biofarm gesprochen hatte, ohne zu merken, daß Tess zuhörte. Und sie hatte gesagt, daß um *ihre* Kinder niemand kämpfen würde, niemand wolle etwas mit ihnen zu tun haben. Dann lobten sie William als einen vorbildlichen Vater und meinten, es sei äußerst ungewöhnlich, daß ein Mann das alleinige Sorgerecht für drei Mädchen bekomme. »O ja!« rief Mrs. Bremmer, und ihre Augen glänzten vor Klatschsucht. Er habe alles Menschenmögliche getan, um den Richter auf seine Seite zu bringen, meinte sie. Er habe Felicity als sexbesessene, drogenabhängige Lesbierin hingestellt und sogar einen Mann von ihrem Karatekurs als Zeugen gewonnen. »Nein«, rief Francine entsetzt, und auf dem Heimweg merkte sie, daß sie Hirse, Weizenkeime und getrocknete Bananen vergessen hatte. Sie hatte angehalten und lange am Straßenrand gesessen.

Jake lachte noch immer. »Nein«, prustete er schließlich. »Eve will er nicht haben. Ganz bestimmt nicht.«

Und plötzlich hoffte Tess, daß sie umziehen würden. »Ich und du, Mum und Eve, wir wohnen dann in einem Haus an der Bahnlinie. In einem Bahnwärterhäuschen.« Auf Jakes Spendenwanderung entlang der Bahnstrecke hatte sie einmal ein solches Häuschen gesehen. »Und im Vorgarten pflanzen wir für jeden von uns eine Rose.«

»Und für Nin auch«, ergänzte Jake gekränkt. »Vergiß nicht die Rose für Nin.«

Aber Francine verzieh ihm. Sie hielt zwei Tage durch, dann schloß sich William in die Werkstatt ein und sagte, er wolle nicht gestört werden. Den ganzen Tag warteten sie und wunderten sich, und zum Abendbrot erschien er mit einem Babystuhl für Eve. Der Stuhl hatte zwei Tragegriffe, und er war gebaut wie ein Bettchen mit schräger Lehne, so daß Eve bequem schlafen konnte. Seitlich war ihr Name eingeritzt.

Aus Eve war inzwischen ein freundliches Baby geworden. Sie gurrte wonnig, wenn man sie anschaute, und strahlte übers ganze Gesicht. Tess war in sie vernarrt. Sie ließ ihre Halskette baumeln, kleine Glöckchen klingeln, beugte sich über sie und küßte die zarten Speckfalten ihres Halses.

Am nächsten Morgen stellte William den Stuhl in den Garten und setzte Eve hinein, damit sie ihnen bei der Arbeit zuschauen konnte. Er half Francine beim Aussäen von Mohrrüben, Salat, Grünkohl und Spinat, und Francine lächelte beim Arbeiten sanft vor sich hin. In ihren alten, engen Sachen sah sie schöner aus als je zuvor. Tess sah, daß auch ihre Knöchel wieder schlank und wohlgeformt waren. Zum Abendessen machte William Bratäpfel mit Ingwer, Butter und braunem Zucker, fritierte Holunderblüten und in der Schale geröstete Bananen. Schwungvoll überreichte er Francine die Leckereien. Sie schüttelte verlegen den Kopf und wurde rot.

Jake sagte kein Wort. Er saß mit finsterem Blick da, und kaum war er mit dem Essen fertig, verzog er sich in sein Zimmer.

»Ich höre, du hattest eben ein neues Tier bei dir, eine Ratte«, lockte ihn William wieder zurück. »Wo hast du sie versteckt?«

»Ihn«, korrigierte Jake. Er strich Nin über den Schwanz, der neben seinem Hemdkragen nach unten hing.

William wurde unwillig. »Ist das nicht ziemlich unhygienisch, sich mit einer Ratte an den Abendbrottisch zu setzen?« Er wandte sich an Francine. »Hat er sich die Hände gewaschen?«

»Er ist zahm«, klärte ihn Jake auf. »Nin ist sehr intelligent und reinlich.«

»Das stimmt«, bestätigte Francine und blickte William in die Augen, als hätten sie sich über Jake verständigt.

William beugte sich wieder über seinen Teller, doch er mußte das letzte Wort behalten. »Aber in Zukunft kommst du ohne Ratte zum Essen. Hast du verstanden?«

Jake blickte Francine an, um zu sehen, ob sie einschreiten würde, aber sie schüttelte nur den Kopf und zuckte die Schultern.

Vorm Schlafengehen sang William diesmal keine Lieder. Er setzte sich in den leeren Kamin und las Gedichte aus einer schottischen Anthologie vor. Die Verse fesselten Francine und lullten Eve in den Schlaf. Sie saßen da wie die heilige Familie, zu dritt in eine Flickendecke gehüllt.

Als die Strachan-Mädchen von Schottland zurückkehrten, kam auch Melody wieder. Sie kletterte aus dem Bus, stieg Richtung Wildland hinauf und stieß sogleich auf William, der sich Eve auf den Rücken gebunden hatte und Kartoffeln setzte. Melody mit ihrem glatten roten Haar blieb in ihrer durchsichtigen Bluse aus Leinenflor wie angewurzelt stehen. Als William sich aufrichtete, den Rücken dehnte und sich vor Lachen krümmte, weil Francine eine witzige Bemerkung gemacht hatte, stapfte sie geradewegs in ihr Zimmer. Einen Moment später lief ihr William nach. Er hatte Eve abgelegt, aber seine Hände waren mit Erde beschmiert. Mit gesenktem Kopf lief er durch das Zimmer von Tess und Jake und wartete errötend vor Melodys Tür, bis sie auf sein Klopfen reagierte.

»Das ist der Beweis«, flüsterte Jake, der an der Tür lauschte. »Der Beweis, daß er ein Betrüger ist.« Er atmete heftig. »Wenn er nicht bald rauskommt, dann ...« Doch wußte er nicht, was er dann tun würde.

Als Melody zum Abendessen erschien, hatte sie Schmutzflecken an der Bluse. Auf ihrem Rücken sah man Fingerabdrücke, die auf dem dünnen Stoff braune Erdspuren hinterlassen hatten. »Wie war es in Walton-on-the-Naze?« fragte Francine. Sie trug das Baby auf dem Arm und lief zwischen Herd und Tisch hin und her. »Honour, hol mal die Sauce, bevor sie anbrennt.«

Melody lächelte wieder. »Gut«, sagte sie. »Ganz gut.«

In der Nacht wachte Tess auf und stellte fest, daß Jake nicht da war. Sie hörte Nin in seinem Käfig schniefen und schnüffeln, aber Jake lag nicht in seinem Bett.

Tess stand auf und schaute in den Flur. »Jake?« flüsterte sie und wußte, daß er weg war. Sie stellte sich in die Hoftür, um auf ihn zu warten, und als sich das erste Morgenlicht am Himmel zeigte, ging sie ins Bett zurück.

»Jake!« Tess schreckte aus dem Schlaf, und ihr fiel ein, daß Jake weg war.

»Jake!« Aber er war wieder da, drückte das Gesicht ins Kissen und ließ die Hand über die Bettkante baumeln.

»Wo warst du?« fragte sie.

»Nirgends.« Er richtete sich auf und war sofort hellwach. Als er sich anzog, war er ungewöhnlich gut gelaunt.

Tess stellte fest, daß Kletten an seinem Pullover hingen und seine Hosenbeine feucht waren. Beim Frühstück wollte er zum ersten Mal von sich aus das Tischgebet sprechen.

Der Bauer sät das Korn,
der Müller mahlt das Mehl.
Die Sonne, die Erde, den Regen, das Korn,
all das verdanken wir Gott.

Es war Williams Lieblingsgebet. Ich hab's gewußt, dachte William. Ich ziehe ihn auf meine Seite. Geduld, Geduld. Er schenkte ihm einen freundlichen Blick und dachte darüber nach, wie ungerecht es war, daß der verlorene Sohn dem Vater mehr bedeutete als alle anderen.

»Auf zur Schule!« rief er. Als er seine Tasche in den Lieferwagen schob, sah er, daß Melody einen schwarzen BH unter der Bluse trug.

»Der Winter hatte seine Kraft verloren«, schrieb Tess in ihr Heft. »Jeden Tag erhoben sich die Hengste Arvakr und Alsvidr früher, um den Sonnenwagen über den Himmel zu ziehen.«

Sie war unruhig, jetzt, wo die nordischen Mythen ihrem Ende zugingen. Als Mr. Paul den Gott mit der wechselnden Gestalt an die Tafel malte, schob sie sich dicht an ihn heran und fragte: »Muß denn die Ragnarök-Schlacht wirklich kommen?«

»Keine Sorge«, sagte er und füllte jede Ecke der Tafel mit Kreide. »Die kommt erst, wenn ihr soweit seid.« Er erzählte die Geschichte von Loki, der einen Fischotter fing, bevor er selbst gefangen wurde, und im Maul des Fischotters steckte ein Fisch. Aber der Otter war nicht allein, er hatte Verwandte, und bald war Loki mitsamt seinen Freunden Odin und Hönir an Händen und Füßen gefesselt, weil sie den Otter getötet hatten. – Und der Otter war ein verwandelter Fischer.

Tess ließ sich die Einzelheiten dieser Geschichte durch den Kopf gehen, als sie das Unkraut in ihrem Garten jätete. Da sie nun doch nicht umzogen, wurde es Zeit, ihr Stückchen Land zu bestellen. Mit einer Pflanzschaufel grub sie die Erde um. Und mitten in der Stille hörte sie einen Knall hinter der Gartenmauer, einen Knall und das Echo eines Schusses. Er verhallte wie die Schüsse der Jäger im Wald, doch dieser Schuß kam von ganz nahe. Tess richtete sich auf und ließ die Schaufel fallen. Sie fiel ihr mit einem hellen Klingeln auf den Fuß, als die Werkstattür aufflog, und sie Honour herausrennen sah. Sie rannte schnell, mit fassungslosem Blick. »Daddy!« rief sie in Panik, »Daddy, wo bist du?« Doon und Sandy kamen aus dem Haus. Sie schwirrten umher wie Mücken, dann folgten sie Honour ins Gestrüpp.

Tess rannte ihnen nach. »William, wo bist du?« Ihr war schlecht vor Angst, sie blieb an den Ästen hängen und riß sich los.

William stand auf der Treppe des Wohnwagens, das Echo des Schusses hing noch in der Luft. »Ich bin hier.« Kalkweiß, verstört und völlig starr stand er da, als sie vor ihm stehenblieben.

Jake lag auf dem Fußboden des Wohnwagens, in einer Blutlache, die sich langsam über die grün lackierten Dielen ausbreitete und in den Ritzen versickerte. Das Blut fließt, dachte Tess. Er verliert sein Blut, und wir kriegen es nie mehr in ihn rein.

»Bleibt draußen, alle miteinander!« William schluckte heftig, und Tess sah, daß er ein dunkles Gewehr in der Hand hielt.

»Was ist passiert?« Francine kam angelaufen. Sie hatte den orangefarbenen Wickelrock an. Ihre Augen waren fleckig, olivenfarben und voller Angst.

»Lauf nach nebenan und ruf einen Krankenwagen«, sagte William. Tess befürchtete, daß Major Darlby sie nur unter der Bedingung telefonieren ließ, daß William den zweiten Lieferwagen entfernte. Er hatte sich beschwert, weil er so dicht an seiner Mauer stand, den ganzen Winter habe er sich über das häßliche Ding geärgert, das mit Graffiti beschmiert war und auf dem sich das faulende Laub sammelte. Francine wollte zu Jake, sie ruderte mit den Armen, um die Stufen hinaufzukommen. »Beeil dich!« schrie William sie an. »Es hat einen Unfall gegeben.«

Die Darlbys hatten Francine offensichtlich telefonieren lassen, denn kurze Zeit später kam ein Krankenwagen, und dicht darauf folgte ein Polizeiauto, lautlos, mit kreiselndem Blaulicht. Neben einer Polizistin stand der Polizist, der schon einmal gekommen war, um zu sagen, daß Spotless vielleicht eingeschläfert werden mußte. Die Sanitäter hoben das Hemd an, das William benutzt hatte, um die Blutung zu stillen, und wickelten Jake in eine Decke. Tess paßte auf, ob sie auch sein Gesicht zudeckten. Sie lief neben der Tragbahre her, wollte mitfahren und die weiße Hand halten, die über den Rand der Bahre hing. Aber Francine war schon im Krankenwagen, drückte Eve an sich, und als Jake hineingeschoben wurde, kniete sie sich hin und streichelte ihm das Gesicht. Sie blickte nicht zurück, als die schweren Türen zugeschoben wurden. Sie kniete neben der Bahre auf dem Boden, als würde sie niemals wieder aufstehen.

»Wir möchten, daß Sie mitkommen.« Der Polizist hielt Williams bloßen Arm fest, und Tess verfolgte, wie er William sehr behutsam das Gewehr aus der Hand nahm. Ein silberner Ring faßte die Mündung ein, der dunkle Gewehrkolben glänzte.

»Nein.« William wollte sich losreißen, und Tess sah, wie sich die Narbe auf seinem Bauch dunkelrot färbte. Er hatte kleine Blutspritzer am Hals und einen Schmierfleck auf der Nase. Die Polizistin wollte ihm eine Decke umhängen, aber er warf sie ab.

»Sie brauchen mich nicht«, erklärte er. Der Polizist erneuerte seinen Griff. »Es war ein Unfall. Ich wollte ihm das

Gewehr abnehmen. ›Erschieß mich nur‹, habe ich gesagt. ›Aber damit versaust du dir das ganze Leben.‹ Und dann, und dann ... Ich weiß nicht, was passiert ist. Dann ging das Gewehr los.«

»Ist jemand da, der auf all die Kinder aufpaßt?« fragte die Polizistin, als hätte sie überhaupt nicht zugehört.

»Ja.« Melody stand am Tor. »Ich kümmere mich um sie.« Ihre blauen Augen waren geweitet, ihr Haar an den Enden gekräuselt. Ihr schien bereits entfallen, was man tun mußte, um es zu glätten. Die Kinder traten ein wenig zurück, als William in das Polizeiauto stieg. Es hielt direkt neben dem Seitentor auf der Straße, und er mußte die Knie anwinkeln, um auf der Rückbank Platz nehmen zu können.

»Ich bin bald zurück.« Er schaute zu seinen Töchtern hinüber, dann wandte er sich an Tess. »Es wird alles gut. Du wirst sehen.« Er lächelte ihr zu und hatte diese besonderen Lachfältchen um die Augen. Auf dieses Lächeln hatte sie immer gewartet, Tag für Tag, seit fast zwei Jahren, aber jetzt war es zu spät. Plötzlich erkannte sie, daß Jake recht hatte. Williams Nase war knollig, und seine Arme schimmerten über den Ellbogen viel zu weiß. Seine Frisur glich wirklich einem gestürzten Pudding, und unter seinem Scheitel sah man das Rosa der Kopfhaut. Tess nickte nicht einmal. Sie drehte sich um und ging ins Haus zurück.

Die fünfte Klasse sollte zur Sommerwende einen Umzug zum Thema Ragnarök veranstalten. Alle hoben die Hände, um eine Rolle zu bekommen. Es waren zu vergeben: die neun Welten, die Götter, die Riesen, die Menschen, die Zwerge, die Vögel und die wilden Tiere.

»Das Axtzeitalter, das Schwertzeitalter«, zählte Mr. Paul

auf. »Die Schilde werden gespalten. Und bevor die Welt untergeht, kommt das Windzeitalter und das Wolfszeitalter.« Mr. Paul hielt sich am Lehrerpult fest und erzählte, wie der Wolf die Sonne mit dem Maul auffing und verschlang; wie der Mond zerfetzt wurde und die Sterne vom Himmel verschwanden.

Endlich, endlich kam die Ragnarök-Schlacht an die Reihe, und zum ersten Mal begriff Tess, daß alles nicht wirklich passiert war.

Lieber Dad,
der Schwager von Mr. Paul hat gesagt, wir können hier wohnen bleiben. Es ist ganz nahe am Krankenhaus. Die Küche ist so klein, daß man sich zum Essen aufs Bett setzen muß, und wenn es Jake besser geht, kann er uns Käsetoast zum Frühstück machen. Mum weiß jetzt, daß die Sache mit Melody stimmt. Sie sagt, wir können hierbleiben, so lange wir wollen. Das Verrückteste bei der Ragnarök-Schlacht ist, daß ein paar Menschen und ein paar Götter übrigbleiben. Sie finden einen Rest der Welt, der nicht zerstört wurde, und alles fängt von vorne an. Hätte ich das bloß gewußt. Lif und Lifthrasir kriegen Kinder, und die Kinder kriegen wieder Kinder – und so weiter und so weiter.
Kommst Du bald aus Amerika zurück? Das wäre zu schön.

Deine Tess

Tess kam einmal noch nach Wildland zurück, um Jakes Ratte abzuholen. Die Hühner konnte sie nicht mitnehmen, was nicht so schlimm war. Nin saß noch so in seinem Käfig, wie sie ihn verlassen hatten, nur daß Doon ihn gefüttert und manchmal herausgenommen hatte. Im Haus war niemand, und Tess kam sich vor wie eine Einbrecherin. Die Tür von Melodys Zimmer stand weit offen. Als sie einen Blick hineinwarf, war es geräumt. Das Bett war abgezogen, der kleine Schreibtisch leer, und die Blumenvorhänge, die Francine genäht hatte, waren zugezogen.

Tess lief auf Zehenspitzen durch die Küche und betrachtete alles, als hätte es nichts mit ihr zu tun. Der Dienstplan hing schief. »Geh ruhig und gelassen durch Lärm und Hast ...« las sie, obwohl sie versuchte, die *Desiderata* zu übersehen. Da hörte sie Schritte auf der Treppe. Es war William. Er stand in der Tür und hatte die Socken an, die sie für ihn gestrickt hatte. »Sie haben mich rausgelassen«, sagte er. Seine Hose hatte Hochwasser, als wäre sie zu heiß gewaschen worden, im Schritt war sie zu eng. Er hatte die ganze Nacht und den folgenden Tag auf dem Polizeirevier verbringen müssen, und er war erst freigelassen worden, als Mr. Jenkinshaw mit dem Auto vorbeigekommen war und seine Waffe identifiziert hatte.

Tess hielt sich an Nins Käfig fest. Sie hoffte, William würde sie gehen lassen. Er starrte sie so seltsam an. Schließlich schluckte er. »Ich habe deine Mutter geliebt, weißt du?« Tess blickte auf seine Füße. Die Socken sahen lächerlich aus mit ihren bunten Streifen, die Wolle war ausgeleiert wie alte Latschen kurz vor dem Wegwerfen. Ob er hoffte, daß sie zu weinen anfing? Daß sie ihn anbettelte, mit ihr zu Francine zu fahren und sie zur Rückkehr zu bewegen?

»Tschüs dann!« Sie nahm den Käfig, umklammerte ihn wie einen Korb und lief, so schnell sie konnte, zum Seitentor hinaus und den Berg hinab. Sie rannte an der Telefonzelle und am Laden vorbei, und erst am Wartehäuschen blieb sie stehen, dort, wo der Bus elf Minuten vor oder nach jeder zweiten Stunde hielt. Ich glaub dir nicht. Ich glaub dir nicht. Ich glaub dir nicht. Es dauerte eine Weile, bis sie verschnauft hatte, und als der Doppeldecker endlich mit Schlagseite in die schmale Straße einbog, atmete sie erleichtert auf.

Tess gefiel es im oberen Bett. Sie konnte sich herunterbeugen und Jake anschauen, wenn er mit ihr sprach. Er lag unten, ganz flach und friedlich im Dunkeln. Es ging ihm sichtlich besser, nur zum Klettern war er noch zu schwach. Es war schön, oben zu liegen und sich Geschichten anzuhören. Nun, da Jake das untere Bett hatte, erzählte er sogar kleine spannende Begebenheiten aus dem Leben der alten Ägypter. Er erzählte von Isis und Osiris und der Unterwelt, die man sieben Tage lang durchwandern mußte. Das hatte er gerade in der Schule behandelt, als er den Schuß abbekam.

»Wolltest du ihn mit dem Gewehr erschrecken?« fragte Tess. Sie hatte die Frage bis jetzt aufgeschoben, im Krankenhaus war dafür keine Gelegenheit gewesen. Einer Querschnittslähmung war er nur knapp entgangen, aber eine Narbe würde bleiben.

»Nein«, sagte er. »Ich wollte ihn umbringen.«

Tess holte mit der Hand nach ihm aus, aber Jake lachte.

Selbst Francine gefiel es in dieser winzigen Wohnung. Es war das erste Mal, daß sie die Tür zumachen und für sich allein sein konnten. »Damit wäre das Thema Wohngemeinschaft erledigt«, sagte sie.

Nin fühlte sich besonders wohl. Er mußte nicht mehr in den Käfig gesperrt werden, sondern konnte jederzeit frei durch die Zimmer laufen. In einer Pappschachtel mit Francines Papierkram baute er sich ein Nest und kam sofort herausgesprungen, wenn Jake seinen Namen rief.

Tess blickte verträumt an die Decke. Sie dachte an Williams kräftige Hände und sein goldblondes Haar, das beim Singen die Gitarre streifte.

»Fehlt er dir?« fragte Jake, als hätte er ihre Gedanken erraten, und stieß mit der Krücke gegen ihre Matratze.

»Meinst du William?« Der Name fiel selten, wenn sie miteinander sprachen. Tess streckte die Arme zur Zimmerdecke, die Decke war mit Rauhfasertapete beklebt, um das Zimmer wohnlicher zu gestalten. »Nein«, sagte sie und dachte daran, wie sehr sie sich nach seiner Zuneigung gesehnt hatte. »Auf keinen Fall.« Und sie stellte fest, daß es stimmte.

Die Originalausgabe erschien 2000 unter dem Titel
»The Wild« bei Hamish Hamilton, London

Der Ullstein Berlin Verlag ist ein Unternehmen
der Econ Ullstein List Verlag GmbH & Co. KG

Umschlaggestaltung: Büro Jorge Schmidt, München
Umschlagbild: *The Encounter* (1983) von Milet Andrejevic
© Helen Andrejevic
Foto: Visual Arts Library
Gesetzt aus der 11/13 P Minion
Satz: MPM, Wasserburg
Druck und Verarbeitung: GGP Media, Pößneck
Printed in Germany
ISBN 3-89834-026-0

Die Originalausgabe erschien 2000 unter dem Titel
»The Wild« bei Hamish Hamilton, London

Der Ullstein Berlin Verlag ist ein Unternehmen
der Econ Ullstein List Verlag GmbH & Co. KG

Umschlaggestaltung: Büro Jorge Schmidt, München
Umschlagbild: *The Encounter* (1983) von Milet Andrejevic
© Helen Andrejevic
Foto: Visual Arts Library
Gesetzt aus der 11/13 P Minion
Satz: MPM, Wasserburg
Druck und Verarbeitung: GGP Media, Pößneck
Printed in Germany
ISBN 3-89834-026-0